古典文獻研究輯刊

十七編

曾永義　主編

第17冊

知識生產與文化傳播：
新論楊慎（中）

王鐿容　著

國家圖書館出版品預行編目資料

知識生產與文化傳播：新論楊慎（中）／王鐿容 著 — 初版
— 新北市：花木蘭文化事業有限公司，2018〔民 107〕
目 6+162 面；19×26 公分
（古典文學研究輯刊 十七編；第 17 冊）
ISBN 978-986-485-334-2（精裝）
1.（明）楊慎 2. 明代文學 3. 文學評論
820.8   107001707

ISBN-978-986-485-334-2

9 789864 853342

古典文學研究輯刊
十七編　第十七冊　　　　　　　ISBN：978-986-485-334-2

知識生產與文化傳播：
新論楊慎（中）

作　　者　王鐿容
主　　編　曾永義
總 編 輯　杜潔祥
副總編輯　楊嘉樂
編　　輯　許郁翎、王筑　美術編輯　陳逸婷
出　　版　花木蘭文化事業有限公司
發 行 人　高小娟
聯絡地址　235 新北市中和區中安街七二號十三樓
　　　　　電話：02-2923-1455／傳眞：02-2923-1452
網　　址　http://www.huamulan.tw 信箱 hml 810518@gmail.com
印　　刷　普羅文化出版廣告事業
初　　版　2018 年 3 月
全書字數　486629 字
定　　價　十七編 26 冊（精裝）新台幣 50,000 元

知識生產與文化傳播：
新論楊慎（中）

王鐽容　著

目

次

第四章　雅俗交織與文學傳播：《升庵詩話》、《詞品》與出版文化

第一節　前言與寫作動機

　　明中葉以後出版業發達，當時商賈士人喜愛刻書，而且幾乎所有的書皆可私刻，刻工又極廉。再加上達官貴人們附庸風雅，「多以書餽送往來，動輒印至百部」〔註1〕，因此書籍市場十分活絡。大量文學書籍的出版，在明中葉以後的出版史上佔有重要地位，形成當時出版文化圖景的特色，「數十年讀書人，能中一榜，必有一部刻稿」〔註2〕，楊慎《升庵詩話》就論及了當時出版市場實況：

> 余於滇南見故家收《唐詩紀事》抄本甚多，近見杭州刻本，則十分
> 去其九矣。刻《陶淵明集》遺〈季札贊〉。《草唐詩餘》舊本，書坊
> 射利，欲速售，減去九十餘首，兼多訛字，余抄爲《拾遺辯誤》一
> 卷。先太師收《唐百家詩》皆全集，近蘇州刻則每本減去十之一，
> 如《張籍集》本十二卷，今只三四卷，又傍取他人之作入之。王維
> 詩取王涯絕句一卷入之，詫於人曰此維之全集，以圖速售。〔註3〕

〔註1〕 陸容《菽園雜記》（臺北：中華書局，1985），卷10，頁260。

〔註2〕 〔清〕蔡澄：《雞窗叢話》。據統計，現存唐文集278種，宋文集347種，遼金文集100餘種，元文集324種，而明文集就有2000多種，幾乎是唐、宋、遼、金、元諸代總和的兩倍。參見曹之《中國古籍版本學》（武漢：武漢大學出版社，1992），頁302。謝灼華：〈明代文學書籍的出版〉，《圖書情報知識》，1980年第2期。

〔註3〕 楊慎：〈書貴舊本〉，收於〔明〕楊慎著，王仲鏞箋證：《升庵詩話箋證》（上

這一則詩話批評了書坊爲了射利、以圖速售，任意刪減，校定不嚴謹，以致產生許多訛字、誤字現象，從楊慎的抱怨之聲，可觀察當時繁盛的出版圖景。當時書籍已變成一種文化商品，書坊商賈大量刊刻書籍，出版人已不再侷限爲縉紳文士。就出版品類來說，明代詩壇，詩社林立，詩派眾多，清朱彝尊（1629～1709）曾編《明詩綜》一百卷，收錄明初詩人至明亡後遺民三千四百餘人的詩歌，可見當時詩人、詩作數量之豐。

明人談詩論藝風氣鼎盛，文人結爲吟社商兌。而詩話既可作爲商榷議論的典要〔註4〕，又是「以資閒談」的資料，於是明人除了自己撰著詩話以外，還大量地匯輯詩話總集，而因應市場需求，書賈爲了射利，也就大量予以刻印〔註5〕。明代詩話著作極多，尤其以中晚期尤盛，顧起綸《國雅品》就提到「至我盛明弘嘉間，又諄諄啓迪。如昌穀《談藝》，足起膏肓；茂秦《詩說》，切於鍼砭；用修《詩話》，深于辯核；子循《新語》，詳析品彙；元美《巵言》，獨擅雌黃。」〔註6〕道出當時詩話作品繁盛的文化現象，據蔡鎮楚編纂的《中國歷代詩話書目》所載，明代詩話已知書目就高達一百七十多部〔註7〕。而一

海：上海古籍出版社，1987），卷 5，頁 160。本文《升庵詩話》原文主要參用王仲鏞箋證：《升庵詩話箋注》，該書以明萬曆 44 年（1616）焦竑編刻《升庵外集》與李調元《函海》本《詩話補遺》爲底本，並以各種升庵詩話版本，進行校勘。以下之標書名、卷樹、頁數，不再另贅書籍資料。另參考楊慎《升庵詩話》及《升庵詩話補遺》，收於《楊升庵叢書》，第 6 冊。相關詩話如〈石尤風〉「郎士元〈留盧秦卿〉詩云：『知有前期在，難分此夜中。無將故人酒，不及石尤風。』石尤風，打頭逆風也。行舟遇之，則不行。此詩意謂行舟遇逆風，則住。故人置酒而以前期爲辭，是故人酒不及石尤風矣，語意甚工。近人吳中刻《唐詩》，不解石尤風爲何語，遂改作古淳風，可笑又可恨也。」《升庵詩話箋注》，附錄二，頁 519。

〔註 4〕明代詩話中的不少作者曾先後結社入會，例如徐泰入「小瀛洲社」，徐獻忠入「逸老續社」，梁有譽入「南園詩社」，曹學佺入「閬鳳樓詩社」，王世貞、徐禎卿、李攀龍、謝榛等入「七子社」，胡應麟入汪道昆組織的「白榆社」，陳子龍入「幾社」，朱孟震入「青溪社」等等。特別是一些舉足輕重的詩話作家入社，更使那些頭角嶄露的詩社名聲大振，主張堅定，聲勢益大。參見蔡鎮楚：《中國詩話史》（長沙：湖南文藝出版社，1988），頁 142。

〔註 5〕參見張伯偉：《中國詩學研究》（瀋陽：遼海出版社，2000），頁 305。

〔註 6〕顧起綸：《國雅品》，收於丁福保輯：《歷代詩話續編》（北京：中華書局，1983），下冊，頁 1090。

〔註 7〕「其中以『詩話』命名者凡六十部（含詩話集），未名之『詩話』而實爲詩話之體者，凡一百一十部之多。所以從數量上來看，明代詩話并不亞於宋代詩話。」參見蔡鎮楚：《中國詩話史》，頁 153。

向重視文學社群、編撰出版經營，傳播文學聲譽和自己詩學理念的楊慎，亦有卷帙眾多的《詩話》、《續集》、《別錄》、《補遺》等詩話相關著作。

再者，楊慎為明人長短句創作量第一，有「當代詞家」、「狀元詞人」美譽，詞盛於宋，元以後漸衰，楊慎則為明代詞壇的中興者〔註8〕，著有詞集《升庵長短句》、《升庵長短句續集》；編詞選《詞林萬選》、《百琲明珠》、《填詞選格》、《詞選增奇》、《填詞玉屑》（後三種已亡佚）；他評點《草堂詩餘》，也是明代最早發現《花間集》的人，並親自品定《花間集》。詞學批評專著《詞品》是明人撰著詞話之始，亦為有詞話以來篇幅最鉅之譽。有趣的是，《詞品》雖不是系列出版，但也呈現與《升庵詩話》一樣「資閒談」、傳播色彩濃厚的編撰意識，以下相關議題，將縮合《詞品》一併進行討論，以覽窺楊慎文學批評著作與傳播的關係。

從發生學的角度視之，文學作品的世界觀經常與時代社會的精神結構同源，或者有著可以理解的關係〔註9〕，明中葉以來，商業發達、城市興起、市民文化勃發，引起一連串文學生態的變化，書籍的商業傳播刺激了社會受眾的文學接受，而受眾的文學需求也反過來刺激了書籍的生產〔註10〕。出版文化、文學傳播、讀者意識、大眾文化等都成了醒目的文學議題。這些當然都可以在當代讀者——楊慎的閱讀反應錄與當代文壇現形記——《升庵詩話》、《詞品》中找到蹤跡。作為一個文學批評的作品，《升庵詩話》、《詞品》不但是探索升庵文學社群的主要園地，由於其記錄藝文瑣事與資閒談的文體特徵，也適巧成為觀察當時文學脈動與文學現象的絕佳資料。這一部分要討論的是，一向重視文學傳播的楊慎，要如何以書寫、編撰策略，進行詩話、詞話傳播？而作為一個重要的文學傳播媒介，楊慎如何藉詩話、詞話傳播之便，

〔註8〕參見郭英德：《中國古代文學通論・明代卷》（瀋陽：遼寧人民出版社，2004），頁43。

〔註9〕呂西安・戈爾德曼：「發生學結構主義從這一假設出發：人類的一切行為是對一種具體境遇作出一種有意義的反應，並由此趨向於在行動主體和行動對象，即周圍世界建立一種平衡的嘗試。」見氏著，吳岳添譯：《論小說的社會學》（北京：中國社會科學出版社，1988），頁230。因此，「發生學結構主義標誌著文學社會學的一個真正的轉折點。其他一切文學社會流派，無論是過去還是現代的，實際上都試圖在文學作品的內容和集體意識的內容之間建立一些關係。」見同書，頁234。

〔註10〕尚學鋒、過常寶、郭英德：《中國古典文學接受史》（濟南：山東教育出版社，2000），

進行其他著作的行銷？又如何在詩話傳播中進行人際傳播，以及一己理念和聲譽的文化傳播？而從《詩話》、《詞品》的內容安排中，又可觀察當時何種讀者品味和文化圖景？這一連串的文學傳播議題都將涉及《詩話》、《詞品》的知識生產和出版機制。

第二節 《升庵詩話》、《詞品》的閱讀與傳播

一、讀者意識

以「詩」加「話」的詩話，是一種內行人的紙上談詩，以面對面的口語交談爲話語模式。「詩話」的編撰者當然是其中所錄詩作的「準讀者」。閱讀本來是一種私密的行爲，然一旦躍上文學公共領域，某種意義上來說，作者的心得，就變成讀者的閱讀引導。「詩話」就其文學批評形態而論，其實可說是一種詩歌的「閱讀指導」或「閱讀指南」。

詩話成爲一種具有讀者意識的文學形式，蔡鎮楚說：「按照接受美學的基本原理，如果把讀者擺到文學活動的中心地位，就應該充分注意到讀者的興趣、修養、才知、審美心態和接受能力。筆記化的詩話之所以能夠興旺發達起來，其中一個重要原因就是讀者的歡迎。詩話之體正是以其獨特的審美方式和藝術風格贏得了一個廣泛的讀者群。」〔註11〕楊慎選擇了一個接近讀者，容易贏得廣大接受群迴響的形式，作爲詩話的編撰宗旨。

就詩話、詞話的體裁而言，明清時代由於文學生態的改變，這種文人的對話群不斷擴大，甚至擴大到一般市民大眾。從《詩話》、《詞話》中收錄各種層級的詩人作品就可以得知。詩話、詞話既是一種以「資閒談」方式呈現的口語批評模式，便是作者邀請讀者加入「閒談」的行列。因此，在創作之初，便考慮了讀者的期待視域，談的內容當然必須是讀者有興趣的。一向重視文學接受反應的楊慎，要說給讀者聽的「話」，也必定要揣想他的談話對象想聽見什麼，以免「話不投機半句多」，從內行人到非內行人，讀者期待什麼？而楊慎又和他的讀者談些什麼呢？藉此我們也可以閱讀那一時代的讀者大眾。

爲了贏得讀者／受眾的迴響，迥異於同時代其他詩論旗幟明顯，以談詩論理爲要的嚴肅詩話作品，《詩話》呈現雅俗交織的談詩傾向，模糊了內行人

〔註11〕見蔡鎮楚：《詩話學》（長沙：湖南教育出版社，1990），頁 148。

與非內行人間的界線,因此,有許多有別於當時其他文學批評著作,有許多
深具開創意義的談詩論藝展現。

(一)感官與情色

為了貼近讀者,吸引非文人的受眾閱讀,詩話不僅有宣揚詩學理念、詮
釋古典詩歌的功能,閱讀的娛樂性也成為重要的考量,楊慎經常採用一般人
容易感受的感官論詩,如為了讓讀者明白近日刻詩者去注釋,強作解事小兒
之通病,以一般人都曾體會過的進食經驗為喻,「謬者猶曰:『詩刻必去注釋,
從容咀嚼,真味自長。』此近日強作解事小兒之通弊也。蓋頤中有物,乃可
言咀嚼而出真味,若空腸作雷鳴,而強為嘎齒之狀,但垂饞涎耳,真味何由
出哉?」〔註12〕說明詩失古釋,如腹內無物,強作咀嚼狀,「垂饞涎耳」,真
味無由出哉;又譏評欲學王維、孟浩然的後人,劣於「學步邯鄲,效顰西子」,
乃是「醜婦生瘡,雪上再霜也」〔註13〕,從視覺感官出發,極寫後人仿作之
醜惡,令人發笑。這樣多重感官經驗的論述,可收容易感知之效,使詩論易
於得到共鳴,進而達到推廣之效。

除了感官論詩,詩話也以日常生活經驗之喻談詩,如以書法筆法,評何
仲默、薛君采優劣,云「崔詩賦體多,沈詩比興多。以畫家法論之,沈詩披
麻皴,崔詩大斧劈皴也」〔註14〕;以「殆類優伶副淨滑稽之語」譏評近日解
學士縉的〈弔太白〉為小丑不入流之言〔註15〕,都將日常生活經驗帶入詩的
閱讀中,這些談詩論藝之法,皆運用庶民日常生活所見、所聞、所感,能夠
貼近讀者之心,增加讀者的體會度。而有時論述強度的增加,來自悚動字眼
的使用:

> 曹孟德樂府,如〈苦寒行〉、〈猛虎行〉、〈短歌行〉,膾炙人口久矣。
> 其稀僻罕傳者,如「不戚年往,憂世不治。存亡有命,慮為之蚩。」

〔註12〕楊慎:〈偃曝〉,《升庵詩話箋證》,卷10,頁351。

〔註13〕楊慎:〈右丞詩用字〉「王右丞詩:『暢以沙際鶴,兼之雲外山。』孟浩然云:
『重以觀魚樂,因之鼓枻歌。』雖用助語辭,而無頭巾氣。宋人黃、陳輩效
之,如『且然聊爾,得也自知之。』又如『命也豈終否,時乎不暫留。』豈
止學步邯鄲,效顰西子,乃是醜婦生瘡,雪上再霜也。」見《升庵詩話箋證》,
卷6,頁192。

〔註14〕楊慎:〈黃鶴樓詩〉,《升庵詩話箋證》,卷4,頁136。

〔註15〕楊慎:〈搥碎黃鶴樓〉「近日解學士縉作弔太白詩云:『也曾搥碎黃鶴樓,也曾
踢翻鸚鵡洲。』殆類優伶副淨滑稽之語。噫!太白一何不幸耶!」見《升庵
詩話箋證》,卷7,頁226。

又云：「壯盛智慧，殊不再來，愛時進趣，將以惠誰？」句法高邁，而識趣近於有道，可謂文姦也已。〔註16〕

女郎李月素〈贈情人〉詩云：「感郎千金意，含嬌抱郎宿。試作帳中音，羞開燈前目。」張碧蘭〈寄阮郎〉云：「君似洛陽花，妾似武昌柳。兩地惜春風，何時一攜手。」眞花月之妖也。〔註17〕

姦淫乃日常俚俗詬罵詞彙，第一則詩話中，楊慎卻以「文姦」盛讚曹操識趣近於有道之詩句，以高度悚動讀者心目的「姦」字，論曹詩之妙不可言。「妖」乃形容超乎常理的人、事，如楊慎〈服妖〉一則筆記，論失序失制的服飾現象，「晉傅咸奏議云：妹喜冠男子之冠，桀亡天下。何晏服婦人之服亦亡其身。內外不殊，王制失序，此服妖也。又按史謝尚好著刺文袴，周弘正少日錦鬢紅褶，蓋東晉南朝之人病，不特服妖而已，王儉作解散髻斜插簪亦服妖。」〔註18〕所以「妖」字在楊慎論述體系中，意謂過度誇張、失序的社會文化現象，楊慎卻反用其事，用以稱譽兩女郎直露豔媚之情詩。「姦」、「妖」都是與感官有關的誇張、負面論述，楊慎反用以製造文趣，可收攫掇讀者目光之效。

編撰過《漢雜事秘辛》、《江花品藻》、《麗情集》等「香豔」書籍，開晚明情色文學風氣的楊慎，在《詩話》中也經常不避情色、綺靡：

「紫微才調復知兵，常覺風雷筆下生。猶有枉拋心力處，多於五柳賦〈閑情〉。」梁昭明太子序《陶淵明集》云：「白璧微瑕，惟在〈閑情〉一賦。」……杜牧嘗譏元白云：「淫詞媟語，入人肌膚，吾恨不在位，不得以法治之。」而牧之詩淫媟者，與元白等耳！豈所謂「睫在眼前猶不見」乎？〔註19〕

〈九歌〉「滿堂兮美人，忽獨與予兮目成」，宋玉〈招魂〉「娭光眇目曾波」，相如賦：「色授魂與，心愉於側」，枚乘〈菟園賦〉：「神連未結，已諾不分」，陶淵明〈閑情賦〉「瞬美目以流盼，含言笑而不分」，曲盡麗情，深入冶態，裴硎《傳奇》，元氏〈會眞〉，又瞠乎其後矣，所謂「詞人之賦麗以淫」也。〔註20〕

〔註16〕 楊慎：〈曹孟德樂府〉，《升庵詩話箋證》，卷1，頁41。

〔註17〕 楊慎：〈兩女郎詩〉，《升庵詩話箋證》，卷11，頁413。

〔註18〕 見楊慎：《升庵集》，卷69，頁679。

〔註19〕 楊慎：〈崔道融讀杜紫微集〉，《升庵詩話箋證》，卷11，頁385。

〔註20〕 楊慎：〈古賦形容麗情〉，《升庵詩話箋證》，附錄一，頁520。

或論杜牧詩之淫媟程度與元白相等；或兼論屈原〈九歌〉、宋玉〈招魂〉、枚乘〈菟園賦〉、陶淵明〈閑情賦〉、裴鉶《傳奇》、元氏〈會真〉以證「詞人之賦麗以淫」，此皆彰顯楊慎不避情色的文學傾向。《詩話》中就有許多以女色談詩的有趣現象：

> 杜子美詩「不嫁惜娉婷」，此句有妙理，讀者忽之耳。陳後山衍之云：「當年不嫁惜娉婷，傅粉施朱學後生。不惜捲簾通一顧，怕君著眼未分明。」深得其解矣。蓋士之仕也，猶女之嫁也，士不可輕於從仕，女不可輕於許人也。「著眼未分明」，相知之不深也。古人有相知之深，審而始出，以成其功者，伊尹、孔明是也。有相知不深，確乎不出，以全其名者，嚴光、蘇雪卿是也。有相知不深，闒然以出，身名俱失者，劉歆、荀彧是也。白樂天詩：「寄言癡小人家女，慎勿將身輕許人。」亦子美之意乎！〔註21〕

這則詩話先呼喚讀者注意原來經常忽視的詩句，「此句有妙理，讀者忽之耳」，接著以「女之許人」喻說「士之仕也」，以此巧喻歸結出「癡小人家女，慎勿將身輕許人」，以女子擇偶出嫁喻出仕，言士出仕必慎之理，饒富情趣。有些是以不同的女子，況喻詩人、詩作：

> 「五言古詩，漢魏而下，其響絕矣。六朝至初唐，止可謂之半格。」又曰：「近體，作者本自分曉，品者亦能區別。」高棅選《唐詩正聲》，首以五言古詩，而其所取，如陳子昂「故人江北去，楊柳春風生」，李太白「去國登茲樓，懷歸傷春秋」，劉智虛「滄溟千萬里，日夜一孤舟」；崔曙「空色不映水，秋聲多在山」，皆律也。而謂之古詩，可乎？譬之新寡之文君，屢醮之夏姬，美則美矣，謂之初笄室女，則不可。於此有盲妁，取損罐而充完整，以白練而為黃花，苟有屚婿，必售其欺。高棅之選，誠盲妁也。近見蘇刻本某公之序，乃謂《正聲》「其格渾，其選嚴。」噫！是其屚婿乎？〔註22〕

> 或語予曰：「朱文公〈感興〉詩比陳子昂〈感遇〉詩有理致。」予曰：「譬之青裙白髮之節婦，乃與靚妝炫服之宮娥爭妍取憐，拚材角妙。不惟取笑旁觀，亦且自失所守。要之，不可同日而語也。彼以〈擬招〉續《楚辭》，〈感興〉續《文選》，無見於此矣。故曰「離之則雙

〔註21〕楊慎：〈不嫁惜娉婷〉，《升庵詩話箋證》，卷8，頁232。
〔註22〕楊慎：〈高棅選唐詩正聲〉，《升庵詩話箋證》，卷4，頁130。

美，合則兩傷。」要有契予言者。〔註23〕

第一則詩話批駁高棅選《唐詩正聲》爲盲妁之舉，而認同者爲屬婿之見，認爲誤選五言古詩爲近體，如同誤認「新寡之文君」、「屢醮之夏姬」爲「初笄室女」，以女子喩詩，使讀者讀之，如見文君、夏姬之風華，如視初笄室女之純眞。讀詩如窺美女之貌，巧妙地結合感官與閱讀，體現閱讀的歡愉。第二則詩話則認爲朱文公〈感興〉和陳子昂〈感遇〉詩風格情感不同，不可等量齊觀，如同「青裙白髮之節婦」不可與「靚妝袨服之宮娥」爭妍，使讀者揣摩兩詩內容時，與節婦、宮娥容貌、姿態產生奇異的結合，這些比況都產生情色與閱讀的結合，激發另類的閱讀魅力。

或以日常感官經驗營造共鳴感，或是詩中美人引人想入非非，以感官的觸動造成閱讀歡愉，感官建構了審美經驗，成爲一種享樂式的消費性閱讀型態。誠如本雅明對波特萊爾的閱讀：「波特萊爾面對的是讀抒情詩很困難的讀者。《惡之華》的導言就是寫給這些讀者的。意願的力量和集中精力的本領不是他們的特長，他們偏愛的是感官快樂」〔註24〕，又說「在偉大的抒情詩和大眾之間存有裂痕，……我們詮釋這個分離狀態爲人類經驗結構本身產生轉變的結果」〔註25〕，「讀詩的困難」來自讀者感知結構的變化，而在這種閱讀與感官的連結中，我們也嗅出了市民文化的品味，預言晚明出版文化的巨變。

（二）讀者意識的關注

詩話既是「話詩」，一種以「資閒談」方式呈現的口語批評模式，便是詩話的作者邀請讀者加入「閒談」的行列。而吸引讀者閱讀賞詩最佳策略，恐怕是編撰者「以身說法」，告訴讀者閱讀的歡愉，在《詩話》中楊愼經常寫出自己的閱讀感受：

> 詩話稱韋蘇州〈郡齋燕集〉詩首句「兵衛森畫戟，燕寢凝清香。海上風雨至，逍遙池閣涼」爲一代絕唱。余讀其全篇，每恨其結句云：「吳中盛文史，羣彥今汪洋。方知大藩地，豈曰財賦強。」乃類張打油、胡釘鉸之語，雖村教督食死牛肉燒酒，亦不至是繆戾也。後見宋人《麗澤編》無後四句。又閱韋集，此詩止十六句，附顧況和

〔註23〕 楊愼：〈感遇詩〉，《升庵詩話箋證》，卷12，頁460。
〔註24〕 引自本雅明（Walter Benjamin）著，張旭東、魏文生譯：《發達資本主義時代的抒情詩人》（北京：三聯，1989），頁125。
〔註25〕 班雅明著，林志明譯：《說故事的人》（臺北：臺灣攝影工作室，1998），頁74。

　　篇亦止十六句，乃知後四句乃吳中淺學所增，以美其風土，而不知

　　釋迦佛腳下不可著糞也。三十年之疑，一旦釋之，是日中秋，與弘

　　山楊從龍飲，讀之以爲千古之一快，幾欲如貫休之撞鐘矣。〔註26〕

這則詩話寫及楊愼讀韋蘇州《郡齋燕集》詩，每恨其結句繆戾，百思不得其
解。後因閱覽他書，蒐羅資料，才知道後四句乃吳中淺學爲美其風土所妄增。
這個意外的發現，卻足以使他「讀之以爲千古之一快」，有如貫休冥思苦想，
終於完成理想中的詩句而欣喜若狂，再現了一個享受閱讀歡愉的雀躍讀者形
象。楊愼或欣喜或悲傷，這些都是「個體性」讀者的閱讀反應〔註27〕，等於
向讀者宣示了閱讀的自由，告訴讀者不論主觀、即興、差異，儘管適性地閱
讀，而「我」讀，所以我存在。

　　除了編撰者自身閱讀的分享，藉以引起情感上的共鳴，誘發閱讀慾望外，
楊愼也經常在詩話中呼喚讀者，引起閱讀實踐：

　　「殼聲沈後野風悲，漢月高時望不歸。白骨已枯沙上草，佳人猶自

　　寄寒衣。」此詩亦陳陶之意，仁人君子觀此，何忍開邊以流毒萬姓

　　乎？〔註28〕

這一則詩話導讀了沈彬〈弔邊人〉一詩，頗有陳陶名詩「誓掃匈奴不顧身，
五千貂錦喪胡塵；可憐無定河邊骨，猶是深閨夢裡人」之旨，最後憂國憂民
的楊愼，呼喚讀者，「仁人君子觀此，何忍開邊以流毒萬姓乎」，以此詩帶入
世局紛擾的時事意義，希冀仁人君子，安國定邦，這種呼喚讀者的話語，使
《詩話》成爲一種讀者化的文本〔註29〕，能引起思考，形成讀者自我反思

〔註26〕楊愼：〈韋應物蘇州郡齋燕集詩〉，《升庵詩話箋證》，卷9，頁271。其它如〈陪
　　　　族叔侍郎曄及賈舍人至遊洞庭〉「『洞庭西望楚江分，水盡南天不見雲。日落
　　　　長沙秋色遠，不知何處弔湘君。』此詩之妙不待贊，前句云『不見』，後句『不
　　　　知』，讀之不覺其複。此二『不』字，決不可易。大抵盛唐大家、正宗作詩，
　　　　取其流暢，不似後人之拘拘耳。聊發此義。」見《升庵詩話箋證》，卷7，頁
　　　　219。

〔註27〕這種以個人身份說話的批評模式，毫不掩飾主觀的閱讀感受，可以說是一種
　　　　「個體性」的讀者，參見楊玉成：〈劉承翁：閱讀專家〉，收入《國文學誌—
　　　　—宋代文化專號》（彰化：彰化師範大學，1999），頁220。

〔註28〕楊愼：〈沈彬弔邊人〉，《升庵詩話箋證》，卷10，頁334。

〔註29〕這種召喚讀者的文本，可說是羅蘭·巴特（Roland Barthes）所說的「可寫」
　　　　文本，而不僅是「可讀」的文本。羅蘭·巴特說：「爲什麼這種能引人寫作者
　　　　是我們的價值所在呢？因爲文學工作（將文學看作工作）的目的，在令讀者
　　　　做文的生產者，而非消費者。」見羅蘭·巴特著，屠友祥譯：《S／Z》（上海：

（seif-reflexive）的現象，創造互動式的閱讀。然有時楊慎對讀者的呼喚也流露一些無奈之情，如〈東閣官梅〉一則極力批駁僞蘇註之謬，對於其中錯誤詮釋、架空妄說、僞作指證歷歷，因此，對於時人邵文莊獨信並手抄其註的行徑，感到十分痛心，有深切的「讀者之不悟，其奈之何」之慨〔註30〕。

明中葉以後，伴隨出版業的興起，讀者意識漸漸取代傳統作者中心觀，作者和讀者的互動日益頻繁，作者不再如昔日閉門造車式的創作，編撰過程中往往意識到讀者的存在。詩話「資閒談」的近似口語的模式，使說話者（addresser）和受話者（addressee）的傳播成爲可能，邀請讀者的參與，分享個體式的閱讀經驗，抑或呼喚讀者、爲讀者而悲喜，《詩話》成爲一個對話空間，這些都是吸引閱讀，引起廣大迴響、共鳴的絕佳策略。而在作者漸漸重視讀者意識的同時，一群影響編撰樣貌、出版型態的讀者隱然迅速崛起。

二、傳播策略

明中葉以後，文學書籍的大量出版，使文學接受更爲便利，閱讀群眾的文學需求也反過來刺激書籍的生產，兩者的活絡互動，書籍漸漸從單純的文化交流意義，微妙地滲入商業傳播色彩，置於當時的商業傳播語境中，成爲一種可以企業化經營的文化商品〔註31〕。

《升庵詩話》並不是一次定稿付梓，而是分爲《詩話》、《續集》、《別錄》《補遺》等階段性出版，從序跋的相關陳述可知，程啓充、李調元曾爲《詩話》作序：

> 昔在孔子，博文約禮，孟氏博學反約。多識畜德，聖哲所尚，稽古
> 博文，代有其人。反而說約，匪心會神悟，雖六經亦糟粕耳。吾友

上海人民出版社，2000年），頁56。

〔註30〕楊慎：〈東閣官梅〉「宋世有妄人，假東坡名作《杜詩註》一卷刻之，一時爭尚杜詩，而坡公名重天下，人爭傳之，而不知其僞也。……按何遜未嘗爲揚州法曹。是時南北分裂，遜爲梁臣，何得復居洛陽？洛陽，乃魏地也。既居魏，何得又請再任，請於梁乎？請於魏乎？其說之脫空無稽如此。略曉史冊者，知其僞矣。近日邵文莊寶乃手抄其註，入《杜詩七言律》刻行，豈不誤後學耶？僞蘇註之謬，宋世洪容齋、嚴滄浪，劉須溪父子，馬端臨《經籍考》皆力辨其謬，而文章鉅公如邵文莊者，乃獨信之。……而讀者之不悟，其奈之何！」見《升庵詩話箋證》，卷8，頁245。

〔註31〕參見周彥文：〈宋代坊肆刻書與詩文集傳播的關係〉，收入中國古典文學研究會主編：《文學與傳播的關係》（台北：學生書局，1995），頁23－45。

升庵楊子，正德辛未臨軒及第，蜚聲詞垣，纘承家學。……升庵資稟穎絕，天將致之于成，投艱畀困，動心忍性，故其所得益深，所見益大，舉而措之，寅亮弘化，不在茲乎？若曰詞藻丹鉛，談鋒芒鍔，是乃唐宋諸人之贅，升庵之見當不如是也。升庵在滇，手所抄錄漢晉六朝名史要語千卷，所著有《丹鉛餘錄》、《丹鉛續錄》、《韻林原訓》、《蜀藝文志》、《六書索隱》、《古音略》、《皇明詩鈔》、《南中稿》諸集，此則挈其准於詩者，曰《詩話》云。〔註32〕

昔人於書，非徒誦說之而已，將必以心之所欲言，口之所能達者，必之于冊，流連覽觀，以示弗諼。久之，而所得衷然焉，取精用宏，直此之故。明自正、嘉以來，言詩者一本嚴羽、楊士宏、高棅之說，以唐爲宗。以初、盛爲正始、正音，中、晚爲步武、遺響。斤斤權格調之高低，必一於唐而後快。甚或取詩之先後乎唐者，皆度閣勿觀。嗚呼，亦思唐人果讀何書、使何事，而遂以成一代之作者已乎？升庵先生作詩不名一體，言詩不專一代，兼收并蓄，待用無遺，而說者或以繁縟靡麗少之。韓退之不云乎：「惟古于文必己出，降而不能乃剽賊。」試觀先生之詩，有不自己出者乎？先生之論詩，有不自己出者乎？知其自己出而猶以是譏之，是猶責衣之文繡者曰：爾何不爲短褐之不完也；責食之膏梁者曰：爾何不爲藜藿之不充也，其亦惑之甚矣。按何宇度《益部談資》載先生《詩話》四卷，《補遺》二卷。余得焦竑足本十二卷，蓋皆先生心之所欲白，而口之所能言也。讀者謂先生言人之詩也，可，謂先生自言其詩也，亦可。〔註33〕

可知《升庵詩話》是先有詩話而後有補遺，屬於系列出版的性質。文中也論及楊慎不主一家的論詩理念（「作詩不名一體，言詩不專一代，兼收並蓄」），並提到他深具創意和個人風格的論詩手法（「先生之詩，有不自己出者乎？先生之論詩，有不自己出者乎？」），這當然跟詩話本身「資閒談」，是一種論述空間較大而多元的質性有關。程啓充的序言還十分巧妙地提及楊慎的諸多著作，可以說是一種巧妙的置入性宣傳。因爲《升庵詩話》付梓後受到廣大迴

〔註32〕　文末署名「嘉靖辛丑陽月嘉州初亭程啓充序（嘉靖刻本）」見程啓充：〈升庵詩話序〉，收於〔明〕楊慎著，王仲鏞箋證：《升庵詩話箋注》（上海：上海古籍出版社，1987），附錄二，頁603。
〔註33〕　李調元：〈升庵詩話序〉，收於王仲鏞箋證：《升庵詩話箋注》，附錄二，頁606。

響，因此，楊慎又自訂《詩話補遺》，準備出版：

> 考《千頃堂》：《升庵詩話》四卷，《補遺》二卷。前得焦竑刊本共十二卷，係合先生詩話匯刻，以便觀覽，故爲足本。後得《詩話補遺》二卷，乃先生自訂本，所校者門生曹命、楊達是。其中多有焦氏所遺漏，因急補刻，其爲焦氏所併入者，則因次標注于下，庶前、後兩集本來面目皆見。〔註34〕

> 吾師太史升庵公，天篤至穎，一涉靈積，沖齡發詠，金石四遠。謫居南徼，肆力藝壇，休播士林，珪琳萃具。茲刻其藻評之餘風乎！襄小子屢廢離索，得師《詩話》，先梓以傳者，寶帷潛玩，蹶然自謂詩社靈筌，其在茲乎？袪習固，宣哲隱，恢本則神物體，辭省而發興深。脂俚不捐，而約之於義，半璧雙金，崇是可以妙悟三昧矣。竊稍合庠之二祀，適晉陽東岩曹公，以渝別駕，俯牧茲土。家承好古，復購師《補遺》數卷，捐俸登梓，與前妙并傳。小子又受而讀之，希音過繹幸哉！然曰：吟瀚評品，雌白無慮數十家，抑多隨興稱寄，晬盤百具，資發蓋鮮。滄浪以禪極喻，要亦章概而鮮暴於縷。維公白首精能，天出窈密，隻辭半撢，戛玉示牖，眞詩林之神翼，騷圃之玄英也。跡是以階其尚，其有窮乎？其有窮乎？

> 時嘉靖丙辰三月、門生大理楊達之頓首謹序（嘉靖刻本）〔註35〕

楊慎門生楊達之，說明因深受《升庵詩話》啓發，「得師《詩話》，先梓以傳者」，後又「復購師《補遺》數卷，捐俸登梓，與前妙并傳」，希望流傳廣布，使眾人皆受其益。在《詩話》和《補遺》完成之際，楊慎贈書同鄉文人王嘉賓，王嘉賓序云：

> 鄉先生升庵太史寓滇之日，杜門卻掃，以文史自娛。著書凡十數種，流播海內。金桴玉屑，人巫珍藏，點翰之暇，復述綴《詩話》，以禪詞林之缺。三筆業已鍥索，奇且富矣。茲《補遺》三卷，乃公門人晉陽曹壽甫詮次成帙，請于嚴君東崖郡公，授梓以傳。公掌合篆，臥而治之，雅尚文事，實以有餘力也。先是升庵先生貽書不肖，俾引簡端。顧讋陋何能贊一辭，聊質疑於先生焉爾。敘曰：嚴滄浪氏云：「詩有別材非關書；別趣非關理。」若然，則鑿空杜撰，可謂殊

〔註34〕 李調元：〈詩話補遺序〉，收於《升庵著述序跋》，頁174。
〔註35〕 楊達之：〈詩話補遺序〉，收於《升庵著述序跋》，頁173。

材；繆誕譴浪，亦云異趣。詩之要旨，果如斯而已乎？今觀編內，
粗舉一二，如「天闕」、「偃曝」之訂正，「石砥」、「卸亭」之考索，
其於古昔作者取材寄興之端委，掇菁鈎玄，殆同堂接席而面與契勘
也。嗚呼，杜紫微不識龍星，房叔遠能喻湖目。放翁〈沈園〉之詠，
誠齋〈無題〉之什，非發揮於後村，二詩之意幾晦。然則詩材詩趣，
果在書與理外耶？陸士衡云：「傾群言之瀝液，漱六藝之芳潤。」此
固太史公之餘事。嗟嗟小子，讀書滅裂，不見目睫者，跡公之融神
簡編，其精密該綜若此，將無愧汗浹背耶？藝苑君子，三餘披覽，
獲益良多。知不啻如乾饌之非烹非炙，聊甘眾口而已。〔註36〕

這篇序言，楊慎安排王嘉賓現身說法，詳述鄉先生升庵太史寓滇之日，用功
之甚，著作之多，流播之廣。代言人王嘉賓不但稱譽三筆詩話著作，還兼及
其他十餘種著述，貽書、索序，「讀者」的話製造可信度，傳播出版品的精彩
度和可讀性。根據近人王仲鏞考訂亦說明：

《升庵詩話》四卷，明嘉靖辛丑（一五四一）刊。卷首有嘉州程啟
充序。……啟充與升庵為素交，以詩迭相唱合，於是即升庵在滇叢
著中，挈其準於詩者，曰《詩話》，序而刻之。今見此書，或為搜討
奇遺，或為辨訂訛誤，或為詮釋音義，或為掇拾異聞，其間立宗旨，
貶時弊，微言眇義，亦往往間出。《明史‧藝文志》著錄《升庵詩話》
四卷，蓋即此本。時升庵五十三。其後有《續集》，有《別錄》，皆
不可見。嘉靖丙辰（一五五六），復有《詩話補遺》三卷之刻，乃門
人曹命所編，輯錄漸廣。〔註37〕

從王嘉賓的序和王仲鏞的考證，可以得知升庵詩話分為三部分：詩話、別錄
（今已亡佚）、補遺。這種系列出版建立了讀者反餽（feedback）的關係，內
容、廣告、銷售藉此形成可控制的模式，書籍進入一個新的傳播階段〔註38〕。
在這個出版機制中，我們或可藉此觀察作者和讀者百態。當然作者也往往利
用前後出版之便，乘勢宣傳，《升庵詩話》系列書籍問世後，果然達到廣大的

〔註36〕 末署名「嘉靖丙辰夏，蜀東縱嶺山人王嘉賓序。」見王嘉賓：〈詩話補遺序〉，
收於楊慎著，王仲鏞箋證：《升庵詩話箋注》，附錄二，頁604。
〔註37〕 王仲鏞：〈升庵詩話後記〉，收於《升庵詩話》，《楊升庵叢書》，第6冊，頁109。
〔註38〕 參見楊玉成師以康熙年間的《尺牘新語》等書為例，說明當時系列出版的新
傳播現象。見氏著：〈小眾讀者：康熙時期的文學傳播與文學批評〉，收入《中
國文哲研究集刊》第十九期（2001年9月），頁60。

迴響，宛如當時的暢銷書：

> 文中子曰：仲尼多愛，愛道也；馬遷多愛，愛奇也。含謂道未嘗不
> 奇，何遽謂奇非道哉！吾友太史公升庵楊子，今之馬遷也，腹笥五
> 年，言泉七略，詩其餘事。又出其緒，綴爲《詩話》若干卷，有《續
> 集》、有《別錄》、有《補遺》，皆詩評也。藝林同志，咸珍傳之，蓋
> 與余同。見聞者十八九，比之宋人《珊瑚鈎》、《漁隱話》，評品允當，
> 不翅度越。九變復貫，知言之選，良可珍哉。〔註39〕

張禺山將楊慎視爲「今之馬遷」，稱譽《詩話》爲其構思五年的嘔心瀝血之作，
並指出《升庵詩話》問世之後，繼之《續集》、有《別錄》、有《補遺》等詩
評作品，「藝林同志，咸珍傳之，蓋與余同。見聞者十八九。」深受藝文界文
士喜愛，受到廣大迴響，皆傳播廣泛、迅速。就出版文化來說，增加書籍的
銷售量，往往必須具備一套有效的宣傳機制與傳播媒介〔註40〕，而系列出版
中的續集經常成爲「廣告」的絕佳園地。乘系列出版之便，即是可以利用出
版先後，以前書宣傳後書的內容，《詩話》中就經常預告了《補遺》的內容：

> 「閨中有一婦人，搗衣寄遠人。深夜不安寢，杵聲聞四鄰。夫婿從
> 軍久，別離無冬春。欲寄向何處，邊塞多風塵。蘭茝徒芬香，無由
> 近君身。」此《古詩十九首》之遺也。鍾嶸云：古詩凡四十餘首，
> 陸機所擬十餘首，至梁昭明選十九首，其餘有見於《樂府》及《玉
> 臺新詠》者，若「上山採蘼蕪」、「橘柚垂華實」、「紅塵蔽天地」、「十
> 五從軍征」、「四坐且莫喧」、「悲與親友別」、「穆穆清風至」……凡
> 十首，皆首尾全。近又閱《類要》及《北堂書鈔》、《修文殿御覽》
> 會合叢殘得此首，其碎句無首尾者，載之於《詩話補遺》。〔註41〕

這一則詩話強調所收錄的「閨中有一婦人，搗衣寄遠人」一詩爲古詩十九首
之遺，是他苦心參考《類要》、《北堂書鈔》、《修文殿御覽》等，蒐羅考證群

〔註39〕張含：〈詩話補遺序〉，收於《升庵著述序跋》，頁172。

〔註40〕關於廣告與傳播媒介的相關概念，可以參見 Robert Bocock 著，張君玫、黃鵬
仁譯：《消費》（高雄：巨流，1996），頁 117～146；〔法〕讓・波德里亞
（Baudrillard）著（該作者有時中譯爲尚・布希亞），劉成富、全志鋼譯：《消
費社會》（南京：南京大學，2001），頁 99～136 以及〔美〕斯蒂文・小約翰
（Littlejohn S・W）著，陳德民、葉曉輝譯《傳播理論》（北京：中國社會科
學，1999），頁 186～229。

〔註41〕楊慎：〈古詩十九首拾遺〉，《升庵詩話箋證》，卷1，頁30。

書，千辛萬苦地會合叢殘，才得此首。這種遺珠之憾、艱辛搜索的語氣，強調所收詩作的珍貴性、稀有性。接著詩話又舉出其他十首有名詩作在《樂府》及《玉臺新詠》可以尋得，提供讀者閱覽地圖。最後頗為神秘地預告一些珍貴的「碎句無首尾者」，即將收入於《詩話補遺》中，敬請期之待之，吸引讀者一覽的慾望，頗有廣告意味。

　　然《修文殿御覽》疑似亡佚已久，「閨中有一婦人」一詩據王大厚考證，首二句見《九家集注杜詩》卷二十中〈擣衣〉詩「寧辭擣衣倦，一寄塞坦深」下師古注引古詩，其餘未知所出〔註42〕，該詩後八句可能是楊慎從其它古詩取之拼貼而成，或出於自己偽作。像這樣考證不精確，或有意偽造的現象，在《詩話》中經常出現，或因處邊遠之地書籍取得不易，只能憑往昔記憶，或因特意偽作，以製造閱讀效果，大體而言，楊慎的編撰態度呈現較不嚴謹的傾向。

　　除了《詩話》系列叢書的宣傳外，這樣的行銷智慧也運用在宣傳其它出版物。楊慎乘詩話「資閒談」之便，在輕鬆的詩歌推薦、介紹、評論中，經常有意無意提及其他相關著作，如此一來，《詩話》變成為一個良好的宣傳、廣告其他出版品的平台：

　　《麗情集》載：湖州妓周德華者，劉采春女也，唱劉禹錫〈柳枝詞〉云：「春江一曲柳千條，二十年前舊板橋。曾與美人橋上別，恨無消息到今朝。」此詩甚佳，而劉集不載，然此詩隱括白香山古詩為一絕，而其妙如此。〔註43〕

　　成都閻丘均，在唐初與杜審言齊名。杜子美贈其孫閻丘師詩云：「鳳藏丹霄暮，龍去白水渾。」蓋稱均之文也。均亦曾至雲南，有〈刺史王仁求碑文〉、〈爨王墓碑文〉，皆均筆也。〈爨墓碑〉，洛陽賈餘絢書。予修《雲南志》，以均與餘絢入〈流寓志〉中。〔註44〕

這兩則詩話記載名妓周德華和唐初詩人閻邱均的相關詩作，但對於兩人事蹟

〔註42〕　參見楊慎撰，王大厚箋證：《升庵詩話新箋證》（北京：中華書局，2008），卷1，頁52。

〔註43〕　楊慎：〈柳枝詞〉，見《升庵詩話箋證》，卷11，頁411。《詩話》中有關《麗情集》的記載很多，如楊慎：〈司空圖馮燕歌〉：「『魏中義士有馮燕，游俠幽并最少年。……為感詞人沈下賢，長歌更與分明說。此君精爽知猶在，長與人間留炯戒。鑄作金燕香作堆，焚香酹酒聽歌來。』《麗情集》作〈沈亞之歌〉，中亦云『為感詞人』云云。下賢，亞之字也。」見《升庵詩話箋證》，卷10，頁326。

〔註44〕　楊慎：〈閻丘均〉，《升庵詩話箋證》，卷6，頁203。

始末略而不提，只預告周德華故事載於楊慎編撰的《麗情集》中，而閻丘均生平史事則載入自己修撰的《雲南志‧流寓志》中。蒐羅兩人相關詩作，引發讀者對兩人興趣，又作了閱讀指南，頗有欲知詳情，請看相關著作《麗情集》、《雲南志》意味。這種宣傳現象在《詩話》中十分普遍，除了《麗情集》、《雲南志》外，楊慎編撰的《風雅逸編》、《拾遺辯誤》、《古今六言詩選》、《升庵集》等，也都以或多或少的篇幅在《詩話》中亮相。而《詞品》也充滿宣傳楊慎出版品的情形，〈側寒〉一則介紹呂聖求〈望海潮〉詞後云「聖求在宋人不甚著名，而詞甚工。如〈醉蓬萊〉、〈撲胡蝶近〉、〈惜分釵〉、〈薄倖〉、〈選冠子〉、〈百宜嬌〉、〈荳葉黃〉、〈鼓笛慢〉，佳處不減秦少游。見予所集《詞林萬選》及《塡詞選格》」〔註45〕；〈蘇易簡〉一則介紹其人「梓州人，宋太宗朝狀元。所著有文集及《文房四譜》行於世。宋世蜀之大魁，自蘇始」，後未錄其詞作而云「蘇之詞，惟〈越江吟〉應制一首，見予所選《百琲明珠》」〔註46〕，在《詞品》中廣告其他相關選集，這種行銷的往往不只是書籍而已，也包括楊慎的文學聲譽。除了《麗情集》、《雲南志》等宣傳楊慎相關著作的「廣告策略」，《詩話》也是一個很好的補充園地：

「今日何日辰良，今夕何夕夜長。琅疏瓊牖洞房，中有美女齊姜。參差匏管笙簧，歌聲含宮反商。蕭暉窈窕芬芳，明燈朗炬煌煌。卸巾解珮褂裳，願言與子偕臧。」此詩甚佳而罕傳，余嘗選古今六言詩，刻已成，偶遇此詩，謾記於此。〔註47〕

秦始皇作驪山陵，周迴跨陰盤縣界，水背陵，障使東西流，運大石於渭北，諸民怨之，作〈甘泉之歌〉云：「運石甘泉口，渭水不敢流。千人唱，萬人謳。金陵餘石大如堀。」此歌見〈三秦紀〉。余編《風雅逸編》，秦以前古歌謠，搜括無遺，而乃復遺此。刻梓已行，不容竄入，遂筆于此。信乎纂錄之難周也。〔註48〕

〔註45〕〈側寒〉，《詞品》，《楊升庵叢書》，第6冊，卷1，頁373。
〔註46〕〈蘇易簡〉，《詞品》，《楊升庵叢書》，第6冊，卷3，頁442。
〔註47〕楊慎：〈弦超贈神女詩〉，《升庵詩話箋證》，卷1，頁12。該詩據王大厚考證弦超神女事，《搜神記》卷一記載甚詳。他書如《法苑珠林》卷八、《太平廣記》卷六十一、《幽怪錄》等亦載其事。所錄詩，僅節錄神女《贈弦超》二百餘言五言長詩數句而已。升庵此錄，未知何據。見《升庵詩話新箋證》，卷1，頁21。
〔註48〕楊慎：〈甘泉歌〉，《升庵詩話箋證》，卷1，頁22。

因爲楊愼選編的《古今六言詩》、《風雅逸編》皆「刻梓已行，不容竄入」，所以偶見的〈弦超贈神女詩〉、〈甘泉之歌〉就只好記載在《詩話》中，《詩話》變成了楊愼許多出版品的補充園地。同時在蒐羅這些遺珠之憾的同時，也宣傳他的相關著作，《詩話》出現的楊愼編纂出版品非常多，此皆增加著作的能見度，而楊愼的陳述也總能吸引讀者按圖索驥閱讀。藉著詩話「以資閒談」的質性，有時楊愼宣傳的是自己的詩作：

> 陸〈南中行紀〉：「雲南中有花，惟素馨香特酷烈。彼中女子以綵絲穿花心繞髻爲飾。」梁章隱〈詠素馨花〉詩云：「細花穿弱縷，盤向綠雲鬟。」用陸語也。花繞髻之飾，至今猶然。予嘗有詩云：「金碧佳人墮馬妝，鷓鴣林裏採秋芳。穿花貫縷盤香雪，曾把風流惱陸郎。」姜夢賓笑謂予曰：「不意陸賈風流之案，千年而始發耶？」〔註49〕
>
> 李太白應制〈清平樂〉詞云：……此詞見呂鵬《遇雲集》，載四首。黃玉林以其二首無清逸氣韻，止選二首。愼嘗補作二首，其一云：「君王未起，玉漏穿花底。永巷脫簪妝黛洗，衣濕露華似水。六宮鸞鳳鴛鴦，九重羅綺笙簧。但願君恩似日，從教妾鬢如霜。」其二云：「傾城豔質，本自神仙匹。二八承恩初選入，身是三千第一。月明花落黃昏，人間天上銷魂。且共題詩團扇，笑他買賦長門。」永昌愈光見而深愛之，以爲遠不忘諫，歸命不怨，塡詞中有風雅也。荒淺敢望前人，然亦不孤愈光之賞爾。〔註50〕

《詩話》饒負在地風味，介紹雲南的「素馨花」和當地婦女頭飾，以及自己因此花此風俗而生靈感創作的詩作，文中巧妙地記載友人姜夢賓讚賞此詩有陸賈風流之味之語；《詞品》則云效李白〈清平樂〉補作二詞，亦載錄張愈光深愛此詞，有「遠不忘諫，歸命不怨」之譽，「讀者」（姜夢賓、張愈光）的讚賞之語使詩詞增色生輝，無疑是一種傳播文學聲譽和作品的極佳宣傳策略。有時這樣的手法也運用在宣傳師友的創作上：

> 亡友安石公，嘉州人。妙於集句，以「鱸魚正美不歸去」對「瘦馬

〔註49〕楊愼：〈陸賈素馨〉，《升庵詩話箋證》，附錄，頁551。見《丹鉛總錄》，卷20。其它如〈雪讚書紈扇〉「羊孚作〈雪讚〉曰：『資清已化，乘氣以靡。遇象能鮮，即潔成輝。』桓胤遂以書扇。余嘗有〈夏日〉詩云：『紈扇書羊孚雪，玉笛吹李白梅。』」這則詩話寫因桓允書扇，得到靈感，楊愼寫成〈夏日〉詩，內容十分新鮮有趣《升庵詩話箋證》，卷1，頁8。

〔註50〕楊愼：〈太白清平樂辭〉，《詞品》，《楊升庵叢書》，第6冊，卷1，頁341。

獨吟眞可哀」。又「請君酌我一斗酒，與爾共消萬古愁。」又「梁間
燕子聞長歎李義山句」；「樓上花枝笑獨眠劉長卿。」「水國蓮花府韓翃」；
「雲帆楓樹林杜工部。」又集杜句弔葉叔晦，讀者爲之泣下。〔註51〕

「傲吏身閒笑五侯，西江取竹起高樓。南風不用蒲葵扇，紗帽閒眠
對水鷗。」長夏之景，清麗瀟灑，讀之使人神爽。鏡川楊文懿公愛
此詩，嘗以「對鷗」名其閣，先師李文正公爲作賦。〔註52〕

這二則詩話都論及師友的作品，或論亡友安石公，妙於集句，使讀者爲之泣
下；或推薦恩師李東陽的〈對鷗賦〉。這些敘述都達到宣傳其人其作的效果，
當然也達到人際傳播的作用，成爲一種另類的社交活動。有時人際傳播關乎
楊慎所處之時之地，與社交活動關係密切：

國朝武將能詩者，洪武中孫炎，其後湯東谷胤績、廣帥王一清、定
襄郭登，人皆知之。雲南都督繼軒沐璘，字學皇象，畫學米元章，
詩學六朝盛唐，以僻遠，人罕知之。余嘗選其數絕句於《皇明詩抄》，
其詠〈臨安荔枝〉長篇云：「建水夫何如，厥土早而熱。蠻花開佛桑，
候禽罷鶗鴃。……眞珠堆綠雲，璵瑁乘綵纈。奉爪天下奇，龍牙
眾中傑。飽食慚素飧，長吟望林樾。」〔註53〕

這一則詩話則從時人時事出發，介紹本朝著名武將數人，帶出主角雲南都督沐
璘，沐氏家族是楊慎在雲南當地的庇護者和知交，沐氏家族與楊慎交游甚深，彼
此有許多詩文酬唱、書信往來。楊慎大綱式地建構沐璘的完整學經歷，還言及收
羅其詩於《皇明詩抄》的文壇盛事，並將詠〈臨安荔枝〉長篇完整列出，達到傳
播其人其事的良好成效，《詩話》也介紹雲南當地官的詩作〔註54〕，這些推介詩

〔註51〕楊慎：〈集句〉，《升庵詩話箋證》，卷 12，頁 469。楊慎也經常推介其摯友張
含之詩及人，楊慎：《升庵詩話‧龍池春游曲》「『紅心草苗紅桃開，龍池森森
春水來，春鳥啼不歇，春燕語更切。少婦踏青游，傷春無限愁。紅渠蹀蹀曳
羅襪，羅襪塵生暗香發。密意難傳陌上郎，含羞折花空斷腸，跨伫路側盼斜
陽。』永昌張含詩也。」見《升庵詩話箋證》，卷 12，頁 479。

〔註52〕楊慎：〈李嘉祐王舍人竹樓〉，《升庵詩話箋證》，卷 11，頁 380。其它如〈河
州王司馬詩〉「司馬王公玹，陝西河州人。其直節英名，人皆知之，而不知其
文藻也。余同年太史玉壘王公元正，爲余誦其八詩，今記其五：……王公詩，
人罕傳，今特錄之」見《升庵詩話箋證》，卷 12，頁 470。

〔註53〕楊慎：〈沐繼軒荔枝詩〉，《升庵詩話箋證》，卷 12，頁 476。

〔註54〕如〈三句詩〉「古有三句之詩，意足詞贍，盤屈於二十一字之中，最爲難工。
徧檢前賢詩，不過四五首而已。岑之敬〈當壚曲〉云：『明月二八照花新，當
壚十五晚留賓，回眸百萬橫自陳。』最爲絕唱。……近日雲南提學彭綱〈詠

作之舉可藉此完成人情互惠的功能，使文學、社交、傳播形成奇異的連結。

　　延續探析詩話傳播的脈絡，一個意外的發現是，《詩話》在推介詩人的部分，地域色彩十分濃厚，楊愼關注的地域是故鄉蜀地和貶謫地雲南，先是《詩話》中有幾則澄清李白籍貫的記載：

> 杜子美詩：「近來海內爲長句，汝與東山李白好。」流俗本妄改作「山東李白」。按樂史序《李白集》云：「白客遊天下，以聲妓自隨，效謝安石風流，自號東山，時人遂以東山李白稱之。」子美詩句，正因其自號而稱之耳，流俗不知而妄改。近世作《大明一統志》，遂以李白入山東人物類，而引杜詩爲證，近於郢書燕說矣。噫，寡陋一至此哉！〔註55〕

詩話中楊愼義憤塡膺地陳述李白被誤爲「山東李白」的誤謬過程，並批評近世之作《大明一統志》將李白誤植入山東人物類，等同於郢書燕說之舉，嚴正澄清李白爲同鄉（蜀）人，提升故鄉文學聲譽。延續愛鄉愛才的思維，楊愼在詩話中介紹了許多蜀地出身的古今詩人：

> 唐世蜀詩人：陳子昂，射洪；李白，彰明；李餘，成都；雍陶，成都；裴廷裕，成都；劉蛻，射洪；唐球，嘉州；陳詠，青神；岑倫，成都；符載，成都；雍裕之，成都；王巖，綿州布衣；劉睽，綿州鄉貢進士；李渥，綿州；田章，綿州；柳震，雙流；苑咸，成都；劉灣，蜀人；張曙，巴州；僧可朋，丹稜；鹿虔扆，蜀人；毛文錫，蜀人；朱桃椎，蜀人；杜光庭，青城。若張蠙、韋莊、牛嶠、歐陽炯，皆他方流寓而老於蜀者。嘗欲裒集其詩爲一帙，而未暇焉。〔註56〕

刺桐花〉云：『樹頭樹底花楚楚，風吹綠葉翠翩翩，露出幾枝紅鸚鵡。』亦風韻可愛也。刺桐花，雲南名爲鸚哥花，花形酷似之。彭公此詩本四句，命吏寫刻於圖，遺其一句，復誦之，自覺意足，乃不更改。余聞之晉寧侍御唐池南云。」見《升庵詩話箋證》，卷1，頁13。

〔註55〕楊愼：〈東山李白〉，《升庵詩話箋證》，卷7，頁223。

〔註56〕楊愼：〈唐世蜀詩人〉，《升庵詩話箋證》，卷4，頁120。其它如〈蜀詩人〉「唐時蜀之詩人：陳子昂、于季子、閭邱均、李白、苑咸、雍陶、劉灣、何兆、李餘、劉猛，人皆知之。《北夢瑣言》云：『符載、楊衡、宋濟、張仁寶，皆蜀人，棲隱青城山。』符載，字厚之。文學武藝雙絕。文見《唐文粹》。楊衡詩，見《唐音》。宋濟詩，止有〈東陵美女〉一首。張仁寶，閬中人，見劉後村《千家詩》」見《升庵詩話箋證》，卷4，頁119；〈李餘臨邛愁〉「『藕花衫子柳花裙，多著沈香慢火薰。惆悵妝成君不見，空教綠綺伴文君。』李餘，成都人，文宗太和八年狀元。蜀士在唐居首選者九人，射洪陳伯玉、內江范

王謙，蜀人。有詩一卷，中有〈趙約冰壺賞海棠〉一篇云：「湘羅壓繡華春風，瑤姬慢舞香裀紅。細腰百轉弓靴隱，銀鵝金鳳花成叢。〈六么〉換手調絃索，一串妖聲穿繡幰。沈翠飛香天正樂，寒玉團團貼天角。」其詩絕如李賀，嘗一臠可知鼎味也。〔註57〕

第一則詩話細究詩人故籍，洋洋灑灑地編纂了蜀地文學譜系，這樣的書寫，建構蜀地的詩文之豐／風，使蜀地宛如文學之都，除了羅列諸多蜀地相關詩人，也表明自己欲裒集蜀地詩人詩作爲一帙的文學之志。第二則詩話則聚焦介紹了蜀地當時詩人王謙，盛譽其詩，「絕如李賀，嘗一臠可知鼎味」，只要讀一篇，即可知其詩力深厚。楊慎經常以蜀地詩人自居，還與任瀚、熊過、趙貞吉並稱爲「蜀四大家」〔註58〕，展現了明代文人好以地理區域自我認同的文化現象〔註59〕，這種蜀地之愛也促使其編撰完成《全蜀藝文志》。而這種地域之愛，也擴及楊慎的漫長居留的貶謫之地：

滇中詩人，永樂間稱平、居、陳、郭。郭名文，號舟屋，其詩有唐風，三子遠不及也。如〈竹枝詞〉云：「金馬何曾半步行，碧雞那解

金卿、閬州尹樞，樞弟尹極，夔州李遠，巴州張曙，綿州于環」參見楊慎：《升庵詩話箋證》，卷10，頁329。

〔註57〕 楊慎：〈蜀詩人王謙〉，《升庵詩話箋證》，卷12，頁453。。其他蜀地詩人還有『『月裏嫦娥不畫眉，只將雲霧作羅衣。不知夢逐青鸞去，猶把花枝蓋面歸。』此詩飄飄欲仙，樂府以爲《甘州歌》，而禪宗頌古引之。蓋名作眾所膾炙也。符載，成都人，見《唐文粹》。」見楊慎：〈符載甘州歌〉，《升庵詩話箋證》，卷11，頁386。。楊慎：〈繁知〉：「繁知一，蜀之巫山人，《贈白樂天》詩云：『忠州刺使今才子，行過巫山必有詩。爲報高唐神女道，速排雲雨候清辭。』樂天見之，邀繁生同舟，且曰巫山有王無競、沈佺期、皇甫冉、李端四詩。竟不肯作。古人之服善無我如此。沈與皇甫、李端詩，人多知之。王無競一首罕傳，今錄於此：『神女下高唐，巫山正夕陽。徘徊作行雨，婉戀逐襄王。電影江前落，雷聲峽外長。朝雲無處所，臺殿鬱蒼蒼。』樂天取此在佺期三子之上，信哉。」見《升庵詩話箋證》，卷9，頁268。

〔註58〕 此一說法見《四川通志・人物》「趙貞吉條」謂其「詩文與楊升庵、任少海、熊南沙稱蜀四大家」，見〔清〕常明，楊芳燦等纂修《四川通志》（成都：巴蜀書社，1984），卷9，頁289。

〔註59〕 如明代文壇的茶陵、竟陵、虞山、公安、雲間等派；畫家群體的松江、華亭、雲間、吳派等，皆以地域作爲群體從屬關係。而蜀地文人對地域的認同，在替楊慎作序的俞廷舉文中亦可見，「余嘗與天下士論古今眞大才子得三人：一曰唐太白，一曰宋東坡，一曰明升庵，才皆天縱，殆文苑中之生知安行者……朱遹唐以重刊升庵《全蜀藝文志》問序于余。余讀之，卷帙浩繁，各體具備，不啻《昭明文選》。」見俞廷舉〈全蜀藝文志序〉，收於王文才、張錫厚輯：《升庵著述序跋》，頁45。

五更鳴。儂家夫婿久離別，恰似兩山空得名。」又〈登碧雞山太華寺〉一聯云：「湖勢欲浮雙塔去，山形如擁五華來。」一時擱筆。信佳句也，但全篇未稱耳。其全集予嘗見之，如此二詩，亦僅有也。〔註60〕

滇中詩人蘭廷瑞，楊林人也。予過其家，訪其稿，僅得數十首。如〈夏日〉云：「終日憑闌對水鷗，園林長夏似深秋。槐龍細灑鵝黃雪，涼意蕭蕭風滿樓。」〈冬夜〉云：「枕上詩成喜不勝，起尋筆硯旋呼燈。銀瓶取浸梅花水，已被霜風凍作冰。」〈題嫦娥奔月圖〉曰：「竊藥私奔計已窮，薰砧應恨洞房空。當時射日弓猶在，何事無能近月中？」三詩皆可喜。〔註61〕

第一則詩話介紹了永樂年間滇中四大詩人，尤其聚焦於郭文，介紹其佳作二首，強調其詩作的「珍貴性」（「其全集予嘗見之，如此二詩，亦僅有也」），有闡發顯揚幽微詩人之功。第二則詩話則介紹了滇中詩人蘭廷瑞，楊愼寫及「予過其家，訪其稿」，強調作品的可信度和稀有性（「僅得數十首」）。而不論是傳播蜀地或滇地詩人詩作，都展現楊愼傳播地域文學／文化的慾望。

第三節　建構新古典

一、文學理論與文化風尚

就文學理論來說，梳理《升庵詩話》和《詞品》，可以發現其楊愼的文學觀展現濃郁的六朝之風。有別於當時盛行「文必秦漢，詩必盛唐」的復古思潮，楊愼建構了推尊六朝的「新古典」思潮。就創作來說，楊愼有許多仿擬六朝風格的綺麗濃豔的詩作〔註62〕，亦有許多旖旎豔情的詞曲創作。《四庫全書總目‧升庵集》：「愼以博洽冠一時，其詩含吐六朝，於明代獨立門戶。」〔註63〕論及楊愼在明詩壇獨特的六朝風味；胡應麟評曰：「清新綺縟，獨掇六朝之

〔註60〕楊愼：〈滇中詩人〉，《升庵詩話箋證》，卷12，頁478。
〔註61〕楊愼：〈蘭廷瑞詩〉，《升庵詩話箋證》，補遺，頁505。
〔註62〕如〈舞姬脫鞋歌題畫〉（卷12）、〈游女行〉（卷12）、〈湖豔曲〉（卷12）、〈江豔曲〉（卷12）、〈扶南曲〉（卷13）、〈古豔曲〉（卷14）、〈鶒鶒歌〉（卷14）、〈楚妃引〉（卷14），見《升庵文集》，《楊升庵叢書》，第3冊。
〔註63〕王雲五編：《合印四庫全書總目提要》（臺北：臺灣商務印書館，1985），冊4，集部二十五，卷172，頁93。

秀」〔註64〕；陳田言：「升庵詩，早歲醉心六朝，豔情麗曲，可謂絕世才華」，都談到楊慎詩歌以六朝風格著稱的特色〔註65〕，無怪乎王士禛（1634～1711）《香祖筆記》言：「明詩至楊升庵，另闢一境，真以六朝之才，而兼有六朝之學者」〔註66〕，儼然為明中葉六朝文學風尚的代表。

這樣的文學觀也表現在其文學批評上，楊慎對六朝作家評價很高，謂庾信為「梁之冠絕」，譽李陵為「鍾嶸所謂『驚心動魄，一字千金』，信不誣也」〔註67〕，《升庵詩話》中經常舉出後人承學六朝的詩例，如韓愈、黃庭堅、秦觀正用庾闡〈揚都賦〉「黏天」奇字；杜甫、陽休之〈洛陽伽藍記〉「驅雁」語出鮑照詩；太白「荷花水殿香」全用徐陵語等，楊慎用心探尋六朝與唐詩的關係，編纂《選詩外編》、《選詩拾遺》、《五言律祖》、《七言律祖》、《絕句衍義》、《絕句辨體》等書來證成唐詩之源在於六朝。他推尊六朝文風不遺餘力，還試圖影響當時復古派大家，「何仲默枕藉杜詩，不觀餘家，其於六朝初唐，未數數然也。與余及薛君采言及六朝初唐，始恍然自失。乃作〈明月〉、〈流螢〉諸篇擬之。」〔註68〕前七子之一的何景明（1483～1521）獨尊盛唐詩，除盛唐詩外束書不觀，在楊慎、薛蕙（1489～1541）勸說下試作六朝體。在楊慎的積極倡導下，這種六朝詩風影響、促成了中晚明吳中、金陵的六朝詩派的文風和士風。

他還饒富新意道：「六代之作，其旨趣雖不足以影響大雅，而其體裁實景雲、垂拱之前驅，天寶、開元之濫觴。」〔註69〕提出詞體源於六朝詩之說，他在〈詞品序〉即開宗明義申說：

詩詞同工而異曲，共源而分派。在六朝，若陶弘景之〈寒夜怨〉、梁

〔註64〕 該則詩話載楊慎〈題柳七言律〉後，評「風流醞藉，字字天成，如初發芙蓉，鮮華莫比。第此等殊不多得，大概錯采縷金，雕績滿眼耳。」胡應麟：《詩藪》，收於蔡鎮楚編：《中國詩話珍本叢書》（北京：北京圖書出版，2004），冊11，頁11。

〔註65〕 以上引文參見陳田《明詩紀事》（上海：上海古籍出版社，1993），戊籤，卷1，頁1398～1399。另沈德潛《明詩別裁》亦評楊慎曰：「升庵以高明抗爽之才，宏博絕麗之學，隨題賦形，一空依傍。於李、何諸子外，拔戟自成一家。五言非其所長，以過於穠麗，失穆如清風之旨也。」

〔註66〕 參見王士禛：《香祖筆記》，收於《王士禛全集》（濟南：齊魯書社，2007），卷2，頁237。

〔註67〕 楊慎：〈李陵詩〉，《升庵詩話箋證》，卷1，頁27。

〔註68〕 楊慎：〈螢詩〉，《升庵詩話箋證》，卷10，頁303。

〔註69〕 楊慎：〈選詩外編序〉，《升庵文集》，卷2，頁105。

武帝之〈江南弄〉、陸瓊之〈飲酒樂〉、隋煬帝之〈望江南〉，填詞之
體已具矣。若唐人之七言律，即填詞之〈瑞鷓鴣〉也；七言之仄韻，
即填詞之〈玉樓春〉也。若韋應物之〈三台曲〉〈調笑令〉，劉禹錫
之〈竹枝詞〉〈浪淘沙〉，新聲迭出。吾蜀之〈花間〉，南唐之〈蘭畹〉，
則其體大備矣，豈非共源同工乎！〔註70〕

《詞品》中亦細緻舉許多六朝作品，以證成此說，「梁武帝〈江南弄〉云：『眾
花雜色滿上林，舒芳耀彩垂輕陰。連手熠蹀舞春心，舞春心，臨歲腴，中人
望，獨躑躅。』此辭絕妙。填詞起於唐人，而六朝已濫觴矣」〔註71〕；「王筠
〈楚妃吟〉，句法極異。其詞云：……大率六朝人詩，風華情致，若作長短句，
即是詞也。宋人長短句雖盛，而其下者，有曲詩、曲論之弊，終非詞之本色。
予論填詞，必泝六朝，亦昔人窮探黃河源之意」〔註72〕，楊慎認為「填詞必
泝六朝」，而宋元詞曲，可以貫通於齊梁樂府。王世貞〈詞評序〉云：

詞者，樂府之變也。昔人謂李太白〈菩薩蠻〉〈憶秦娥〉，楊用修又
傳其〈清平樂〉二首，以為調祖，不知隋煬帝已有〈望江南〉詞。
蓋六朝諸君臣，頌酒賡色，務裁豔語，默啟詞端，實為濫觴之始。
故詞源宛轉綿麗，淺至儇俏，挾春月煙火，於閨幨內奏之。一語之
豔，令人魂絕，一字之工，令人色飛，乃為貴耳。至於慷慨磊落，
縱橫豪爽，抑亦其次，不作可耳。作則寧為大雅罪人，勿儒冠而胡
服也。〔註73〕

王世貞認為楊慎推尊六朝的文學觀表現在對一己創作，和對詩詞纖豔綺麗風
格的提倡，可說是明中葉激揚六朝文風，別張壁壘的先驅者。而六朝綺豔旖
旋的文風，亦影響了中晚明豔歌俗曲、情色文學的發展。有趣的是，楊慎在
滇雲「簪花敷粉」、「挾妓遊行」等縱放行徑，頗有六朝名士馳騁於禮教之外
的色彩，與他開啟的崇尚六朝文風相應成趣。綰合來說，文風與士風休戚相

〔註70〕楊慎〈詞品序〉，《詞品》，《楊升庵叢書》，第6冊，頁305。
〔註71〕楊慎：〈梁武帝江南弄〉，《詞品》，《楊升庵叢書》，第6冊，卷一，頁327。
〔註72〕楊慎：〈王筠楚妃吟〉，《詞品》，《楊升庵叢書》，第6冊，卷一，頁336。楊慎
在《詞品》卷一中屢屢言及，如舉陶弘景之〈寒夜怨〉，以為「後世填詞〈梅
花引〉格韻似之。」又舉陸瓊之〈飲酒樂〉，以為「唐人之〈破陣樂〉、〈何滿
子〉皆祖之。」舉徐勉之〈迎客曲〉及〈送客曲〉，以為「其嚴正而又醞藉如
此。」又舉隋煬帝〈夜飲朝眠曲〉二首，以為「二詞風致婉麗」。以上皆升庵
為證成填詞之體六朝已具而援引的例子。
〔註73〕參見王世貞〈詞評序〉，《升庵著述序跋》，頁179。

關，楊慎的文學觀和「老顛欲裝風景」的縱放行徑，都傾向六朝越禮教任自然，崇尚個體自由自覺之風。晚明出現一群不拘禮法，越出名教，展現放誕不羈之行的文人，除了與心學的流行，政治社會語境有關外，亦與楊慎開啟崇尚的六朝文風和縱放士風有關，可為稱晚明異端、狂士、山人的先驅。

楊慎重視傳播的文化意識，也表現在「尚俗」、「新變」〔註74〕的文學觀，〈李前渠詩引〉云「詩之為教，邈矣玄哉。嬰兒赤子，則懷嬉戲抃躍之心，玄鶴蒼鸞，亦合歌舞節奏之應。況乎毓精二五，出類百千，六情靜於中，萬物盪於外。情緣物而動，物感情而遷，是發諸性情，而協於律呂，非先協律呂，而後發性情也。以茲知人人有詩，代代有詩。」〔註75〕，強調每一朝代或人都有其特殊的文學特色，都可以有好詩，秉持這樣的文學觀，楊慎詩詞強調當代性和通俗性，摯友張含就道出這樣的特色，「昔人云，吃井水處皆唱柳詞，觸情匪陶也。……昔人云，以世眼觀無真不俗，以法眼觀無俗不真」〔註76〕，而「俗」即是作品具廣泛的社會滲透性，能夠造成雅俗共賞〔註77〕，《升庵詩話》、《詞品》收羅的詩詞除了是名作外，亦有許多民間樂府、俗曲，內容雅俗交織，除了歷代、當代名家之作，其特色在於收錄許多非名家文人、女性文人、歌兒妓女、無名氏之作，也保存了許多佚篇新句〔註78〕。而楊慎特別特別關注民歌、謠諺的搜集，編輯《古今風謠》、《古今諺》、《風雅逸編》

〔註74〕孫康宜亦注意到楊慎「通變」的文學觀，認為在文學批評史上，楊慎的主要貢獻就是正當有些不良文風在明代文壇發展之時，他能及時以一種通變的文學觀來點醒時人，希望能激起某種文風的改革。見〈走向邊緣的「通變」：楊慎的文學思想初探〉，收於氏著：《古典文學的現代觀：孫康宜自選集》，頁160～174。

〔註75〕楊慎：〈李前渠詩引〉，《升庵文集》，卷3，頁134。

〔註76〕張含：〈陶情樂府序〉，《升庵著述序跋》，頁149。

〔註77〕張宏生亦道出此特色，「俗，在楊慎的作品裡不一定都意味著缺點，所謂俗詞，有的俗在格調，有的俗在語言，有的俗在情趣，出於不同的審美標準，也會有不同的認識。即如楊慎最有名的〈臨江仙〉（滾滾長江東逝水），語言也頗通俗，但深得後人喜愛……『俗』的第一層意思，其實是雅俗共賞」參見氏著：〈楊慎詞學與《草堂詩餘》〉，《南京師範大學學報》，2008年第2期，頁132。

〔註78〕如《升庵詩話》載唐山夫人〈房中樂歌〉、無名氏〈六言詩〉、〈天馬歌〉、漢古詩逸句、佛經似詩者、〈鄰舍詩〉、〈諺語有文理〉等。《詞品》卷一〈小秦王〉錄有三首詞，其中一首為妓女盛小叢作，另兩首為無名氏作。又有女郎姚月華詞作二首，女郎王麗真的〈字字雙〉，如卷二所載〈鬼仙詞〉、〈郝仙女廟詞〉、報恩和尚〈漁家傲〉詞、壽涯禪師〈魚詠觀音〉詞、臨潼石刻〈驪山詞〉等。

等民歌選集，成為中晚明俗文學的先驅〔註 79〕，也是對自己「人人有詩，代代有詩」文學理論的實踐。

因為重視文學的傳播與接受，考量當代性，《詞品》收錄許多當時流行的作品，〈一枝春守歲詞〉言「守歲之詞雖多，極難其選，讀楊守齋〈一枝春〉最為近世所稱」〔註 80〕；〈花綸太史詞〉載其題楊太眞畫圖〈水仙子〉一闋後，評「其風致不減元人小山、酸齋輩。滇人傳唱」〔註 81〕；〈鎖懋堅詞〉載懋堅賦〈沈醉東風〉「為一時所稱」〔註 82〕，《升庵詩話》也收錄許多時人作品和流行於當時的詩作。因此，不管是創作和編撰視域的向俗、雅俗交織，對當代性、新變的重視，都展現了楊愼重視文學流行的傳播意識。

楊愼以創作實踐、文學批評和行動展演，推尊六朝文風和士風，試圖在當時秦漢、盛唐復古文化風潮下，別開生面建構六朝風尚的新古典，具有啟迪晚明文化想像的歷史意義。

二、古籍的靈光

明中葉以後，隨著出版業的持續發展，坊刻的出版品大量超越官刻、家刻，成為出版業大宗，書坊商賈為求牟利，往往大量出版，導致版本不精、內容疏漏、粗製濫造等弊端，出版物校勘不嚴，往往使人疑竇重生，或發生嚴重誤讀現象。另一方面，明代藏書家和藏書風氣伴隨出版文化而興盛，許多珍貴古版古書，成為價值昂貴的古董，亦經常作為釋疑的救星，「古書」就物質文化（古董）和實際作用（古典資料釋疑）層面來說，都成為價值不斐之物。《詩話》中載「觀樂生愛收古書，嘗言古書有一種古香可愛」，楊愼進一步提高古書的價值，「書所以貴舊本者，可以訂訛，不獨古香可愛而已」〔註83〕，他本身便有許多參閱舊本釋疑的美好經驗：

　　陳子昂〈送客〉詩云：「故人洞庭去，楊柳春風生。相送河州晚，蒼

〔註79〕張祖涌〈楊升庵對俗文學的貢獻〉說「楊升庵能從事謠諺的搜輯整理，實為難能可貴。著名的俗文學大家馮夢龍輯有《山歌》十卷、《桂枝兒》（約十卷），但只著眼於民歌，而不重視謠諺。楊升庵早馮一百年便對謠諺進行過研究。」指出楊愼在俗文學發展史上的開拓之功。該文見林慶彰、賈順先編：《楊愼研究資料彙編》（臺北：中研院文哲所，1992），頁 213～219。

〔註80〕楊愼：〈一枝春守歲詞〉，《詞品》，《楊升庵叢書》，第 6 冊，卷 6，頁 590。

〔註81〕楊愼：〈花綸太史詞〉，《詞品》，《楊升庵叢書》，第 6 冊，卷 6，頁 594。

〔註82〕楊愼：〈鎖懋堅詞〉，《詞品》，《楊升庵叢書》，第 6 冊，卷 6，頁 595。

〔註83〕楊愼：〈書貴舊本〉，《升庵詩話箋證》，卷 5，頁 160。

茫別思盈。白蘋已堪採，綠芷復含榮。江南多桂樹，歸客贈生平。」
今本作「平生」，非。書所以貴舊本也。余見新本，疑其誤而思之未
得，一見舊本釋然。〔註84〕

針對今本對陳子昂〈送客〉詩中，「歸客贈生平」誤刊爲「平生」，楊慎疑而
思之不得其解，直到見舊本才釋然解惑，強調舊本的勘誤功能。因此，他經
常強調《詩話》詩作來自古書、珍本，顯示資料來源的可性度和珍貴性：

王建〈宮詞〉一百首，至宋南渡後失去七首，好事者妄取唐人絕句
補入之。「淚盡羅巾夢不成」，白樂天詩也。「鴛鴦瓦上忽然聲」花蕊
夫人詩也。「寶帳平明金殿開」，王少伯詩也。「日晚長秋簾外報」，
又「日映西陵松柏枝」，二首，乃樂府〈銅雀臺〉詩也。「銀燭秋光
冷畫屏」及「閑吹玉殿昭華管」二首，杜牧之詩也。余在滇南見一
古本，七首特全，今錄於左：……。〔註85〕

舊本古香可愛可訂訛，所以楊慎在滇南古書中，見王建〈宮詞〉今版後人妄
補的七首絕句，除了進行比對勘誤工作，馬上據古書摘錄以饗讀者，這種分
享文學珍品的行爲，不但彰顯楊慎對推廣詩歌的熱情，對讀者的無私之心，
強調《詩話》存詩的用心，也一再暗示讀者，許多珍貴詩作乃不傳之秘，增
加《詩話》的閱讀和典藏價值。而比舊本更形珍貴的是手稿，手稿是詩人親
筆，代表第一手資料：

張泰，字亨父，姑蘇人。詩句清拔，名於一時。其〈正月十六日〉
詩云：「長安元夕少燈光，此夜歡娛覺更忙。十里東風吹翠袖，九門
銀燭照紅妝。虹橋御陌爭春步，雲閣誰家閟晚香。醉著吟鞭急歸去，
老夫當避少年狂。」其手書稿，慎於先師李文正公處見之。〔註86〕

張泰爲當代詩人，名著一時，楊慎於其師李東陽處見其手書稿一首，故急錄
之，強調詩人手跡，手跡烙上一種班雅明（Walter Benjamin）所謂的靈光

〔註84〕 楊慎：〈陳子昂詩〉，《升庵詩話箋證》，卷6，頁188。
〔註85〕 楊慎：〈王建宮詞〉，《升庵詩話箋證》，卷9，頁295。其它如〈文與可〉「坡
公亟稱文與可之詩，而世罕傳。《丹淵集》余家有之，其五言律有韋蘇州、孟
襄陽之風，信坡公不虛賞也。今錄其數首於此……此八詩置之開元諸公集中，
殆不可別，今日宋無詩，豈其然乎！」《升庵詩話箋證》，卷12，頁439。
〔註86〕 楊慎：〈張亨父詩〉，《升庵詩話箋證》，卷12，頁474。論及東坡讚賞的詩人
文與可之，此人詩作舉世罕傳，楊慎家有其著作古／珍本，於是據《丹淵集》
錄佳詩八首，與讀者分享

（aura），「即使是最完美的複製也總少了一樣東西：那就是藝術作品的『此時此地』，——獨一無二地獻身於它所在之地，——就是這獨一的存在，且唯有這獨一的存在，決定了它的整個歷史。」〔註87〕詩人手稿召喚讀者回到詩人落筆的時空，展演書寫的當下，製造親見親聞的臨場感，亦等於宣傳了獨家收藏。不管是舊本、古本、手書稿等，除了帶領讀者領略古典的靈光美感，都證明了資料來源不誣，增加《詩話》的可信性，當然也建構了物以稀為貴的價值。而有時這種強調承載於一些物質文化古物上：

> 予往年過劍門關，絕壁上見有唐明皇詩：「劍閣橫空峻，鑾輿出狩回。翠屏千仞合，丹嶂五丁開。灌木縈旗轉，仙雲拂馬來。乘時方在德，嗟爾勒銘才。」是詩《英華》及諸唐詩皆不載，故記於此。〔註88〕

> 余於蜀棧古壁見無名氏號硯沼者，書古樂府一首云：「休洗紅，洗多紅在水。新紅裁作衣，舊紅翻作裏。回黃轉綠無定期，世事反覆君所知。」此詩古雅，元郭茂倩《樂府》亦不載。〔註89〕

《英華》及諸唐詩皆不載的唐明皇詩於劍門關絕壁見之；郭茂倩《樂府詩集》不載的無名氏古樂府詩，於蜀棧古壁見之，強調親歷其境的臨場感。這些敘述都營造、烘托了神祕感和稀有感，暗示讀者詩作獨一無二的特性，頗有獨家意味。文學性的詩歌、棲止於石刻、絕巖、棧道古壁，物質性的古物是文化時間的標記，形成景觀詩意想像。進一步來說，陳耀文《正楊》評〈劍門明皇詩〉云：「此詩《品彙》、本集等多載，『橫空峻』一本作『盤空度』，今

〔註87〕 參見班雅明（Walter Benjamin）著：〈機械複製時代的藝術作品〉，收於氏著，許綺玲譯：《迎向靈光消逝的年代》（臺北：台灣攝影工作室，1999），頁62。另「機械複製所創造的嶄新條件雖然可以使藝術作品的內容保持完好無缺，卻無論如何貶抑了原作的『此時此地』」（頁63），亦可說明印刷與原作靈光消逝的微妙關係。

〔註88〕 楊慎：〈劍門明皇詩〉，《升庵詩話箋證》，卷6，頁184。

〔註89〕 楊慎：〈蜀棧古壁詩〉，《升庵詩話箋證》，卷12，頁479。題材相關的有楊慎：〈武侯祠〉「正德戊寅，予訪余方池編修于武侯祠，見壁間有詩云：『劍江春水綠泛泛，五丈原頭日又曛。舊業未能歸後主，大星先已落前軍，南陽祠宇空秋草，西蜀關山隔暮雲。正統不慚傳萬古，莫將成敗論三分。』後有題云：『此詩始終皆武侯事，子美或未過之。』方池不以為然，予曰：『此亦微顯闡幽，不隨人觀場者也，惜不知其名氏。』」，《升庵詩話箋證》，卷12，頁477；「湖廣景陵縣西塔寺有陸羽茶泉。裴迪有詩云：『景陵西塔寺，蹤跡尚空虛。不獨支公住，曾經陸羽居。草堂荒產蛤，茶井冷生魚。一汲清冷水，高風味有餘。』迪與王維同時，其詩自輞川倡和外無傳。此詩，予見之石刻云。」楊慎：〈裴迪詩〉，《升庵詩話箋證》，卷6，頁194。

云諸唐詩皆不載，何耶？」〔註90〕顯然有些珍奇感疑是刻意渲染，有營造「古典靈光」的意圖，隱含傳播、商業訊息。

「詩話」就其內容來說，有詩歌之「話」，就是有關記詩歌的故事的意味，向來有紀事的傳統，論詩及人及事，「本事詩」早已是一個普遍的詩話體例〔註91〕，「話」詩的故事，增加詩話的趣味性，向來是詩話吸引讀者的地方。由於明中葉以來出版事業發達，書籍流通之便，改變了以往後人爲前人梓刻出書的情況，其中所載當代的文壇及時人軼事，當代讀者便隨即能閱讀之，出版發達促使文學傳播的即時性成爲可能。在這種意義下，《詩話》記述當代的詩的故事，讀者可以讀到當代的情事、秘辛，這都將產生有別於前的不同意義。當然，也在某種程度上，創造更多的閱讀興趣，而「即時性」、「親歷性」將引發閱讀的魅力。

延續詩話「資閒談」的風格，楊慎在詩話中經常書寫文壇、藝林、政壇即時性訊息：

> 張旭以能書名，世人罕見其詩。近日吳中有人收其〈春草〉帖一詩，陸子淵爲余誦之，所謂：「春草青青萬里餘，邊城落日見離居。情知海上三年別，不寄雲間一紙書」，可謂絕唱。余又見崔鴻臚所藏有旭書石刻三詩，其一〈桃花磯〉云：「隱隱飛橋隔野煙，石磯西畔問漁船。桃花盡日隨流水，洞在青溪何處邊？」其二〈山行留客〉云：「山光物態弄春暉，莫爲輕陰便擬歸。縱使晴明無雨色，入雲深處亦沾衣。」其三〈春遊值雨〉云：「欲尋軒檻列清樽，江上煙雲向晚昏。須倩東風吹散雨，明朝卻待入華園。」字畫奇怪，擺雲捵風，而詩亦清逸可愛，好事者模爲四首懸之。〈春草〉一首，眞蹟藏江南人家。〔註92〕

〔註90〕 參見陳耀文《正楊》（臺北：學生書局，1971），卷 4，頁 192～193。又《四庫提要》亦云「又好僞撰古書，以證成己說，睥睨一世，謂無足以發其覆，而不知陳耀文《正楊》之作，已隨其後。」

〔註91〕 蔡鎮楚：「狹義的詩話，按其內容來說，是詩歌之『話』，就是有關詩歌的故事。按其體裁而言，就是有關詩歌的隨筆體，……廣義的詩話，乃是一種詩歌評論樣式，凡屬評論詩人、詩歌、詩派以及記述詩人議論、行事的著作，皆可名之曰詩話。」，參見氏著：《中國詩話史》，頁 5。又羅根澤：「『詩話』出於『本事詩』，『本事詩』出於筆記小說，則『詩話』的偏於探求詩本事，毫不奇怪了。」參見氏著：《中國文學批評史》（上海：上海古籍，1984），第3 冊，頁 608。

〔註92〕 楊慎：〈張旭詩〉，《升庵詩話箋證》，卷 10，頁 310。

楊誠齋愛唐人崔道融〈詠梅〉云：「香中別有韻，清極不知寒。」方
虛谷云：惜不見全篇。余近見雜抄唐詩冊子，此首適全，今載之：「數
萼初含雪，孤標畫本難。香中別有韻，清極不知寒。橫笛和愁聽，
斜枝倚病看。朔風如解意，容易莫摧殘。」因思古人詩文，前代不
傳，或又出於後，未可知也。如蒲城縣李邕書〈雲麾將軍碑〉，已爲
人擊斷。正德中，劉東阜謫居蒲城，乃爲鐵環束之，復完。饒州〈薦
福寺碑〉，宋代爲雷所轟，近日商人取其三段合爲一，尚可印摹。吁！
亦奇事矣！〔註93〕

這些詩話都論及親見親聞之經歷，江南藏家收〈春草帖〉，陸子淵爲楊愼誦之，
崔鴻臚所藏旭書石刻三詩，楊愼親見手稿；歷錄李邕書〈雲麾將軍碑〉眞跡，
爲人擊斷、劉東阜鐵環束修復完之；饒州〈薦福寺碑〉，宋代爲雷所轟，近日
商人取其三段合爲一等文壇藝林事件簿，《詩話》中眾多書畫藝品的訊息，不
但彰顯楊愼的藝術品味，也反應當時流行的文化時尚。這些敘述都頗具時事、
秘辛效應，滿足好文尙藝的讀者之窺視欲。進一步來說，原本是楊愼所見所
聞的藝林事蹟，經過詩話傳播，「個別事件」流入公領域的資訊傳播網絡，就
變成一則則眾所矚目的「新聞事件」〔註94〕，產生公私領域的互動與流動，
吸引讀者目光。有趣的是，有些「新聞」、「眞跡」效果似乎是刻意營造，如
〈雲麾將軍碑〉據考證「世稱〈雲麾將軍碑〉云：者有二，一名〈李思訓碑〉，
在蒲城；一名〈李秀碑〉，在良鄉。明趙崡撰《石墨鐫華》卷三題〈雲麾將軍
碑〉云『北海書逸而遒，米元章謂其屈強生疎，似爲未當。此碑是其得意者，
雖剝蝕過半，而存者鋩鍔凜然。碑在蒲城，楊用修謂已斷，正德中，劉遠夫

〔註93〕 楊愼：〈崔道融梅詩〉，《升庵詩話箋證》，卷9，頁270。其它文壇訊息如〈張
　　　　譚〉「王右丞〈贈張譚〉詩云：『屏風誤點惑孫郎，團扇草書輕內史。』李頎
　　　　亦贈譚『小王破體閑支策，落月梨花空滿壁。詩堪記室妒風流，畫與將軍作
　　　　勍敵。』其爲名流所重如此。記室，左思也。將軍，顧愷之也。譚之畫有〈神
　　　　鷹圖〉，予猶及一見之於京肆。以索價太厚，未之購也」張譚〈神鷹圖〉楊愼
　　　　見之於京肆，價值不斐，顯示當時書畫藝品的商品化。
〔註94〕 關於「資訊網絡與公眾社會的討論」請參見王鴻泰：《流動與互動——由明清
　　　　城市生活的特性探測公眾場域的開展》（台北：台灣大學歷史學研究所博士論
　　　　文，1998）之第4章〈資訊網絡與公眾社會〉。另「新聞」這個名詞，至少在
　　　　明代中期已成爲日常用語，尹韻公：「社會風尚，從明代的許多小說裡看，『新
　　　　聞』、『消息』、『音耗』、『訊息』、『信息』等詞匯，在當時的社會中已是大量
　　　　等詞匯，在當時的社會中已是大量地經常地使用」參見氏著：《中國明代新聞
　　　　傳播史》（重慶：重慶出版社，1990），頁15。

御史以銕束之。又謂已亡。朱秉器又謂良鄉亦有此碑，蒲城者爲趙文敏臨書。今蒲城碑尙在未斷，無有鐵束事。』」〔註95〕此碑尙在未斷，該事疑似虛構，營造傳奇色彩，以增傳播效應。

三、增補與稀有

明代的詩話作品，數量遠遠超越前朝，要吸引讀者目光，首重作品的詳備，而楊慎在《詩話》、《詞品》中經常運用各種話語策略，試圖提高文本價值，增加撰著的可讀性，吸引讀者目光。

（一）增補

強調書籍內容充實爲一常見的宣傳策略，爲了彰顯詩話的詳備，楊慎不斷地蒐羅，纂輯所未逮，增補不足之處：

> 劉須溪所選《古今詩統》，亡其《辛集》一冊，諸藏書家皆然。予於滇南偶得其全集，然其所選多不愜人意，可傳者，止十之一耳。《辛集》中皆宋人詩，無足採取，獨司馬才仲〈洛春謠〉、曹元寵〈夜歸曲〉，尚有長吉、義山之遺意，今錄於此。〔註96〕

劉須溪所選《古今詩統》亡佚《辛集》，楊慎於滇南偶得全集，於是進行挑選，用心擇優留存，錄於《詩話》中，其它如對洪容齋集錄《唐人絕句》等書的遺珠之憾加以補充等〔註97〕，這些舉動都對原有的選集，進行補充，有增加《詩話》價值之效。有趣的是，楊慎的補充經常十分可疑，如《詩話》錄「《修文殿御覽》載李陵詩云：『紅塵蔽天地，白日何冥冥。微陰盛殺氣，淒風從此興。……。寫水置瓶中，焉辨淄與澠。曹父不洗耳，後世有何稱。』此詩《古文苑》只載首二句，見于《修文殿御覽》。鍾嶸所謂『驚心動魄，一字千金』信不誣也。當補入之，以傳好古者。」〔註98〕該詩清馮舒（1593～1645）曾辨之云：「按《古文苑》止載二句，下缺。《文選》李善本〈西都賦〉亦載二

〔註95〕見王大厚：《升庵詩話新箋證》，卷9，頁461。

〔註96〕楊慎：〈洛春謠〉，《升庵詩話箋證》，卷12，頁436。

〔註97〕楊慎：〈洪容齋唐人絕句〉「洪容齋集錄《唐人絕句》五十餘卷，詩近萬首。然予觀之，猶有不盡，隨即書於簡端二十餘首。近又得二首，其一無名氏〈詠姑蘇臺〉云：『無端春色上蘇臺，鬱鬱芊芊草不開。無風自偃君知否，西子裙裾拂過來。』其二柳公綽〈題梓州牛頭寺〉云：『一出西城第二橋，兩邊山木晚蕭蕭。井花淨洗行人耳，留聽溪聲入夜潮。』」見《升庵詩話箋證》，補遺，頁496。

〔註98〕楊慎：〈李陵詩〉，《升庵詩話箋證》，卷1，頁27。

句，『蔽』字作『塞』。以下十二句，《升庵詩話》云出《修文御覽》。此書亡
來已久，所不敢信。」〔註99〕可見李陵詩確可信的只有首二句，這些「補充」
之作來源可疑，可能來自其它古詩的拼貼或自己偽作，像這樣的現象經常出
現在《詩話》中。楊慎以天才式的修補術創造一首首的「新」古詩，而這種
有意的增補、偽作，有吸引讀者，提高傳播效能，也建構了一種奇異的新古
典。

　　《詩話》對於本集有選，他集未收的「珍貴」資料，經常會特別加以強
調：

> 曹子建〈棄婦篇〉云：「石榴植前庭，綠葉搖縹青。丹華灼烈烈，璀
> 彩有光榮。……招搖待霜雪，何必春夏成。晚獲爲良實，願君且安
> 寧。」此詩郭茂倩《樂府》不載，近刻《子建集》亦遺焉。幸《玉
> 臺新詠》有之，遂錄以傳。〔註100〕

> 唐自貞觀至景龍，詩人之作，盡是應制。命題既同，體製復一，其
> 綺繪有餘，而微乏韻度，獨蘇頲「東望望春春可憐」一篇，迥出群
> 英矣。余又見中宗賞桃花，應制凡十餘人，最後一小臣一絕云：「源
> 水叢花無數開，丹柎紅萼間青梅。從今結子三千歲，預喜僊遊復摘
> 來。」此詩一出，羣作皆廢，中宗令宮女唱之，號〈桃花行〉，惜不
> 知作者名。然宋元近時選唐詩者將百家，無有選此者。未之見耶？
> 不之識耶？〔註101〕

曹子建佳篇〈棄婦篇〉，郭茂倩《樂府》未載，近刻子建集亦遺焉，楊慎將之
悉篇錄之，強調《詩話》的完整性；唐中宗賞桃花應制凡十餘人，皆不及一
名不見經傳之小臣之詩，楊慎將無名小臣〈桃花詩〉補上，並強調宋元近時
選唐詩者將百家，無有選此者，強調此詩的稀有難得。這些詩話都強調對其
它選集的增補，增加該作品的珍貴性，提升《詩話》的可讀性。甚至明白指
出《詩話》勝出他書之處：

> 唐沈彬有詩二卷，舊藏有之。其〈入塞詩〉云：「年少辭鄉事冠軍，
> 戍樓閒上望星文。生希沙漠擒驕虜，死奪河源答聖君。鳶甊敗兵眠

〔註99〕參見馮舒：《詩紀匡謬》，收於《叢書集成新編》（臺北：新文豐，1985），總
　　　類，第7冊，頁32。
〔註100〕楊慎：〈曹子建遺詩〉，《升庵詩話箋證》，卷1，頁42。
〔註101〕楊慎：〈桃花詩〉，《升庵詩話箋證》，卷10，頁307。

血草，馬驚冤鬼哭愁雲。功多地廣無人紀，漢南笙歌日又曛。」此言盡邊塞之苦。郭茂倩《樂府》亦載之，而句字不同，其本集所載爲勝，特具錄之。〔註102〕

沈彬詩二卷，楊慎舊藏原籍，《詩話》錄其〈入塞詩〉，並指出一般愛好讀詩者查閱的經典之作——郭茂倩《樂府詩集》與本集字句不同，但以本集爲勝，除了具有勘誤功能外，也隱然強調《詩話》收錄作品，經過重重檢視、比對的優越性，有後出轉精，資料精確縝密，歡迎閱讀的宣傳意味。然根據《樂府詩集》所載，該詩第一句應作「苦戰沙間臥箭痕」；第三句爲「生希國澤分偏將」，五句「眠血草」應爲「眠白日」；六句「冤鬼哭愁雲」應爲「邊鬼哭陰雲」；七句「地廣」爲「地遠」；末句「漢南」應作「漢閣」〔註103〕，顯然原本標榜的精勘嚴校，實則訛誤百出，形成誇張、矛盾的現象，也展現楊慎式的新古典特色。

楊慎喜好拼貼古詩，是許多可疑古詩、樂府的始作俑者〔註104〕，他在〈選詩拾遺序〉說「又網羅放失，綴合叢殘，積以歲月，復盈卷帙，稍分時代，別定詮次，仍以《選詩拾遺》題其目」〔註105〕，「網羅放失，綴合叢殘」展現填補殘缺的慾望，而「綴合」本質上是一種新創造〔註106〕。順應明代復古潮流的文化想像，楊慎經常以這種修補技術，拼合創作許多新的「古詩」，如《藝文類聚》收錄晉宋之際王叔之〈擬古詩〉：「客從北方來，言欲到交趾。遠行無他貨，惟有鳳凰子。百金我不欲（鬻），千金難爲市」〔註107〕，楊慎在其後添補四句：「久在籠中居，羽儀紛不理。放之飛翱翔，何時到故里」，僞稱「漢

〔註102〕楊慎：〈沈彬入塞詩〉，《升庵詩話箋證》，卷10，頁335。

〔註103〕參見王大厚〈沈彬入塞詩〉，〈升庵詩話新箋證〉，卷10，頁562。

〔註104〕此一觀點和資料得自楊玉成師，在此感謝。見楊玉成師著：《馥響：樂府詩的套語與表演》（未出版），在此感謝惠賜借閱。

〔註105〕楊慎：《升庵文集》，收入《楊升庵叢書》，冊3，卷2，頁106。

〔註106〕楊慎自己提到一個「會合叢殘」的例子：「『閨中有一婦，搗衣寄遠人。深夜不安寢，杵聲聞四鄰。夫壻從軍久，別離無冬春。欲寄向何處，邊塞多風塵。蘭茝徒芬香，無由近君身。』此《古詩十九首》之遺也。……近又閱《類要》及《北堂書鈔》、《修文殿御覽》，會合叢殘得此首。其碎句無首尾者，載之於《詩話補遺》。」楊慎著，王仲鏞箋證：《升庵詩話箋證》，卷1，頁30。

〔註107〕歐陽詢編：《藝文類聚》（上海：上海古籍出版社，1999），卷90，頁1559。南宋《緯略》、《海錄碎事》並引此六句，作王獻之。高似孫：《緯略》，收入《叢書集成新編》，冊12，卷7，頁220，「欲」作「鬻」。葉庭珪：《海錄碎事》，收入《四庫全書》，冊921，卷22上，頁895，「貨」作「鱸」。

無名氏詩」〔註108〕。另一完美拼貼的例子是馮惟訥（1512～1572）《古詩紀》據楊慎《選詩拾遺》收錄〈古歌〉：

> 秋風蕭蕭愁殺人。出亦愁，入亦愁。
>
> 〔座中何人，誰不懷憂？令我白頭！〕
>
> 故（胡）地多飇風，樹木何脩脩。
>
> 離家日趨遠，衣帶日趨緩。
>
> 心思不能言，腸中車輪轉。〔註109〕

這首古詩來自兩個片段的精心組合，其一爲《太平御覽》引述「古樂府歌詩」：

> 秋風蕭蕭愁殺人。出亦愁，入亦愁。
>
> 胡地多飇風，樹木何蕭蕭。
>
> 離家日趨遠，衣帶日趨緩。
>
> 心思不能言，腸中車輪轉。〔註110〕

楊慎在原詩第一、二行之插入另一個片段，出自《文選》張載〈七哀詩〉李善注：「〈古詩〉曰：座中何人，誰不懷憂。令我白頭」〔註111〕，這是一個成功的綴合，無論在音韻、情感、形式都完美無瑕。《古詩紀》據以收錄，成爲現今通行的唯一版本，甚至引起廣大好評和迴響，唐汝諤（1551～1636）說：「在座飄零，盡是他鄉之客」〔註112〕；詩人朱湘（1904～1933）說：「它最妙在加入末一句『令我白頭』，這一句出人意料，加增了十二分的力量。」〔註113〕拼綴的古詩取信於明清之後的讀者，被《古詩紀》、《古詩解》等相關選集據以收錄，在楊慎的諸多選集中，像這樣的例子非常多〔註114〕，他以高超的修

〔註108〕楊慎説：「『客從北方來，言欲到交趾。遠行無他貨，惟有鳳凰子。百金我不欲，千金難爲市。久在籠中居，羽儀紛不理。放之飛翱翔，何時到故里？』此漢無名氏詩也，以爲王義之，非也。」王仲鏞説：「宋高似孫《緯略》卷七載此詩前六句，以爲王獻之詩，升庵以爲漢詩，未必可信。」楊慎著，王仲鏞箋證：《升庵詩話箋證》（上海：上海古籍出版社，1987），卷1，頁29，〈古詩〉。楊慎似誤記王叔之爲王義之，後四句蓋楊慎所添補。

〔註109〕馮惟訥：《古詩紀》，收入《四庫全書》（臺北：商務書局，1983），冊1379，卷17，頁136。

〔註110〕李昉等編：《太平御覽》，卷25，頁118。

〔註111〕蕭統編，李善注：《文選》，卷23，頁1090。

〔註112〕唐汝諤選釋：《古詩解》，收入《四庫全書存目叢書》，集部，冊370，卷8，頁422。

〔註113〕朱湘：〈古代的民歌〉，收入《中國文學研究》（臺北：國泰文化公司，1980），頁59。

〔註114〕另一個有名的例子是，楊慎《選詩拾遺》爲〈豔歌〉添補結尾六句「今日樂

補拼貼術，創作許多新古典詩作，成爲一種奇異的知識生產。

（二）物以稀為貴

除了精選其它選集未收之詩，對他集進行增補，強調《詩話》的獨特價值外，《詩話》中經常強調所收資料的稀有性：

> 劉言史〈瀟湘舟中聽夷女唱曖迺歌〉云：「夷女采山蕉，緝紗浸江水。野花滿髻粧粉紅，聞歌曖迺深峽裏。……北人莫作瀟湘遊，九疑雲入蒼梧愁。」「曖迺」，楚人歌也。……此詩世亦罕傳，且錄之。〔註115〕

> 謝靈運有集，今亡。其詩獨《文選》及《樂府》、《藝文類聚》所載數十首耳。余見〈永嘉記〉所引斷章，諸選不收者，今錄於此……。
> 〔註116〕

《詩話》收錄這些詩作，並一再強調「此詩世亦罕傳」、「諸選不收者，今錄於此」、「人罕知之，今錄於此」，罕見、罕傳、罕錄、罕知、不傳等這樣的強調性字眼，以極高的頻率出現在《詩話》中，都一再提醒讀者這些詩作的稀有性、珍貴性，提升《詩話》的可讀可貴，提醒讀者必珍之惜之看重之。

發揮楊慎獎掖提倡文學、文人的熱情，在《詩話》中楊慎也經常體現救亡錄絕的危機感，對於那些幾近亡佚、遺落的詩作，展現更大的採集誠意：

上樂，相從〔步雲衢〕。天公出美酒，河伯出鯉魚。青龍前鋪席，白虎持榼壺。南斗工鼓瑟，北斗吹笙竽。〔姮娥垂明璫，織女奉瑛琚。蒼霞揚東謳，清風流西歈。垂露成帷幄，奔星扶輪輿。〕」括弧部分爲楊慎所增補，見馮惟訥：《古詩紀》，收入《四庫全書》，冊1379，卷17，頁136。

〔註115〕楊慎：〈劉言史詩〉，《升庵詩話箋證》，卷9，頁280。

〔註116〕楊慎：〈謝靈運逸詩〉，《升庵詩話箋證》，卷2，頁56。其後錄〈登石室飯僧〉、〈泉山〉、〈丹山〉三詩。其它如〈劉後村三詩〉「劉後村集中三樂府效李長吉體，人罕知之，今錄於此。……其一〈李夫人招魂歌〉，……其二〈趙昭儀春浴行〉，……其三〈東阿王紀夢行〉……」見《升庵詩話箋證》，卷12，頁437；〈津陽門詩〉：「曾子固云：『白樂天〈長恨歌〉，元微之〈連昌宮詞〉，鄭嵎〈津陽門〉詩，皆以韻語紀常事。』鄭嵎詩世多不傳，余因子固言，訪求得之。其詩長句七言，凡一千四百字，一百韻，止以門題爲名，其實敘開元陳跡也。」見《升庵詩話箋證》，卷10，頁317；「南平王劉鑠〈過歷山湛長史草堂〉詩云：……庾信〈喜晴應詔〉詩云：……吳才老《韻補》，自謂博極羣書，而不引此，何邪？劉鑠，字休玄，《文選》載其〈擬古〉二首，其別詩惟見此首耳。湛長史，名茂之，其〈酬休玄〉詩云：「閉戶守玄漠，無復車馬跡。衰廢歸邱樊，歲寒見松柏。身愧淮陽老，名忝梁園客。習隱非市朝，追賞在山澤，離離插天樹，磊磊間雲石。將此怡一生，傷哉駒過隙。」六朝詩今罕傳，併紀於此」楊慎：〈古詩用古韻〉，《升庵詩話箋證》，卷2，頁54。

劉駕，晚唐人。詩一卷，余家舊有之，今逸其本。嘗記其四首，其
一〈春夜〉云：「一別杜陵歸未期，祇憑魂夢接親知。近來欲睡渾難
睡，夜夜夜深聞子規。」其二〈秋懷〉云：「歲歲干戈阻路歧，望山
心切與心違。秋來何處開懷抱，日日日斜空醉歸。」〈望月〉云：「清
秋新霽與君同，江上高樓倚碧空。酒盡露零賓客散，更更更漏月明
中。」〈曉登成都迎春閣〉云：「朱櫚憑闌眺錦城，煙籠萬井二江明。
香風滿閣花滿樹，樹樹樹頭啼曉鶯。」詩頗新異，聊為筆之。近閱
司馬才仲〈無題二首〉云：「香夢依稀逐斷雲，桃根渡口惜離分。春
愁滿紙無多句，句句句中多為君。」其二：「肌生香雪步生蓮，一捻
腰肢一捻年。頻見樽前渾不語，心心心在阿誰邊？」蓋效之也。〔註117〕

晚唐人劉駕，詩一卷，余家舊有之，今逸其本，沒有文字留存，楊慎憑記憶
載其四首新異之詩，並觀察出司馬才仲仿襲之系譜，歸納出同字並用、新異
詩風的傳承脈絡，這些詩都瀕臨亡佚危機，全屬孤本，這些詩人也即將湮沒
在文學史，楊慎悉心藏之錄之。在編撰者的感慨好詩遺落、滅絕，強調珍藏
的用心良苦之際，也一併宣傳《詩話》的珍貴性。而這種救亡圖存的用心，
有時也投注在發掘罕為人知，被忽略的文壇之星：

「玉輪江上雨絲絲，公子遊春醉不知。蒯渡歸來風正急，水濺鞍帕
嫩鵝兒。」元微之稱蜀士李餘、劉猛工為新樂府，餘詩傳者，僅此
二首。〔註118〕

余昔過岳陽樓，見一詩云：「樓上元龍氣不除，湖中范蠡意何如。西
風萬里一黃鵠，秋水半江雙白魚。鼓瑟至今悲二女，沈沙何處弔三
閭。朗吟仙子無人識，騎鶴吹簫上碧虛。」乃視其姓名，則元人張
翔，字雄飛，不知何地人也。雄飛在元不著詩名，然此詩實可傳。
同時虞伯生、范德機皆有〈岳陽樓詩〉，遠不及也，故特表出之。〔註119〕

〔註117〕楊慎：〈劉駕絕句〉，《升庵詩話箋證》，卷10，頁353。其它如〈寄衣曲〉「唐
　　　　長孫左輔〈寄衣曲〉云：『征人去年戍遼水，夜得邊書字盈紙。揮刀就燭裁紅
　　　　綺，結作同心達千里。君寄邊書書莫絕，妾答同心心自結。同心再解心不離，
　　　　書字頻開字愁滅。結成一夜和淚封，貯書只在懷袖中。莫如書字固難久，願
　　　　學同心長可同。』佐輔，盛唐人，詩集亡逸。此詩《英華》亦不載，故僅錄
　　　　之」《升庵詩話箋證》，卷9，頁269。
〔註118〕楊慎：〈李餘寒食詩〉，《升庵詩話箋證》，卷10，頁328。
〔註119〕楊慎：〈岳陽樓詩〉，《升庵詩話箋證》，卷12，頁465。

蜀人李餘、劉猛、張翔顯然是名不見經傳的詩人（「雄飛在元不著詩名」），所留存下來的詩作也極少（「餘詩傳者，僅此二首」）。楊慎存著闡幽顯微的用心，《詩話》為許多非名家的詩作找到棲身之所，發揮重視邊緣價值的用心。當然收羅、獎掖許多女性詩人的詩作，也是這一用心的體現，（這部分請參看第六章的相關討論）。這些獨家詩人詩作受到後代許多選集的青睞，清《全唐詩》收劉駕詩、李餘詩皆據《升庵詩話》所載，馮惟訥《古詩紀》亦多據楊慎說法，然楊慎經常勘誤不精，如將晚唐詩人劉象誤為劉駕等錯誤〔註120〕，也一併貽誤後人，形成錯誤的詩學系譜，楊慎以拼貼增補建構新古典作品，成為出版文化中的獨特風景。

第四節　文學生態與文化圖景

　　任何著作的體裁、題材的選擇都是作者編輯意識的呈現，美學形式與作家所處的時代環境恆存著不可分割的聯繫〔註121〕，正如布迪厄所言「閱讀是在社會中產生，並揭示了社會」〔註122〕，「文變染乎世情，興廢繫乎時序」，文學現象必須置於整個文學社會語境中，才能更彰顯意義。

　　書籍的消費型態就是被閱讀，因此，一本書籍的發行，除了資料的搜取、贊助、刻印、廣告、宣傳等操作層面的出版機制外，也必需考慮書籍的接受群體。這其中就涉及內容與形式的選擇，這種「選擇」的關注焦點便在於讀者的閱讀品味，作者預設一批可能的閱讀群，於是在創作過程中不斷揣摩讀者的興趣與反應，作為編撰的參考〔註123〕。商業影響文學傳播的方式，在這

〔註120〕據王大厚考證，劉駕，字司南，江東人。唐宣宗大中六年進士，官國子博士。劉象，京兆人。天復元年及第，為太子校書。……楊慎所錄詩，當為劉象之作也。見《升庵詩話新箋證》，卷10，頁588。

〔註121〕「盧卡奇所關注的，是『形式』的定義，他在理論上的推行，是立足於藝術、歷史和社會關係的認識和自覺。換言之，美學與歷史、文學形式與某社會歷史事件，恆存著一種不可分割的聯繫。見何啟良：〈小說的哲學基礎〉，收入盧卡奇著，楊恆達譯：《小說理論》（台北：唐山，1997），頁 xi。

〔註122〕引自布迪厄著，劉暉譯：《藝術的法則——文學場的生成和結構》（北京：中央編譯社，2001），頁62。

〔註123〕埃斯卡皮：「篩選，意味著出版商或其委託人設想一批可能存在的群眾，在大量作品中挑揀出最符合這個對象所需求的作品，這其中有一種重疊而矛盾的特性：一來，要判斷出潛在群眾的意願其購買欲，二來要對人類道德美感體系所要造就的群眾品味究竟該是什麼而做出價值判斷，這雙重疑難也正是所

種文學生態的變異中，讀者的地位將更被凸顯。

　　作者的閱讀喜好經常受到時代氛圍影響，選詩加話的詩話作者即是當時的一個行家讀者。在出版行銷機制下，編撰之際，楊慎也必定考量了當時的文學環境，對當時的文學生態做出或多或少的回應。於是，楊慎的編輯喜好、讀者的期待，以及《詩話》、《詞話》所呈現的種種樣貌，將楊慎和他的讀者群置身於文化語境中，經由對《詩話》、《詞話》文學風貌的探索，從這些文學接受圖景中將可觀察這一時代的文學消費傾向，建構出當時的文學生態版圖。

一、雅俗交織：當代性

　　明中葉以後，由於社會經濟的發達，在物質文化和市民生態都產生很大的變異。就學術思潮而言，明中葉以後心學漸漸興盛，文學則是小說、戲曲異軍崛起。在多元采詩的立場下，「詩」的界域不斷被擴大或某種程度被僭越。當代消費文化與文學欣賞合流，成為了一種新的閱讀型態。從《詩話》、《詞品》這樣處處展現大膽創新、非正統傾向的文學作品中，讀者也往往不但閱讀了文學也閱讀了世情，《詩話》、《詞品》不再只是單純的文學文本，也是一種文化的文本。

　　明中葉以後，小說、戲曲等俗文學漸漸繁盛〔註124〕，隨著出版業的活絡，這些故事性、娛樂性較強的文類，走進文士和庶民生活，成為大眾生活裡的娛樂讀物。文藝著作商品化，閱讀人口從往昔僅限於縉紳文士階層的知識權貴，擴大為普羅世庶，於是閱讀市場漸漸擴編，讀者包羅菁英小眾到農工商

有書籍都面臨的問題，我們卻只能做出折衷的假設：這書能賣嗎？這是一本好書嗎？」見氏著：《文學社會學》（臺北：遠流出版社，1995），頁79。

〔註124〕謝桃坊就論及市民文學在明中期盛行的情形「我們從現存的文獻資料可見到市民文學作品在明代中期刊行流傳的一些情形。成化七年（1471）金台魯氏刊行四種通俗韻文——《四季五更駐雲飛》、《題西廂記詠十二月賽駐雲飛》、《太平時賽駐雲飛》和《新編賽婦列女詩曲》，正德四年（1509）建陽清江書堂刊行通俗小說《剪燈新話》四卷和《剪燈餘話大全》四卷；嘉靖時都察院刊行長篇通俗小說《三國志通俗演義》24卷和《水滸傳》，繼而司禮監刻印《三國志通俗演義》、郭勛刻《水滸傳》，嘉靖31年（1552）建陽清白堂刊行《新刻大宋中興通俗演義》8卷，嘉靖32年清白堂又刊《全像西遊記》21卷100回。……可見都市通俗文學由書坊大量刊行應始於嘉靖，我們可以將嘉靖元年（1522）作為市民文學走向繁榮興盛時期。」參見氏著：《中國市民文學史》（成都：四川人民出版社，1997），頁179。

販、市井婦女，爲了書籍的暢銷，編撰者漸漸要考量多元讀者的需求。

　　《詩話》、《詞品》收錄的詩話有許多具有故事性，有濃厚的小說色彩：

謝自然女仙白日飛昇，當時盛傳其事至長安，韓昌黎作〈謝自然詩〉，紀其跡甚著，蓋亦得於傳聞也。予近見唐詩人劉商集有〈謝自然卻還舊居〉一詩云：「仙侶招邀自有期，九天升降五雲隨。不知辭罷虛皇日，更向人間住幾時？」觀此詩，其事可知矣。蓋謝氏妖道氏所惑，以幻術貿遷他所而淫之，久而厭之，又反舊居。觀商詩中所云仙侶招邀，意在言外，惜乎昌黎不聞也。然則世之所謂女仙者，皆此類耳。〔註125〕

博陵縣有郝仙女廟。仙女，魏青龍中人。年及笄，姿色姝麗。采蘋水中，蒼煙白霧，俄失所在。其母哀求水濱，願言一見。良久，異香襲人，隱約於波渚間。曰：「兒以靈契，託蹟絹宮，陰主是水府。世緣已斷，毋用悲悁。而今而後，使鄉社田蠶歲宜。有感而通，乃爲吾驗。」後人立廟焉。後有題〈喜遷鶯〉詞於壁云：「汀洲蘋滿。記翠籠采采，相將鄰媛。蒼渚煙生，金支光爛，人在霧綃鮫館。小鬟頓成雲散。羅襪淩波，不見翠鸞遠。但清溪如鏡，野花留靨。情睞。驚變現。身後神功，緣就吳蠶繭。漢女菱歌，湘妃瑤瑟，春動倚雲層殿。彤車載花一色，醉盡碧桃清宴。故山晚。歎流年一笑，人間飛電。」〔註126〕

〔註125〕楊慎：〈謝自然升仙〉，《升庵詩話箋證》，補遺，頁498。其它如〈呂用之〉「唐呂用之在維揚日，佐高駢專權擅政。有商人劉損妻裴氏，有國色，用之以陰事搆取。損憤惋，因成詩三首。曰：『寶釵分股合無緣，魚在深淵日在天。得意紫鸞休舞鏡，斷踪青鳥罷銜錢。金盃傾覆難收水，玉軫傾敧嬾續絃。從此蘼蕪山下過，只應將淚比流泉。』『鸞辭舊伴知何止，鳳得新梧想稱心。紅粉尚殘休羃羃，白雲將散信沈沈。已休磨琢投期玉，嬾更經營買笑金。願作山頭似人石，丈夫衣上淚痕深。』『舊嘗遊處徧尋春，覩物傷情死一般。買笑樓前花已謝，畫眉窗下月空殘。雲歸巫峽音容斷，路隔星河去住難。莫道詩成無淚下，淚如泉湧亦須乾。』詩成，吟詠不輟。一日晚，見一蚪髯老叟，行步迅疾，眸光射人，揖損曰：『子衷心有何不平之事？』損具對之，叟夜果入用之家，化形於抖栱之上，叱用之曰：『所取劉氏之妻併其寶貨，速還之，否則隨刃落矣。』用之驚惶，夜遣幹事齎金併裴氏還損，損夜從舟去，蚪髯亦無蹤跡。」寫呂用之以陰事搆取商人劉損妻裴氏，後因蚪髯老叟搭救，得以脫困之事見《升庵詩話箋證》，卷11，頁414。

〔註126〕〈郝仙女廟辭〉，《詞品》，《楊升庵叢書》，第6冊，卷2，頁409。其它如〈白

詩話敘述女仙謝自然飛昇成仙的故事，詞話則述女子采蘋水中，落水飛昇成仙的鄉野奇譚。自來仙怪故事總是充滿神秘、懸疑色彩，故事的人物情節發展，也往往牽引讀者心念，製造良好的閱讀效果。雖然皆以詩敘事，但內容結構以頗類小說情節，小說與詩歌結合，產生雅俗交織的傳播效果，讀者可以在娛樂性的閱讀中談詩論藝，雅俗共賞。伴隨小說戲曲題材的興盛，《詩話》也加入一些相關的詩歌材料，以供讀者佐證：

> 《吳志》：孫權征合淝，爲魏將張遼所襲，乘駿馬，上津橋，板撤丈餘，超度得免，故以名橋。在今盧州境中。詩本逸去，略追記之附於此：「魏人野戰如鷹揚，吳人水戰如龍驤。氣吞魏主惟吳王，建旗敢到新城傍。霸主心當萬夫敵，麾下蒼黃無羽翼。塗窮事變接短兵，生死之間不容息。馬奔津橋橋半撤，洶洶有聲如地裂。蛟駭橫飛秋水空，鶚驚徑度秋雲缺。奮迅金羈汗霑臆，濟主艱難天借力。艱難始是報主時，平日主君誰愛惜。」此詩五七歲時先君口授，小子識之。張飛當陽阪，曹操不敢逼，而逍遙津甘寧、凌統不能禦張遼，則寧、統之將略，下張飛遠甚矣。〔註127〕

《三國志通俗演義》在嘉靖元年（1522）初刊，其後書坊又有託名李卓吾的評點，這部通俗小說在當時頗受讀者歡迎，有關三國的周邊作品也成爲關注的題材。這則有關三國史事、軼聞的詩話，在三國故事、小說流行的時代，能引發讀者閱讀興趣，小說佐以詩歌，在雅俗交融中，增添閱讀的深度。

　　書本的心靈世界是由作品創造者、編撰者、出版者、讀者及生態文化所共構。明中葉以後，在商業文化的氳氤下，漸漸產生了一批愛好遊戲的創作者和讀者。由經典和文學傳統結合，中國特有的文字遊戲，如白字、拆字、

園扇歌〉「晉中書令王珉，與嫂婢謝芳姿有情愛，捉白團扇與之。樂府遂有《白團扇》歌云：『白團扇，憔悴無復理，羞與郎相見。』其本辭云：『犢車薄不乘，步行耀玉顏。逢儂都共語，起欲著夜半。』其二云：『團扇薄不搖，窈窕搖蒲葵。相憐中道罷，定是阿誰非？』其三云：『禦路薄不行，窈窕穿回塘。園扇障白日，面作芙蓉光。』其四云：『白錦薄不著，趣行著練衣。異色都言好，清白爲誰施。』『薄』如《唐書》『薄天子不爲』之『薄』芳姿之才如此，而屈爲人婢，信乎佳人薄命矣。元關漢卿嘗見一從嫁勝婢，作一小令云：『鬢鴉，臉霞，屈殺了將陪嫁。規摹全似大人家，不在紅娘下。巧笑迎人，文談回話，眞如解語花。若咱，得他，倒了蒲桃架。』事亦相類而可笑，並附此。」見《詞品》，《楊升庵叢書》，第6冊，卷1，頁337。

〔註127〕楊愼：〈李育飛騎橋詩〉，《升庵詩話箋證》，卷9，頁274。

對聯、歇後語、猜謎、打油詩、行酒令、回文詩、詩鐘等，在當時成為文人雅士建構生活品味的一環。這樣的遊戲性也產生在《詩話》的編撰上，「『水殿風清玉戶開，飛光千點去還來。無風無月長門夜，偏到堦前點綠苔。』似是螢謎，不書題，可知也」〔註128〕，「杜牧之詠〈鷺絲〉詩：『霜衣雪髮青玉嘴，羣捕魚兒溪影中。驚飛遠映碧山去，一樹梨花落晚風。』分明鷺絲謎也」〔註129〕，楊慎編錄了許多詩謎，謎語是一種機智的判答，召喚讀者群的共同思考參與，加入猜測的文字遊戲，增添閱讀的趣味性。雖然楊慎身遭貶謫，命運多舛，因應當時雅俗交織的閱讀氛圍，《詩話》時而充滿幽默之語：

> 宋元小說載箕仙詩多矣，近日一事尤異。正德庚辰，有方士運箕賦詩，隨所限韻，敏若夙構，而語不凡，其為喬家宰賦〈白巖行〉曰：「六丁持斧施神工，鑿開西南萬仞之崆峒。芙蓉一朵插天表，勢壓天下羣山雄，冰壺倒月色澄澈，瑤臺倚斗光玲瓏。……好將大手整頓乾坤了，歸來一笑拂雲看劍重會滄溟東。」此詩成一卷，箕仙運筆所書。詩既跌宕，字又飛舞，豈術士能贗作者？吁，異哉！〔註130〕

> 「雲裏蟾鈎落鳳窩，玉郎沈醉也摩挲。陳王當日風流減，只向波心見襪羅。」夏侯審為大歷十才子之一，而詩集不傳，惟此一絕，及〈織錦圖〉「君承皇詔安邊戍」一歌而已。往年劉潤之在蜀刻大歷十子詩，無《夏侯審集》，余以二詩訊之，潤之笑曰：「兩枚棗子如何泡茶？」余笑曰：「子誠晉人也。」〔註131〕

這些詩話都充滿遊戲性口吻，或言方士運箕成詩，所成佳詩術士不能贗作，以神秘超乎常理之事，製造趣味；或將夏侯審僅存的二詩譽為兩枚棗子，量少無以泡茶，譏諷其詩少無以成篇。這些詩話都運用巧妙幽默的語言，使讀

〔註128〕楊慎：〈李義山螢詩〉，《升庵詩話箋證》，卷11，頁392。

〔註129〕楊慎：〈鷺絲謎〉，《升庵詩話箋證》，卷10，頁345。其它如楊慎：〈含笑花謎〉「施宜生〈含笑花謎〉：『百步清香透玉肌，滿堂浩齒轉明眉。寒帷跛客相迎處，射雉春風得意時。』」《升庵詩話箋證》，卷11，頁362。

〔註130〕楊慎：〈箕仙詩〉，《升庵詩話箋證》，卷12，頁482。

〔註131〕楊慎：〈詠被中繡鞋〉，《升庵詩話箋證》，卷11，頁372。其它如〈詩賦用字〉「顏延年〈赭白馬賦〉：『戒出豕之敗駕，懲飛鳥之時衡。』『出』字不如『突』字。杜子美：『「大家東征逐字回。』『逐』字不如『將』字。白居易詩：『千呼萬喚始出來。』『始』不如『才』字。詩文有作者未工，而後人改定者勝，如此類多有之。使作者復生，亦必心服也。」認為後人改詩，優於原創，原創者復生必能心服見《升庵詩話箋證》，附錄，頁561。

者閱之發笑。遊戲式的論詩形式，造成「寓教於樂」的效果《詩話》的讀者群們就在眾聲喧嘩中，一面讀詩，一面學詩，在愉悅中享受讀詩的樂趣。楊慎是一個擅於製造幽默的人，《詩話》中經常充滿笑聲：

> 魏文帝示羣臣詔曰：「中國珍果甚多，蒲桃，當其朱夏涉秋，尚有餘暑，醉酒宿醒，掩露而食，甘而不飴，脆而不酸，冷而不寒，味厚汁多，除煩解悁；釀以為酒，甘於麴蘗，善醉而易醒。道之固已流羡咽睡，況親食之耶？南方有橘，醋正裂人牙，時有甜耳！他方之果，寧有匹者？」東坡〈橄欖詩〉：「待得餘甘回齒頰，已輸崖蜜十分甜。」俗諺傳：南人說「橄欖回味清甘」，北人云：「待他回味時，我棗兒已甜了半日。」坡蓋用此意。今觀魏文帝以蒲桃壓橘，亦相類，可入《笑林》也。〔註132〕

> 小市水漲，妓居北巖寺，點少年作詩曰：「水漲倡家住得高，北巖和尚得鬆腰。丟開般若經千卷，且說風流話幾條。最喜枕邊添耍笑，由他岸上湧波濤。師徒大小齊聲祝，願得明年又一遭。」亦可笑。
〔註133〕

或言東坡認為崖蜜勝於橄欖，魏文帝以蒲桃壓橘，楊慎認為這些果品的競爭，發人一笑，可入《笑林》；或提醒讀者點少年的風流戲作「亦可笑」。足以解頤的笑聲正呼應市民文化的氛圍。明中葉以後，因應市民娛樂需要，出版界的一個特殊現象是許多笑話書的出現，如馮夢龍的《笑林》、李贄的《笑倒》、《李卓吾評點四書笑》與鄧志謨《洒洒篇》，眾多笑話、戲謔作品，帶來笑聲不斷。笑話書的出現，一方面是為了世俗大眾的閱讀需求，一方面也有紓解、昇華內心的焦慮的功能。而《詩話》中熱鬧的笑聲，亦顯影了漸染世俗色彩的文學生態。

　　就當代性來說，在書籍流通便利的時代，讀者可以在《詩話》中讀到編

〔註132〕楊慎：〈魏文帝蒲桃詔東坡橄欖詩〉，《升庵詩話箋證》，附錄，頁576。見《丹鉛總錄》，卷18。

〔註133〕楊慎：〈打油詩〉，《升庵詩話箋證》，卷11，頁420。其它如〈雨粟鬼哭〉「王充嘗辯雨粟鬼哭之妄云：『〈河圖〉〈洛書〉，聖朝之瑞應也。倉頡之制文字，天地之出圖書，何非何惡，而令天雨粟鬼哭哉！使天地鬼神，惡人有書，則其出圖書非也。』此乃正論。《漢書·緯書》又云：『免夜哭，謂憂其毫將為筆也。』堪一笑。」見《升庵詩話箋證》，附錄，頁532。

撰者對當代人物的評論：

> 慎嘗反復《晉書》，目王導爲叛臣，頗爲世所駭異。後見崔後渠《松
> 窗雜錄》，亦同余見。近讀陽明〈紀夢詩〉，尤爲卓識眞見，自信鄙
> 說之有稽而非謬也。其自序曰：「正德庚辰八月廿八夕，臥小閣，忽
> 夢晉忠臣郭景純氏以詩示予，且極言王導之姦，謂世之人徒知王敦
> 之逆，而不知王導實陰主之。其言甚長，不能盡錄，覺而書其所示
> 詩於壁，復爲詩以紀其略。嗟呼！今距景純若干年矣，非有實惡深
> 冤，鬱結而未暴，寧有數千載之下，尚懷憤不平是者耶！」詩云：「秋
> 夜臥小閣，夢遊滄海濱。海上神仙不可到，金銀宮闕尚嶙峋。中有
> 仙人芙蓉巾，顧我宛若平生親。欣然就語下煙霧，自言姓名郭景純。
> 攜手歷歷訴衷曲，義憤感激難具陳。……」郭景純夢中詩：「我昔明
> 《易》道，故知未來事。……王導眞姦雄，千載人未議。偶感君子
> 談中及，重與寫眞記。固知倉卒不成文，自今當與頻諧戲。儻其爲
> 我一表揚，萬世萬世萬萬世。」〔註134〕

> 杜牧之〈河湟〉詩曰：「元載相公曾下筯，憲宗皇帝亦留神。旋見衣
> 冠就東市，忽遺弓劍不西巡。」觀此，則載曾謀復河湟，史亦不言
> 其事。愚謂元載欲復河湟，韓侂胄欲伐金虜，近日夏言欲取河套，
> 其事則是，其時則非，其人尤非也。「力小任重，鮮不仆」，信哉！
> 況三人者，取死罪多矣，一節烏足掩之。〔註135〕

王守仁、夏言都是與楊慎同時代的人，亦皆家喻戶曉的名人，爲讀者所識。《詩
話》詳錄陽明記夢詩，整首詩義憤交織，充滿對王導之控訴，藉由崔後渠《松
窗雜錄》、王陽明〈紀夢詩〉坐實王導爲叛臣的觀點。王陽明在夢中見寫夢中
詩的郭景純以詩托夢，夢中之夢，後設之夢，頗具戲劇性，王陽明愛國憂民
之心，對黑暗政局的強烈憤懣於此揚出，牽引讀者之心。第二則詩話從杜牧
之〈河湟〉詩切入議論邊疆戰事，言邊疆安全關乎國境安全，不可不慎。這
兩則詩話都深具時事意義，當時明朝正受邊患之苦，沿海長期受倭寇騷擾，

〔註134〕楊慎：〈王陽明紀夢詩〉，《升庵詩話箋證》，卷12，頁472。

〔註135〕楊慎：〈元載韓侂胄〉，《升庵詩話箋證》，卷10，頁342。這一則王大厚考證
云「《舊唐書》卷一百八十《元載傳》記元載上築原州以禦吐蕃之議甚詳，升
庵此謂『史亦不言其事』何以？」顯然也是提高資料稀有性、珍貴性策略，
見《升庵詩話新箋證》，卷10，頁572。

北京還再次遭蒙古進犯，為國家安全計，當時朝廷只能及時採取了通商議和的政策。朝廷中奸臣當道，許多正直的官員昧死進諫，批評昏亂的朝政，而拒不納諫諍的世宗則對諫爭者強烈打擊，致使不少大臣都死於嚴酷的廷杖之下。所以這兩則議論時人，深具時事意義的詩話，頗能牽動讀者、時人之心，勢必呼喚更多憂國慮民的「讀者反應」。而藉傳播時事，楊慎抒發一己感時憂國之慨，激發同仇敵愾民氣的同時，也一併傳播憂國憂民的形象，提高自己的文化／社會聲譽。

這些時事的報導議論，使文學性的詩話，成為時事性的資訊傳播、文壇藝林的資訊網絡，甚至成為政治性的議論平台，同時原本只是楊慎個人生活所見所聞所感，變成大眾可以一窺的時事時聞，在這種意義下，閱讀就成為一種評論、傳播時事的社會實踐（social practice）。這種內容多元性滿足群眾讀者對於「新聞事件」的窺視欲，也傳播編撰者個人的藝術品味和國之忠臣形象。

二、實用性：日用博物學式的文學批評

明代中葉以來，由於經濟的發展，中產階級興起，精神生活和日用百科的閱讀需求日漸增多，直接刺激了社會文化消費的繁榮興盛，文化變成商品，文化消費格局也從文人士人的單一化變為士人、市民的多元化，同時明朝各部院刻書，也有不辯雅俗，有用即刻的實用傾向〔註136〕。在商業文化的脈絡下，為了滿足各類讀者的需要，各種娛樂書籍和日用類書大量編印，傾向對世俗生活的關注〔註137〕，蒐集並組織實用資訊以供個人參考成為與日俱增的趨勢，當時日用類書在出版市場上逐漸流行〔註138〕，日用類書上的知識傳播，

〔註136〕當時各部院刻書範圍廣泛，涉及兵書、醫書、文集、營造書等。關於明代日用類書的文化消費情形可以參看劉天振：《明代通俗類書研究》（濟南：齊魯書社，2006）。

〔註137〕關於當時日用書籍盛行的情況，請參見沈津（Chum Shum）著：〈明代坊刻圖書之流通與價格〉，《國家圖書館館刊》第1期（1996年）及毛文芳《物·性別·觀看——明末清初文化書寫新探》（台北：學生，2001），頁10～18。

〔註138〕「『日用類書』起於宋代，盛行於晚明。所謂『類書』者，為適合特定需求而擷取同類知識集結成書，因此多半傳抄他書，再經分類編排而成。日本學者新創『日用類書』之名，強調的是宋代後新起一類類書與日常生活的關係。」（頁284）；「據商偉（Shang Wei）等學者的研究，或因陽明學派重視日用經驗勝於抽象學說，晚明文化以生活為重，『日常生活』成為被認可的知識內容，

成了一般大眾知識來源。書籍的出版生態影響知識結構的變化，在這種文化語境中，文學經常和其它知識並置，成為另一種新的知識類型，一種新的文化風尚。

基於時代實用風氣考量，加上楊愼原本雄厚的考據學背景，因此，有別於傳統的文學批評，楊愼編撰的《詩話》和《詞品》都有濃厚當代意味，兩部書所論及的似乎不只是詩、詞或文學理論，而是宛如小百科，舉凡醫療保健、天文、風俗民情、生活常識幾乎無所不包，成為多元性、雜匯性的知識傳播型態。於是，詩詞走入人間，走入生活，讀者可以在詩話這樣高雅的文學批評著作中，讀到詩歌穿插於不同型態的知識敘述中。如果說這種尚奇獵異、五花八門、雅俗交織，百科全書的類書到晚明達到極盛，楊愼的諸多著作，可說開風氣之先。在楊愼之前的文學批評專著，通常是編撰者文學理論建構的園地，有清楚的詩旨方針和詩派色彩，內容通常是嚴肅的詩學辯證和討論，如同時代李東陽《麓堂詩話》、安磐《頤山詩話》、蔣冕《瓊臺詩話》、王恕《南溪筆錄群賢詩話》、單宇《菊坡詩話》、徐禎卿《談藝錄》、謝榛《四溟詩話》；張綖《詩餘圖譜》、陳霆《渚山堂詞話》、王世貞《弇州山人詞評》等。然《升庵詩話》、《詞品》卻展現與市民文化接軌的實用面向，系列詩話中有許多日常類書式的知識傳播，有的是關乎日常生活的相關知識抑或常識：

> 杜詩：「豈無青精飯，使我顏色好。」青精飯，一名南天燭，又曰墨飯草，以其可染黑飯也。道家謂之青精飯。故《仙經》云：「服草木之正，氣與神通。食青燭之津，命不復隕。」謂此也。〔註139〕

> 杜子美〈臘日〉詩：「口脂面藥隨恩澤，翠管銀罌下九霄。」唐制：

甚至是知識系統的核心。以『日常生活』為知識內涵，有別於傳統學術，此種知識的結構一如日常生活，較為錯散無序，且以平行並列為主，異於儒家位階及秩序感強的知識結構」（頁 288）參見王正華：〈生活、知識與文化商品——晚明福建版「日用類書」與其書畫門〉，收於胡曉眞、王鴻泰主編：《日常生活的論述與實踐》（台北：允晨文化，2011）。關於類書的通論性著作，可以參考戴克瑜、唐建華主編：《類書的沿革》（四川：四川省圖書館學會，1981）；張滌華：《類書流別》（台北：商務印書館，1985）；酒井忠夫：〈明代の日用類書と庶民教育〉，坂出祥伸：〈解說——明代の日用類書〉，收於《新鍥全補天下四民利用便觀五車拔錦》，《中國日用類書集成》，冊 1（明神宗萬曆二十五年（1597）序刊本，東京：汲古書院，1999）。

〔註139〕楊愼：〈青精飯〉，《升庵詩話箋證》，附錄，頁 533。

臘日宣賜脂藥。李嶠有〈賜口脂表〉云：「青牛帳裏，未報爐香，朱鳥膞前，新調鉛粉。揉之以辛夷甲煎，然之以桂火蘭蘇。」令狐楚〈表〉云：「雪散凝紅紫之名，香膏蘊蘭蕙之氣。合自金鼎，貯于雕奩。」劉禹錫有〈代謝賜表〉云：「宣奉聖旨，賜臣臘日口脂面脂，紫雪紅雪，雕奩既開，珍藥斯見。膏凝雪瑩，合液騰芳。」可補杜詩之遺。〔註140〕

或介紹可以延年益壽的「青精飯」，或詳述可以使「膏凝雪瑩，合液騰芳」的口脂面脂，亦有由杜甫詩句「天闕象緯逼」帶入許多天文星象相關知識〔註141〕，這些描述皆與庶民日常生活相關。除了食衣住行的基本日用論述，亦記載有關庶民日常娛樂生活：

《李洞集》有〈贈龍州李郎中，先夢六赤，後因打葉子，因以詩上〉，其詩云：「紅蠟香煙撲畫楹，梅花落盡庾樓清。光輝圓魄銜山冷，彩鏤方牙著腕輕。寶帖牽來獅子鎮，金盆引出鳳凰傾。微黃喜兆莊周夢，六赤重新擲印成。」「六赤」者，古之瓊畟，今之骰子，「葉子」，如今之紙牌酒令。《鄭氏書目》有南唐李後主妃周氏編「金葉格子」，此戲今少傳。〔註142〕

〔註140〕楊慎：〈口脂〉，《升庵詩話箋證》，附錄一，頁513。見《丹鉛總錄》，卷21。

〔註141〕楊慎：〈天闕象緯逼〉「杜工部〈龍門奉先寺〉詩『天闕象緯逼』，或作『天閱』，殊爲牽強。張表臣《詩話》據舊本作『天闕』，引《史記》『以管闚天』之語，其見卓矣。余又按《文選》潘岳〈秋興賦〉『闚天文之秘奧』，注引陸賈《新語》：『楚王作乾谿之台闚天文。』杜子美，熟精《文選》者也，其用『天闚』字，正本此。況天文即『象緯』也，不但用其字，亦用其義矣。子美復生，必以余爲知言也。天闕，闕天也；雲臥，臥雲也，此倒字法也。言闕天則星河垂地，臥雲則空翠濕衣，見山中之殊於人境也。」見《升庵詩話箋證》，卷9，頁256有關天文的記載還有楊慎：〈五雲太甲〉：「杜詩：『五雲高太甲，六月曠搏扶。』注不解五雲之義，嘗觀王勃〈益州夫子廟碑〉云：『帝車南指，遁七曜於中階，華蓋西臨，藏五雲於太甲。』《酉陽雜俎》謂『燕公讀碑，自『帝車』至『太甲』四句，悉不解。訪之一公，一公言北斗建午，七曜在南方，有是之祥，無位聖人當出，華蓋以下，卒不可悉。』愚謂老杜讀書破萬卷，自有所據，或入蜀見此碑而用此語也。晉《天文志》：華蓋在旁六星曰六甲，分陰陽而配節候。太甲恐是六甲一星之名，然未有考證，以一行之邃於星曆，張燕公段阿古之殫見洽聞，而猶未知焉，姑闕疑以俟博識。」見《升庵詩話箋證》，卷8，頁244。

〔註142〕楊慎：〈六赤打葉子〉，《升庵詩話箋證》，附錄，頁514。另有〈長安貧兒鏤臂文〉「『昔日以前家未貧，苦將錢物結交親。如今失路尋知己，行盡關山無一人。』鏤臂或謂之箚青，狹斜游人與倡狷，多爲此態。」書寫流行於狹斜

春日，婦女喜為鬥草之戲。黃子常〈綺羅香〉詞云：「綃帕藏春，羅裙點露，相約鶯花叢裏。翠袖拈芳，香沁筍芽纖指。偷摘遍、綠徑煙霏；悄攀下，畫闌紅紫。掃花階，裀展芙蓉，瑤臺十二降仙子。芳園清晝乍永，亭上吟吟笑語，妒穰誇麗。奪取籌多，贏得玉璫瑜珥。凝素靨，香粉添嬌，映黛眉，淡黃生喜。綰胸帶，空繫宜男，情郎歸也未。」〔註143〕

或介紹骰子、紙牌酒令等民間娛樂用品；或介紹春日流行於婦女間的鬥草戲等遊藝活動，這些都與庶民娛樂生活相關，文學性的詩話與庶民的俗世生活連結，展現明中葉以後的文化基調，也創造一種雅俗交織的流行氛圍。撰述《墐𧉮傳神》、《異魚圖贊》等蟲魚草木相關叢書的楊慎，博物式的論述習性，也在《詩話》、《詞品》中有所發揮：

古者一國嫁女，同姓二國媵之。《儀禮》有「媵爵」，謂先飲一爵，後二爵從之也。《楚辭》：「魚鱗鱗兮媵予」。江海間有魚，遊必三，如媵隨妻，先一後二，人號為婢妾魚。唐詩：「江魚稱妻妾，塞雁聯行號弟兄。」〔註144〕

唐盧延遜詩：「樹上諮諏批頰鳥，窗間壁剝叩頭蟲。」王半山詩：「翳林窺搏黍，藉草聽批頰。」元人〈送春詩〉：「批頰穿林叫新綠。」韓致光〈春恨〉詩云：「殘夢依依酒力餘，城頭批頰伴啼烏。平明乍捲西樓幕，院靜初聞放轆轤。」批頰，蓋鳥名，但不詳為何形狀耳。或曰：即鶷鶡也，催明之鳥，一名夏雞，俗名隔鐙雞。〔註145〕

游人和倡狎者的鏤臂刺青見《升庵詩話箋證》，卷10，頁307。

〔註143〕楊慎：〈鬥草辭〉，《詞品》，《楊升庵叢書》，第6冊，卷6，頁591。

〔註144〕楊慎：〈妾魚〉，《升庵詩話箋證》，附錄，頁534。相關的尚有，楊慎：〈顛當〉「顛當窩深如蚯蚓，網絲其中，土蓋與地平，大如榆莢，常仰桿其蓋，伺蠅蟻過輒蓋補之，纏以復閟，與地一色，並無絲障可尋也。《爾雅》謂之王蚨蜴，《鬼谷子》謂之蚨母。秦中兒童係曰：『顛當顛當牢守門，翳蝓寇汝無處奔。』范成大六言詩曰：『恐妨蝴蝶同夢，笑倩顛當守門。』唐劉崇遠《金華子》云：『京師兒童以草臨此蟲穴呼之，謂之釣絡駝。須臾此蟲出穴。有明經劉寡辭曰：此即《爾雅》王蚨蜴也。』時人服其博識，浙中謂之駝背蟲，其形酷似駱駝也。」見《升庵詩話箋證》，補遺，頁488。

〔註145〕楊慎：〈批頰〉，《升庵詩話箋證》，附錄一，頁529。有關動物類的還有如楊慎：〈南裔志〉「蚺惟大蛇，既洪且長。采色駁映，其文錦章。食象吞鹿，腴成養瘡。賓饗嘉食，是豆是觴。」見《升庵詩話箋證》，卷1，頁9；楊慎：〈明駝使〉：「〈木蘭辭〉：『願借明駝千里足，送兒還故鄉。』今本或改『明』作『鳴』，

朝天紫，本蜀牡丹花名，其色正紫，如金紫大夫之服色，故名。後
人以爲曲名。今以紫作子，非也，見陸游〈牡丹譜〉。〔註146〕

詩話、詞話介紹妾魚、亞枝花、朝天紫、黃鸝留、批頰、蚺惟大蛇等奇魚珍
禽異卉，及各類珍奇植物〔註147〕，展現動植物學百科全書式的自然科學知識。
滿足士人庶民好奇尙異之心，建構自然世界的知識體系，當然也就增加閱讀
率。而有時閱讀詩話不但增加文學知識，也能增加藝術文化常識：

元有朱萬初，善制墨，純用松煙。蓋取三百年摧朽之餘，精英之不可
泯者用之，非常松也。天曆乙巳開奎章閣，揀儒臣親侍翰墨，榮公存
初、康里公子皆侍閣下，以朱萬初所製墨進，大稱旨，得祿食藝文館。
虞文靖公贈之詩曰：「霜雪摧殘澗壑非，深根千歲斧斤違。寸心不逐
飛煙化，還作玄雪繞紫微。」蓋紀兹事也。……又跋其後曰：「近世
墨以油煙易松，滋媚而不深重。萬初既以墨顯，又得眞定劉法造墨法
於石刻中，以爲劉之精藝深心，盡在于此，必無誤後世，因覃思而得
之。余嘗謂松煙墨深重而不姿媚，油煙墨姿媚而不深重，若以松脂爲
炬取煙，二者兼之矣。宋徽宗嘗以蘇合油搜煙爲墨，至金章宗購之，
一兩墨價黃金一斤，欲仿爲之不能。此謂之墨妖可也。〔註148〕

非也。駝臥，腹不帖地，屈足漏明，則走千里，故曰明駝。唐制，驛置有明
駝使，非邊塞軍機，不得擅發。楊妃私發明駝使賜安祿山荔枝，見小說。」
《升庵詩話箋證》，卷11，頁395。楊愼：〈黃蝶〉「蝴蝶或白或黑，或五彩皆
具，惟黃色一種，至秋乃多，蓋感金氣也。李白詩『八月蝴蝶黃』，深中物理。
今本改『黃』爲『來』，何其淺也？白樂天詩亦云：『秋花紫蒙蒙，秋蝶黃茸
茸。』」見《升庵詩話箋證》，附錄，頁555。

〔註146〕楊愼：〈朝天紫〉，《詞品》，《楊升庵叢書》，第6冊，卷1，頁360。

〔註147〕有關植物知識如楊愼：〈桂子〉「劉績《霏雪錄》載：杭州靈隱寺月中墜桂子
事，似涉怪異。余按《本草圖經》云：『江東諸處多于衢路間拾得桂子，破之
辛香，古老相傳，是月中下也。』不知當地何以獨無焉，寧非月路耶？餘杭
靈隱寺僧云種得一株，近代詩人多所論述。〈漢武洞冥記〉云：有遠飛雞，朝
往夕還，常銜桂實，歸于南土。所以北方無之，南方月路，固宜有也。月路
之說尤怪異。漫志之，白樂天詩：『偃蹇月中桂，結根依靑天。天風繞月起，
吹子下人間。』自注云：『杭州天竺寺有月中桂子。』」《升庵詩話箋證》，附
錄一，頁536；楊愼〈亞枝花〉：「《白居易》有「亞枝」，謂臨水低枝也。孟
東野詩：『南浦桃花亞水紅，水邊柳絮由春風。』白詩又云：『亞竹亂藤多照
岸。』亦佳句也」見《升庵詩話箋證》，卷5，頁175。楊愼：〈黃鸝留〉「諺
云：『黃鸝留，看我麥黃葚黑否？』見陸機《草木疏》。今作『黃栗留』」見《升
庵詩話箋證》，附錄一，頁555。

〔註148〕楊愼：〈朱萬初墨〉，《升庵詩話箋證》，附錄，頁524。關於墨品知識的詩話

古樂府詩：「尺素如殘雪，結成雙鯉魚。要知心裏事，看取腹中書。」
據此詩，古人尺素結爲鯉魚形即緘也，非如今人用臘。《文選》：「客
從遠方來，遺我雙鯉魚。」即此事也。下云：烹魚得書，亦譬況之
言耳，非眞烹也。五臣及劉履謂古人多於魚腹寄書，引陳涉罩魚倡
禍事證之，何異癡人說夢邪！〔註149〕

楊慎介紹前朝朱萬初善以松煙制墨，明代天曆年間，榮公存初、康里公子皆
侍閣下，以朱萬初所製墨進得祿食的文壇佳話，整個見識陳述，充滿故事性
和傳奇性。接著楊慎詳述了松煙墨、油煙墨的質性，得出「以松脂爲炬取煙，
二者兼之」才能製造出好墨的具體操作方法，頗有製墨、品墨指南意味，具
有藝術生活指導的功能。第二則詩話亦關乎藝文，楊慎向讀者說明所謂「雙
鯉魚」並非魚腹寄書，而是「古人尺素結爲鯉魚形即緘也，非如今人用臘」，
澄清許多人的誤謬，以免貽笑大方。

　　爲了落實了讀萬卷書，等同行萬里路之效，楊慎藉詩話介紹許多各地風
俗民情：

《韻語陽秋》曰：「《宋書‧樂志》有白苧舞。」《樂府解題》譽白苧
曰：「質如輕雲色如銀，製以爲袍餘作巾，袍以光驅巾拂塵。」王建
云：「新縫白苧舞衣膩，來遲要得吳王迎。」元稹云：「西施自舞王
自管，白苧翩翩鶴翎散。」則白苧，舞衣也。王建云：「新換霓裳月
色裙。」豈霓裳羽衣舞亦用白邪？柘枝舞起於南蠻諸國，而盛於李
唐，傳於今者，尚其遺制也。章孝標云：「柘枝初出鼓聲招，花鈿羅
裙聳細腰。」言當招之以鼓。張承福云：「白雪慢回抛舊曲，黃鶯嬌
囀唱新詞。」言當雜之以歌。今制亦爾。而鄭在德詩云：「三敲畫鼓
聲催急，一朵紅蓮出遲。」則所用者一人而已。法振詩云：「畫鼓催
來錦臂攘，小娥雙起整霓裳。」則所用又二人。按《樂苑》一用二
女童，帽施金鈴，抃轉有聲，其來也，於蓮花中藏，花折而後見。」
則當以一人爲正，今或用五人，與古小異矣。〔註150〕

還有：「『庭珪贋墨出蘇家，麝煤添澤紋烏騧。柳枝瘦龍印香字，十襲一日三
摩挲。』此山谷〈題庭珪贋墨詩〉，然其製可見，今贋者亦希見矣。」楊慎：
〈庭珪贋墨〉，《升庵詩話箋證》，附錄一，頁540。見《丹鉛總錄》，卷21。
〔註149〕楊慎：〈雙鯉〉，《升庵詩話箋證》，附錄一，頁570。
〔註150〕楊慎：〈白苧舞〉，《升庵詩話箋證》，卷1，頁18。與舞蹈文化相關的詩話有
楊慎：〈張說蘇摩遮〉「『臘月凝寒積帝臺，齊歌急鼓送寒來。油囊取得天河水，

元朝主中國日，用羊皮寫詔，謂之羊皮聖旨。其字用蒙古書，中國人亦習之。張孟浩詩云：「鴻濛再剖一天地，書契復見科斗文。」張光弼〈輦下曲〉云：「和寧沙中撲邀筆，史臣以代鉛槧事。百司譯寫高昌，龍蛇復見古文字。」侏摛犬羊之俗，而以科斗龍蛇稱之，蓋春秋多微辭之義也。〔註151〕

或介紹起於南蠻諸國的柘枝舞，及細載各地舞蹈形制、衣飾、音樂；或詮釋闓地風謠；或介紹元朝番書、文字，皆關乎各地風物民情。同爲文學批評的《詞品》也有類似獵奇好異的博物傾向，如介紹「西域諸國婦人，編髮垂髻，飾以雜華，如中國塑佛像瓔珞之飾，曰菩薩鬘，曲名取此。《唐書》呂元泰上書：『比見方邑，相率爲渾脫隊，駿馬胡服，名曰蘇幕遮。』曲名亦取此，李太白詩『公孫大娘渾脫舞』即此際之事也」〔註152〕；「太白詩『羌笛橫吹阿㜑迴』，番曲名。《張祐集》有『阿濫堆』，即此也。番人無字，止以聲傳，故隨中國所書，人各不同爾，難以意求。」〔註153〕這些非中原的域外異地提供了一種想像的空間，奇事奇聞奇物也爲讀者營造宏觀的文化視野。延續楊愼的地域傳播與關懷，《詩話》有許多關於滇地、蜀地的風物導覽：

蜀西南多雨，名曰漏天。杜子美詩：「鼓角漏天東」，又「徑欲誅茅

上壽將添萬歲杯。』〈蘇摩遮〉，當時曲名，宋詞作〈蘇幕遮〉。說時凡四首，第一首云：『〈蘇遮〉本出海四胡，瑠璃寶眼紫髯須。『蘇摩遮』以此考之，即今之〈舞回回〉也。」見《升庵詩話箋證》，卷9，頁290。與邊族音樂相關有〈諺語有文理〉「諺語云：『三九二十七，籬頭吹觱栗。』言冬至後寒風吹籬落，有如觱栗也。合于《莊子》『萬竅怒號』之說，而可以爲〈豳風〉『一之日觱發』之解矣。賈人之鐸，可以諧黃鍾。田夫之諺，而契周公之詩。信乎六律之音出于天籟，五性之文發於天章，有不待思索勉強者，此非自然之詩乎？予嘗戲集諺語爲古人詩詞中所引者數條，今附于此。」見《升庵詩話箋證》，附錄一，頁571。

〔註151〕楊愼：〈元朝番書〉，《升庵詩話箋證》，補遺，頁500。相關詩話還有：「遼太祖阿保機二子，長曰突欲，次曰堯骨。唐明宗天成元年丙戌，遼主滅渤海。改爲東丹國，以倍爲東丹王。其後述律后立次子德光，東丹王曰：『我其危哉，不如適他國以成泰伯之名。』遂立石海上，刻詩曰：『小山壓大山，大山全無力。羞見故鄉人，從此投外國。』遂越海歸中國，唐明皇長興六年也。明宗賜予甚厚，賜姓李，名贊華，以莊妃夏氏妻之，拜懷化軍節度使。東丹王有文才，博古今，其泛海歸華，載書數千卷，猶好畫。世傳東丹王〈千角鹿圖〉，李伯時臨之，董北苑有跋，《宣和畫譜》列其目焉。」楊愼：〈東丹王千角鹿圖〉，《升庵詩話箋證》，卷12，頁461。

〔註152〕楊愼：〈菩薩鬘蘇幕遮〉，《詞品》，《楊升庵叢書》，第6冊，卷1，頁346。

〔註153〕楊愼：〈阿㜑迴〉，《詞品》，《楊升庵叢書》，第6冊，卷1，頁347。

師，疇能補天漏」是也。自秋分後遇壬，謂之入霣，吳下曰入液。
〔註154〕

《唐書》：驃國之地，「南盡溟海，即今滇海。北通南詔樂些城，東
北距陽苴咩城六千八百。些樂，即杜詩所謂「和親邇些城」是也。
今作「摩些」，其字雖異，地一也，音一也。〔註155〕

唐李商隱詩：「木綿花暖鵬鴣飛。」又王叡詩：「紙錢飛出木綿花」。
南中木綿樹，大如抱，花紅，花紅似山茶而蕊黃，花片極厚，非江
南所藝者。張勃《吳錄》云：「交趾安定縣有木綿樹，實如酒杯。口
有綿，可做布。」按此即今之斑枝花。雲南阿迷州有之，嶺南尤多。
江廣洋有〈斑枝花〉。〔註156〕

這些詩話寫到蜀地多雨之氣候樣貌，介紹滇海的今昔地名和地理位置，雲南
阿迷州特有的斑枝花，這些都是中原少有異域知識，異域的神秘氛圍，在在
吸引讀者目光。

除了地域性的文學詩歌描述，楊慎也經常配合實際景點敘寫，「眉州象耳
山有李白留題，云：『夜來月下臥醒，花影零亂，滿人襟袖，疑如濯魄於冰壺
也。李白書。』今有石刻存，又見〈甲秀堂帖〉」〔註157〕；「『纔出城西第一橋，
兩邊山水晚蕭蕭、井花莫洗行人耳，留聽溪聲入夜潮。』此詩今刻於樂至縣
湧泉寺。」〔註158〕古典名詩，配合當今實景，告訴讀者欲覽眞跡／詩，當探
訪眉州象耳山、於樂至縣湧泉寺。有時也由詩切入，進行實際地理詳考：

杜子美〈愁坐〉詩曰：「高齋常見野，愁坐更臨門。十月山寒重，孤
城水氣昏。葭萌氐種迴，左擔犬羊存。終日憂奔走，歸期未敢論。」
葭萌、左擔，皆地名也。……按《太平御覽》引李克〈蜀記〉云：「蜀
山自綿谷、葭萌，道徑險窄，北來擔負者，不容易肩，謂之左擔
道。」又李公胤〈益州記〉云：「陰平縣有左擔道，其路至險，自北來者，
擔在左肩，不得度右肩。」常璩《南中志》云：「自僰道至朱提，有

〔註154〕楊慎：〈汎月朽月〉，《升庵詩話箋證》，附錄一，頁521。其他如楊慎：〈魚米〉
　　　　「唐田澄〈蜀城〉詩：『地富魚爲米，山芳桂是樵。』」見《升庵詩話箋證》，
　　　　卷11，頁379。
〔註155〕楊慎：〈樂些城〉，《升庵詩話箋證》，補遺，頁487。
〔註156〕楊慎：〈木綿〉，《升庵詩話箋證》，附錄一，頁514。
〔註157〕楊慎：〈李白帖〉，《升庵詩話箋證》，附錄一，頁530。
〔註158〕楊慎：〈柳公綽梓州牛頭寺詩〉，《升庵詩話箋證》，卷10，頁309。

　　水、步道：水道，有黑水及羊官水，至險難行；步道，度三津，亦
　　艱阻。故行人爲語曰：『楢溪赤水，盤蛇七曲。盤羊烏櫳，氣與天通，
　　庥降貫子，左擔七里。』又有牛呌頭坂、馬搏煩坂，其險如此。」
　　據此三書，左擔道有三：綿谷，一也，陰平，二也，朱提，三也。
　　義則一而已。朱提今之烏撒，雲貴往來之西路也。〔註159〕

這則詩話藉詮釋杜甫的〈愁坐〉詩，書寫實際的地理考察，楊慎發揮考據學
家的慣習，據李克〈蜀記〉、李公胤〈益州記〉和常璩《南中志》，疏理出雲
貴高原的古道，於今亦有類似地圖的作用。這些詩話近似旅遊指南，有實際
的導覽作用。而有時地方色彩濃厚的敘述中，也適時帶入邊域史事：

　　唐李賀〈雁門太守行〉首句云：「黑雲壓城城欲摧，甲光向日金鱗開。」
　　《摭言》謂：「賀以詩卷謁韓退之，韓署臥方倦，欲使閽人辭之，開
　　其詩卷，首乃《雁門太守行》，讀而奇之，乃束帶出見。宋王介甫云：
　　「此兒誤矣，方黑雲壓城，豈有向日之甲光也？」或問此詩，韓、
　　王二公去取不同，誰爲是？」余曰：「宋老頭巾不知詩。凡兵圍城，
　　必有怪雲變氣，昔人賦鴻門有「東龍白日西龍雨」之句，解此意矣。
　　予在滇，值安鳳之變，居圍城中，見日暈兩重，黑雲如蛟在其側。
　　始信賀之詩善狀物也。〔註160〕

　　「雲南路出洱河西，毒草長青瘴霧低。漸近蠻族誰敢哭，一時收淚
　　羨猿啼。」雲南在唐爲南詔，其蠻王閣羅鳳及酋龍三犯成都，俘其
　　巧匠美女而歸，至今大理有巧匠三十六行。近嘉靖中取雕漆工二十
　　餘人，挈家北上，供應內府，皆蜀俘人之後也。去鄉離家，俘於犬
　　羊，苦已極矣。又畏死吞聲而不敢哭，所以羨猿聲之啼也。〔註161〕

一則詩話是楊慎的親身經歷，敘述滇城安鳳之變，他居圍城中，見「黑雲壓
城城欲摧」的慘烈實況，是頗具畫面感的解詩。第二則述及蠻王閣羅鳳及酋
龍三犯成都，俘其巧匠美女而歸的史事，兩則詩話都描繪了彷彿電影的戰爭
畫面，也讓讀者進一步認識雲南的戰爭史詩。

　　由文學性的詩作，到日用類書式的庶民常識傳播，楊慎藉著詩歌文本考證、
溯源各類知識系譜，舉凡庶民日用生活常識、各地風俗民情、地理導覽指南、

〔註159〕楊慎：〈杜詩左擔字〉，《升庵詩話箋證》，補遺，507。
〔註160〕楊慎：〈黑雲〉，《升庵詩話箋證》，卷9，頁285。
〔註161〕楊慎：〈雍陶哀蜀人爲南詔所俘〉，《升庵詩話箋證》，卷11，384。

文化藝術等，都以詩歌導入，探索其真實樣貌，形成一種以雅文學建構世俗世界的奇異風光。讀者則藉由閱讀詩歌，閱讀萬物，認識世界，在這種實用傾向的多元閱讀設計中，詩走入了生活、人間，文學與其它知識一同獲取。這樣的閱讀增加詩話的趣味性、多元性和實用性，當然也都增加了詩話的傳播性，吸引讀者的閱讀，使詩話更暢銷。值得注意的是，《詩話》中有許多女性日用知識、議題的關懷，這部分容待第六章性別與文學的論述，再一併討論。

第五節　風向球：「新」文學類型展演

一、文學評點

在文學批評史上，南宋中後期出現一種新的批評形式——評點。評點可說是印刷文化（print culture）的直接產物，流行於南宋到晚清大約八百年的時間，正好與書籍印刷的全盛時期一致。評點依附印刷讀物，使用無聲的符號，運用書寫模式，面對世俗大眾，展現強烈的讀者意識〔註162〕。元代至明初是出版文化低谷，明中葉出版文化開始勃興，因應出版業的發達，評點也順勢而起，明中葉以後，評點文學全面繁盛，高孝津說「到了明代，評點又出現新的動向，即對史書、白話小說和經書進行評點。在明末，隨著出版文化的成熟，出現了非常精美的多色印刷（套印）的評點文本。」〔註163〕而楊慎的《史記題評》、《檀弓叢訓》、五色筆《文心雕龍評點》、《草堂詩餘》評點、當代文人評點等，可謂當時開始進行各類典籍評點的先驅〔註164〕，預告了晚明以後繁盛的評點風氣，具有各面向的文化意義。

〔註162〕參見楊玉成師：〈閱讀與規訓：南宋科舉評點與印刷文化〉，頁 1，該文發表於中央研究院「明清的城市文化與生活」主題研究計畫、暨大歷史系、暨大中文系主辦，「傳統中國的社會生活與文化」研討會，2007 年 1 月 8 日，感謝楊老師借閱論文修改稿。

〔註163〕高孝津：〈明代評點考〉，收於氏著：《科舉與詩藝——宋代文學與士人社會》（上海：上海古籍出版社，2005），頁 130～131。

〔註164〕除下面所論的幾類評點，楊慎評點宋代詞選《草堂詩餘》也為當時詞集評選的開創者。參見蕭鵬：《群體的選擇》（臺北：文津出版社，1992），頁 229～233。孫康宜亦認為楊慎評點宋代詞選《草堂詩餘》，編選兩部重要詞選，撰著詞學著作《詞品》等皆可作為重振詞體的先驅。參見氏著：《劍橋中國文學史》，下卷，頁 64。

（一）創始：《檀弓叢訓》與《批點草堂詩餘》

整體而言，楊愼的評點通常較爲簡略，呈現早期評點的特色，然從其評點形式和批語形式，可以一窺評點文學發展軌跡。其中《檀弓叢訓》時人李元陽云：「《檀弓》在六經中，古今擬其文辭、疏其意義者，無慮數十家。然其說有穀稗，又皆散見於傳集。成都升庵楊公愼寓滇南，始聚其說，掎摭利病，摘爲一篇，題曰《叢訓》。或旁注行間，或揭標簡首，大都爲考古文者設，欲觀者不假丹鉛、手纔披而知作者之妙。」〔註165〕《檀弓叢訓》是一本經書評點，就品類來說，在評點文學上具有創新意義。該書乃彙合載錄孔穎達、鄭玄、方希古、吳澄、石林葉氏、長樂陳氏、慈湖楊氏、臨川王氏、韓退之、賀瑒、黃東發、吳幼清等諸家解經之說，加上楊愼自己的評點。就評點形式來看，該書有夾批、旁批和總批，文句旁有圈點，卷首署「附謝疊山批點」，原注：「批見注後，點見文傍」，符號以圈爲主，行間批唯標「字法」、「句法」、「章法」等，謝疊山批附楊愼注後，偶亦再加楊愼批〔註166〕。對楊愼的評點進行話語分析，其批語大多針對文句進行點撥：

> 「事君、事親、事師」下批：犯、隱、有、無、致、方、心，只七個字，安頓得好，省幾多言語。（《檀弓叢訓》，頁413）〔註167〕
>
> 「吾許其細」下批：此一句，含蓄有味。「命之哭」下批：三字下得好。（頁414）
>
> 「醢之矣遂命覆醢」下批：六字省文多，辭婉而慘。（頁417）

這類的批語通常比較簡略，有引導讀者注意警句，勿錯過精彩處的效應。有時楊愼也藉《檀弓叢訓》進行作文指導：

> 「哭泣之哀，天子達」下批：只達字，包至庶人三字在其中。
>
> 「布幕，魯也」下批：今人作文，必曰衛用布幕，魯用繐幕，便拙。
>
> 一倒轉，衛也，魯也，便精神。（頁420）

這樣的批語不但揭示精要之句，也提示了爲文之法，增加評點的實用性。由

〔註165〕李元陽〈刻檀弓叢訓序〉，《檀弓叢訓》，《楊升庵叢書》，第1冊，附錄，頁533。

〔註166〕參見楊玉成師《金針：評點辭典》（撰寫中，未出版），附錄評點年表，頁17。及楊愼：《檀弓叢訓》，收於《四庫全書存目叢書》（濟南：齊魯書社，1997），經部，冊88，頁324～356。

〔註167〕見楊愼：《檀弓叢訓》，《楊升庵叢書》，第1冊。以下引文皆引自該書，故只標頁數，不再另標出處。

於〈檀弓〉為《禮記》之一篇，內容載錄許多禮的儀典和精神，博學家楊慎也經常有考據式的評點文字：

> 「復、楔齒、綴足、飯、設飾，帷堂並作，父兄命赴者」下批：復，招魂也。楔齒，用角柶拄其齒，使含時不閉。綴足，用几綴其足，用屨時得直。飯，含也。設飾，襲斂也。五者並作於帷堂時已，而父兄使人往赴告於人。（頁 459）

> 「君於士有賜帟」下批：帟，小幕，以承塵。士唯恩賜乃得有。（頁 465）

這二則批語對了喪禮的儀節和士的器物作了細緻的解釋，呈現博物式的評點風格，在評點文學史上具有特殊意義。然《檀弓叢訓》較多的篇幅為彙合諸家解經之說，其類型介於註釋和評點之間，可以觀察評點文學發展的軌跡。

再者，楊慎評點《草堂詩餘》為明人評點詞集先驅，具有重振詞體的歷史意義〔註168〕。《草堂詩餘》為南宋人所編輯的詞選，陳振孫認為《草堂詩餘》為「書坊編集者」〔註169〕，該書所選詞大多為五代至北宋的詞作，風格以婉約抒情為主，選錄詞作三百八十餘首，作者一百二十餘人，其是以時令景物分題方式編輯，自楊慎評點後，成為明代最流行的詞選集。楊慎《批點草堂詩餘》〔註170〕形式上有圈、點、眉批、旁批、夾批，每首詞後有簡短尾批。如前所述「詞體源於六朝詩」為楊慎建構六朝新古典的主要文學觀之一，楊慎於《批點草堂詩餘》中便不斷揭示詞作中與六朝詩風相應之處：

> 晏叔原〈鷓鴣天・詠酒〉批語：工而艷，不讓六朝。（頁 727）〔註171〕

> 晏同叔〈踏莎行・春閨〉批語：二詞皆春詞之婉媚藻麗者。（頁 745）

〔註168〕 孫康宜認為「楊慎乃是一位詞學大家。詞盛於宋，元以後漸衰，楊慎則在很大程度上為詞體帶來了活力。首先，他評點了宋代詞選《草堂詩餘》；其次，作為重振詞體的先驅，他還編選了兩部重要詞選，選錄唐以來之作品。」見氏著：《劍橋中國文學史》，下卷，頁 64。

〔註169〕 陳振孫：《直齋書錄解題》，收於王雲五主編《叢書集成初編》（臺北：商務印書館，1946），冊五，卷21，頁 599。

〔註170〕 楊慎評點《草堂詩餘》，今傳世刻本有萬曆中閔映璧刻朱墨套印五卷，每卷之首均題：「西蜀升庵楊慎批點，吳興文仲映璧校訂。」清光緒中，宋氏懺花庵據以重刻。見楊慎：《批點草堂詩餘・後記》，收於《楊升庵叢書》，第 6 冊，頁 985。

〔註171〕 以下引文皆見楊慎：《批點草堂詩餘》，收於《楊升庵叢書》，第 6 冊，故只標頁數，不再另注出處。

> 程垓：〈江城梅花引‧閨情〉批語：語語凄婉，字字嬌艷。（頁814）
>
> 辛幼安：〈念奴嬌‧春恨〉批語：纖麗語膾口之極。（頁869）

纖豔婉麗為六朝詩主要特色，楊慎在《批點草堂詩餘》不斷標舉詞亦有此特色，或將詞作風格與六朝詩產生連結，以證成詞源於六朝詩之說。可以說楊慎有意識地選擇與六朝詩風格相近的《草堂詩餘》作為評點習作，使評點具有建構文學理論的功能。另《批點草堂詩餘》中出現的新、翻案、翻奇等批語〔註172〕，也暗契楊慎強調通變的文學觀。中晚明以評點建構一己文學觀的現象逐漸普遍〔註173〕，就歷史意義而言，楊慎可說開此風氣之先。

　　與楊慎其它編撰著作相類，《批點草堂詩餘》也有濃厚的博物考據特色，他在序中即探究書名之源：

> 宋人選填詞曰《草堂詩餘》，太白詩名《草堂集》，見鄭樵《書目》。
> 太白本蜀人，而草堂在蜀，懷故國之意也。曰詩餘者，〈憶秦娥〉、〈菩薩蠻〉二首，為詩之餘而百代詞曲之祖也。今士林多傳其書，而昧其名，余故為之批騭而首著之云。〔註174〕

楊慎認為《草堂詩餘》雖流行於士林，但一般人不知「草堂」之名乃出於李白懷故國之思，故特書序文解說以明讀者，評文中也有釋名物之例，如溫庭筠〈菩薩蠻‧春閨〉批語：「西域婦人編髮垂髻，如中國佛像瓔珞，曰菩薩鬘。詞名本此」（頁678），這些都延續楊慎一貫博學式的知識生產習性。

　　《批點草堂詩餘》雖是評點初期作品，然楊慎意識到讀者的存在，他注意到文學對大眾的啟蒙功能：

> 黃魯直：〈浣溪沙‧漁父〉批語：魯直兩〈漁父詞〉俱見道語，可以警世。（頁677）
>
> 歐陽永叔：〈浣溪沙‧詠酒〉批語：不惟調句宛藻，而造理甚微，足喚醒人。（頁677）
>
> 蘇東坡：〈滿庭芳‧警悟〉批語：先生此詞專在喚醒世上夢人。（頁836）

〔註172〕如「歐陽永叔：〈浣溪沙‧春遊〉批語：奈何春三字，新而遠」（頁671）；「蘇子瞻：〈西江月‧重陽〉批語：翻杜老案，便自超達」（頁713）；「韋莊：〈小重山‧宮詞〉批語：此詞可為善於翻案」（頁749）；「宋子京〈錦纏道‧春景〉批語：翻舊話更醒」（頁776）。

〔註173〕如金聖歎、毛宗崗父子、張竹坡等評點大家都經常在評點中建構一己之文觀。

〔註174〕楊慎：〈批點草堂詩餘序〉，《楊升庵叢書》，第6冊，頁616。

「警世」、「醒人」、「喚醒世上夢人」等召喚讀者省思之語不斷出現在《批點草堂詩餘》中，在書寫的當下，楊慎意識到評點者對讀者提醒和教育作用，彷彿面對大眾說話。中晚明以後小說評點經常揭示這種警世作用，楊慎可說以詞集評點開此啓蒙風氣之先。

（二）發現史記：《史記題評》

史書評點是明代評點文化的新動向，由於古文辭派、前後七子的崛起、興盛，明人開始重讀司馬遷，體認到《史記》不只是一本史典佳構，更是文章優秀範本，兼具史學、文學價值。吉川幸次郎《元明詩概說》云：「《史記》能夠像今天這樣成爲我們的必讀書並廣泛傳播，與明代古文辭派的貢獻有很大關係。在『古文辭』推奬司馬遷的名著是惟一的散文典範之前，得到《史記》還不是那麼容易。」〔註175〕論述了古文辭派的對於提升明代《史記》地位的功績。明中葉士子多把《史記》作爲習文典範，在此之前，罕見《史記》刊本，正德以後陸續出現白鹿洞書院刊本《史記集解》、廖鎧刊行三家注本《史記》、邵宗周刊本《史記集解索隱》、劉弘毅愼獨齋刊本《史記集解索隱》等多種刊本〔註176〕。

在古文辭派影響下，《史記》成爲士子奉爲圭臬的文章範本，史書評點順勢而崛起於出版市場，萬曆年間所刊行的《史記評林》，是近代以前最完備的《史記》注釋書。凌稚隆鑒於其父凌約言的《史記抄》不夠完備，遂廣查群書，收集各名家的《史記》批評，在資金方面又得到歙縣汪氏、揚州張氏的支援，於萬曆二年（1574）到五年間（1577）刊刻出版了《史記評林》〔註177〕，「評林」即集評、匯評，匯合諸家評點，有「集之若林」之意，這類書籍始於書商刊刻，有濃厚的商業性〔註178〕

一般人都注意到《史記評林》這本當時集《史記》評點之大成的書，卻往往忽略在此書之前即有有楊慎、李元陽輯訂，高世魁校正《史記題評》百三十卷，該書的刊行記中有「嘉靖十六年（1537）丁酉福州府知府胡有恆同知胡端敦雕」，楊慎有先見之明，慧眼識得《史記》文字形式適於作爲模仿古

〔註175〕吉川幸次郎著，鄭清茂譯：《元明詩概說》（臺北：聯經出版社，2012），頁226。
〔註176〕南京圖書館編：《中國古籍善本書目·史部》（上海：上海古籍，2009）
〔註177〕參見高津孝：〈明代評點考〉，《科舉與詩藝——宋代文學與士人社會》，頁135。
〔註178〕參見楊玉成師《金針：評點辭典》（編寫中·未出版），頁12，感謝楊玉成老師慷慨借閱未出版著作。

文辭寫作範式。《史記題評》列舉了諸家的批評，書眉有楊愼輯前代評論，及對疑難句、段之疏解。莫友芝跋云：「每卷題明李元陽輯訂，高世魁校正，亦有不題者，亦有數卷李元陽上增題楊愼名者。升庵謫戌太和（雲南），惟中谿（李元陽）爲至交。此本蓋即升庵輯本，因增益以付雕。故題云爾。明人好尚評論。是書刻有評者蓋昉於此。後稚隆爲評林則又因此增益。」〔註179〕莫友芝推測原本有楊愼輯本收集了諸家的《史記》批評之後，李元陽增補爲《史記題評》，凌稚隆再加增補，成爲現在的《史記評林》。在《史記評林》的「引用書目」中，《史記題評名》名列首位，可見援用資料之多，受其影響之深。升庵著述超過百種之多，爲明人第一，他雖遠謫滇地，但往往能觀察當時文化脈動和趨勢，在明中葉出版文化中往往展現先驅者形象。

　　《史記題評》和《史記評林》有助於《史記》文學傳播，其後明代出版的評點本《史記》有：萬曆十八年（1590）建陽書林余自新克勤齋刊、明焦竑輯、李光縉匯評《史記萃寶評林》三卷；萬曆二十年余一貫刊、明吳默輯《史記要刪評苑》四卷；萬曆年間（1573～1620）魏畏所刊、明焦竑編、李廷機注《史記綜芳評林》三卷；萬曆年間王養虛二酉齋刊，明袁黃注《新鐫了凡家傳利用舉業史記方潤》五卷；天啓元年（1621）毛兆海刊、明茅坤輯《茅鹿門先生批評史記抄》百四卷；天啓二年沈琇卿刊、明唐順之輯《唐荊川批選史記》十二卷及崇禎九年（1636）馮元仲刊、明孫鑛評《孫月峰先生批評史記》百三十卷〔註180〕。在眾多《史記》相關集註、題評等參考典籍推波助瀾下，《史記》也漸漸成爲明清史書、文學經典。

（三）五色筆：文心雕龍評點與印刷文化

　　評點是一種紙上閱讀指引和伴讀，評點由「評」和「點」組成，「評」是以文字寫成的評論，「點」是加在文字上的符號。評點是印刷文化（print culture）直接產物，明中葉以後，隨著出版文化發達，視覺感也成爲評點的重要考量要點，楊愼《批點文心雕龍》開創性地用了五色筆評點。評點的起源之一是士人的讀書法，士人的讀書法用點抹標示重點，其中朱熹的「多色標記」讀書法或可視爲五色評點的起源：

　　　　某少時爲學，十六歲便好理學，十七歲便有如今學者見識。後得謝

〔註179〕傅增湘《藏園群書經眼錄》（上海：上海古籍出版社，1983），第2冊，史部1，卷3，頁177。
〔註180〕杜信孚纂輯《明代版刻綜錄》（揚州：江蘇廣陵古籍，1983），第1冊，頁37。

顯道《論語》，甚喜，乃熟讀。先將朱筆抹出語意好處；又熟讀得趣，
覺見朱抹處太煩，再用墨抹出；又熟讀得趣，別用青筆抹出；又熟
讀得其要領，乃用黃筆抹出。至此，自見所得處甚約，只是一兩句
上。卻日夜就此一兩句上用意玩味，胸中自是洒落。〔註181〕

讀書須是以自家之心體驗聖人之心，少間體驗得熟，自家之心便是
聖人之心。某自二十時看道理，便要看那裡面。嘗看上蔡《論語》，
其初將紅筆抹出，後又用青筆抹出，又用黃筆抹出，三四番後，又
用墨筆抹出，是要尋那精底。看道理，須是漸漸向裏尋到那精英處，
方是。〔註182〕

朱熹回憶早年讀書方法，他批抹過《論語解》、《上蔡語錄》，使用符號主要是
抹筆，以朱、墨、青、黃四色逐層閱讀（另一次順序是紅、青、黃、墨），標
示重點，最後得到「要領」者，一一以抹筆標誌〔註183〕，這樣一眼便能掌握
文章關鍵或警策處，「所得處甚約，只是一兩句上」，能快速、精確掌握重點。
延續多種色筆標示，以便利閱讀的考量，楊慎《批點文心雕龍》時運用了五
色筆評點，萬曆四十年由梅慶生刊刻的《文心雕龍音註本》，書前附〈與張禹
公書〉，爲楊慎評點完《文心雕龍》後，修書張禹山，說解評點條例和心得：

批點《文心雕龍》，頗謂得劉舍人精意。此本亦古，有一二誤字已正
之。其用色或紅或黃，或綠或青或白，自爲一例，正不必說破，說
破又宋人矣。蓋立意一定，時有出入者，是乖其例。人名用斜角，
地名用長圈，然亦有不然者。如董狐對司馬，有苗對無棣，雖係人
名地名，而儷偶之切，又當用青筆圈之。此豈區區宋人之所能盡，
高明必契鄙言耳。〔註184〕

由書中可知楊慎以紅、綠、青、黃、白等五色評點《文心雕龍》，加以斜角、
長圈、抹、圈等符號，楊慎自道用色標示、圈點爲「不必說破」的部分，當

〔註181〕朱熹著，黎靖德編：〈訓門人〉，收於《朱子語類》（北京：中華書局，1986），
卷115，頁2783。

〔註182〕朱熹著，黎靖德編：《朱子語類》，卷120，頁2887。

〔註183〕參見楊玉成師〈閱讀與規訓：南宋科舉評點與印刷文化〉，頁8～9。發表於，
中央研究院「明清的城市文化與生活」主題研究計畫、暨大歷史系、暨大中
文系主辦，「傳統中國的社會生活與文化」研討會。

〔註184〕楊慎：〈與張禹山書四則〉之三，《升庵詩文補遺》，《楊升庵叢書》，第4冊，
卷1，頁74。

中玄妙之處，需由讀者自行體會，考驗讀者的領悟力，亦彰顯了評點活動中符號的功能。色彩加上符號，可以吸引讀者目光，增加閱讀和傳播效果。而今傳的梅慶生音註本，由於刻本不能用五色，因此梅慶生以不同符號代替五種顏色。其中紅色圈作◎；黃色圈作⊙；綠色圈作□；青色圈作●；白色圈作○〔註185〕，可說是便於刊刻的權宜之計。萬曆凌刻套印本前閔繩初所作的序也曾論及五色評點：

> 《洪範》五行，兆於龍馬之圖，列於禹箕之書。其見象於天也為五星，分位于地也為五方，行于四時也為五德，稟于人也為五常，播于聲也為五音，發于文章也為五色。則五色之文，自《陰符》已記之矣。若夫握五色管，點綴五色文，則吾明升庵先生實始基之。先生起成都，探奇摘豔，漁四部，弋七略，胸中具一大武庫。凡經目所涉獵，手所指點，若暗室而賜之燭，閉關而提之鑰也。豈與粉黛飾無鹽，效靚妝冶態，作倚市羞者，絜衣較短哉。將令寶之者，如吳綾如蜀錦，如冰綃如火布，不勝目駭。後世文人之心之巧，蔑以加矣。至於《文心雕龍》之為書，則有先生之五色管在，余知為圖之河，書之洛而已矣，又何贅焉。〔註186〕

文中論及楊慎為點綴五色文之肇始，顧起元說「升庵先生，酷嗜其文，沮嗳菁藻，爰以五色之管，標舉勝義，讀者快焉。」〔註187〕說明五色評點令讀者閱之一快，以讀者立場印證此法之妙。這種評點法需要套印技術配合，王重民認為套色印刷的興起係十七世紀初（1602～1606 間），是商業競爭下的產物，他指出楊慎的五色評點法，在印刷出版史上的意義，「非有套色印法，不能在書本上表現出批點的精神和神旨。在這一次由楊慎等領導的批點古文運動中，促成了套版印刷法的發明；而這時候也的確具備了這一條件；所以這一先進方法就自然能夠在這個時期產生了。」〔註188〕點出楊慎五色筆評點法，

〔註185〕參見《楊升庵先生批點文心雕龍音註》（明天啟二年豫章梅氏六次校刊本），
　　　　書前凡例，頁1。
〔註186〕閔繩初：〈刻楊升庵先生批點文心雕龍引〉，《升庵著述序跋》，頁260。
〔註187〕顧起元：〈文心雕龍批評音註序〉，收於《升庵批點文心雕龍》，《楊升庵叢書》，
　　　　第4冊，頁674。
〔註188〕參見王重民〈套版印刷法起源於徽州說〉，收入《冷廬文藪》（上海：上海古
　　　　籍，1992），頁80～81。及王重民：《中國善本書提要》（上海：上海古籍，
　　　　1983），頁342。另，杜信孚〈明代版刻淺談〉亦云：「明代印刷術的另一大
　　　　發展是套印的應用。套印在元代已經發明，可能僅有朱墨二色，而且未被廣

不但有促進閱讀的便利性和視覺效果，對於套色印刷的亦產生啟發、影響。

其後萬曆凌刻套印本又後出轉精，套色印刷最有名的是晚明吳興閔氏、凌氏，刻印套色書籍一百四十餘種〔註189〕。凌雲宣刊刻《升庵批點文心雕龍·凡例》云「楊用修批點原用五色，刻本一以墨別，則閱之易混，寧能味其旨趣。今復存五色，非曰炫華，實有益於觀者」；「五色，今紅綠青依舊，獨黃者太多，易以紫；白者乏彩易以古色，改之，特便觀覽耳。若用修下筆，每色各有意，幸味原旨可也」；「各注元居各篇後，今并於各卷後，以便稽考人名及鳥獸等名。元注本文下，今以朱載於旁，庶文易明，而不至本文間斷。」〔註190〕凌刻本保留楊慎五色圈點的形式，說明了五色評點「益於觀者」的優越性，為便於觀覽考量，又進一步將黃色易紫，以古色易白，增加閱讀視覺感官享受。受到楊慎五色《批點文心雕龍》啟發，徐渭（1521～1593）〈四書繪序〉亦敘述一種五色評點，以五色符號配以評語：

> 《四書》中語言，聖賢之精意也。全體似人身有經絡孔穴，隱藏引帶，不出字句，而傳註講章，轉相纏說，未免床上疊床。乃感前事，始用五色筆繪之，即其本文統極章斷字句，凡輕重緩急，或相印之處，各有點抹圈鉤，既以色為號，復造形相別，色以應色，形以應形，形色所不能加，乃始隱括數語，脈穴之理，自謂庶幾燦然。夫繪之與解，均屬筌蹄，但其異處，雖渭序中不能自表也。〔註191〕

徐渭以五色筆圈點（各有點抹圈鉤），可以明確指出文章段落、文意交織呼應關係，以文字作為補充說明，更利於理解。晚明這種評點又稱為「繪」，將這種評點視為「繪」，就更強調此種評點法所凸顯的圖像性，葉德輝說套色印刷：「斑斕彩色，娛目怡情，能使讀者精神為之一振。」〔註192〕這種評點上的進步，基本上與中晚明印刷文化和視覺性的強調是密不可分的，楊慎就嗅出這

泛應用。明萬曆間齊伋、凌蒙初等都用套印的方法，不加界行，刊刻帶有批注評點的書，一般稱為『朱墨本』。後來發展為朱、墨、黛、紫、黃五色。把套印術和版畫結合起來，就稱為彩色套版，這是明代雕版技術的輝煌成就。」參見氏著：《明代版刻綜錄》（揚州：江蘇廣陵古籍，1983），第1冊，附錄，頁7。

〔註189〕參見楊玉成師：《金針：評點辭典》（編寫中，2007年版），頁18。

〔註190〕凌雲宣〈凡例〉，《升庵著述序跋》，頁261。

〔註191〕徐渭：《徐渭集》，第3集，卷19，頁521。

〔註192〕葉德輝：〈顏色套印書始於明季，盛於清道咸以後〉，收於《書林清話》，《叢書籍成續編》（臺北：新文豐，1989），卷8，頁112。

種出版訊息，而就技術層面來說，五色筆批點《文心雕龍》可以說套色印刷文化上的先驅者。

《升庵批點文心雕龍》是評點符號凌駕於批語的例證，該書楊慎批語只有三十餘句，全為尾批，批語大多十分簡短。楊慎推尊六朝文學觀展現於該書的評點上，分析《升庵批點文心雕龍》圈點的部分大多為儷偶句，可以看出他十分欣賞此書的駢儷風格〔註193〕，這與他重視六朝的文學觀相契，又「『耀豔深華』四字，尤盡二篇妙處，故重圈之」〔註194〕；「此評古之詩，直至齊梁，勝鍾嶸《詩品》多矣。」〔註195〕等批語也有彰顯六朝文風意味。有趣的是，在〈明詩第六〉尾批云：「宋之腐儒不知詩，作詩話、詩談、詩格，無一可采，誤人無限。與其觀宋人之書，何不觀此。至言不出，俗言勝也。然可語此，世亦無幾人，唯禺山可也。」〔註196〕這則批語除了批駁理氣詩言理不言情之弊，闡揚一己「主情」的詩觀外，將張禺山視為談詩論藝的知己，亦有稱譽標榜友人的傳播意義。

（四）當代文人文集評點

評點起源於南宋，內容大致包括：科舉評點、古文評點、詩歌評點、經史評點等，關於文人詩文集所見較少，且一般以批、選前代大家為多。李東陽《懷麓堂集》詩稿前有潘南屏、謝方石數則簡略評語，可說是稍早的例子〔註197〕，楊慎可說是明中葉大量開始評點當代文人文集的第一人。除了《史記》、

〔註193〕參見祖保全：〈試論楊、曹、鍾對《文心》的批點〉，《文心雕龍學刊》（濟南：齊魯書社，1986），第 4 輯，頁 193。

〔註194〕參見楊慎：《升庵批點文心雕龍・辯騷第五》，《楊升庵叢書》，第 4 冊，卷 2，頁 688。

〔註195〕參見楊慎：《升庵批點文心雕龍・明詩第六》，《楊升庵叢書》，第 4 冊，卷 2，頁 692。另「美猶骨也，豔猶風也。文章風骨兼全，如女色之美艷兩致矣。」以「美艷」說明「風骨」亦有六朝風味，見同書〈風骨第二十八〉，卷 6，頁 738。

〔註196〕參見楊慎：《升庵批點文心雕龍・明詩第六》，《楊升庵叢書》，第 4 冊，卷 2，頁 692。

〔註197〕「潘南屏時用深於詩，亦慎許可。嘗與方石各評予古樂府，如〈明妃怨〉謂古人已說盡，更出新意。予豈敢與古人角哉？但欲求其新者，見意義之無窮耳。及予所作〈腹劍辭〉，方石評末句云『添一「恨」字，即精神十倍。』南屏乃漫為過目。〈新豐行〉，南屏評以為無一字不合作，而方石亦尋常視之，不知何也？姑識之以俟知者。」見李東陽《麓堂詩話》，收於丁福保輯《歷代詩話續編》，下冊，頁 1390。

《文心雕龍》等古代經典，楊慎批、選、評嚴嵩《鈐山堂詩選》、李夢陽《空同詩選》、麗江木公《雪山詩選》、張含《禺山詩》等時人文集，雖然這些文人文集評點，文句大多簡略，卻具開啟明代評點當代文人文集風氣之先的歷史意義。

張含為楊門七子之一，亦是楊慎麗澤會詩友，兩人有逾一甲子交誼。張含在雲南有張氏家塾，本身即有家刻機制，楊慎曾為他批選《張愈光詩文選》、《張禺山戊巳吟卷》、《禺山七律選》等，《列朝詩集小傳》云：「愈光少與楊用修同學，丙寅除夕，以二詩遺用修，文忠公極稱之，謂當以詩名世。嘗師事李獻吉，友何仲默，然其平生知契，白首倡酬者，用修一人而已。愈光詩行世者，有《禺山詩選》、《禺山七言律鈔》，皆用修手自評騭云」〔註198〕。序云「慎與張子，自少為詩文，觀規矩而染丹青者，五十年餘矣。張子詩日益工，文日益奇，余瞠乎其後者。張子不鄙謂余，乃屬余選其自少至老之作，的然必傳者。」〔註199〕「的然必傳者」顯示編選作品的傳世價值，有提高作品價值的宣傳效果。

張含詩文集中收錄大量（百餘首）與楊慎寄贈酬唱詩文；所有張含為楊慎作品所寫的序跋，楊慎還特別選錄數篇自己的作品。由於《張愈光詩文選》實在收錄太多寄贈楊慎之作，於是就產生楊慎讀著張含寫給他的詩而寫評語的有趣現象，讀後感當然大多為溢美之詞，「字字句句，工緻抑鬱」（〈對雪懷升庵〉，卷2，頁30）；「絕唱」（〈寄升庵中溪〉，卷2，頁38）；「語不必可解，詩中莊列也」（〈寄贈升庵〉，卷3，頁42）；「嚴暢精婉，絕妙必傳之作」（〈雲限篇贈天敘因攬升庵所〉，卷 3，頁 50），讀者的感念，發而為稱譽之辭，使《張愈光詩文選》充滿互相標榜的色彩。有時亦出現兩人私密絮語式批語，「情至之語自工，他年通家譜話矣」（〈寄賀升庵生子〉，卷3，頁46）；「謂管鮑知己而無羊何之詩也，事切語妙」（〈絕句九首寄升庵〉，卷3，頁49），感念張含賀己弄璋之辭，認為可置於家譜中，又將兩人情誼媲美管鮑，這些情語藉由出版穿梭於公私領域之間，成為獨特的評點風景。

有趣的是，該書卷六〈蹴毬詠懷長句呈升庵〉一詩後有楊慎長篇附注自

〔註198〕參見錢謙益：〈張舉人含〉，《列朝詩集小傳‧丙集》（上海：上海古籍出版社，1983），頁355。
〔註199〕參見楊慎：〈張愈光詩文選序〉，見張含著，楊慎評選《張愈光詩文選》，收於《叢書集成續編‧集部》（上海：上海書店，1994），冊115，頁1。

述生平，「予年值古稀，自甲辰到今，杜門無公府之跡。……斯人爲何人耶？斯世爲何世耶？痛哭流涕，往往欲焚筆硯弓毬，以繼〈九辯〉沈身之客，苟活餘齡何益於世。」〔註200〕大大抒發了晚年一己鬱悶之懷。卷一附〈結交行爵里姓名記〉收錄張含許多文友字號、生平事蹟、頭銜、功業，收錄者皆爲當時文壇聞人〔註201〕，楊愼將父廷和置於第一，自己也置於其中，有宣傳效果。這些編錄除了顯示兩人情感深厚，互動頻繁外，也展現編選者（楊愼）強烈傳播自我的意識，彰顯了評點有傳播批者聲譽的另類功能。

《張愈光詩文選》評語大多精簡，多爲稱譽之詞，如「奇境、奇語」（〈行路難呈升庵〉，卷 1，頁 17）；「詩史也」（〈萬里龍編亂〉，卷 1，頁 21）；「用蜀都賦最合作」（〈滇陽旅舍〉，卷 2，頁 32）；「青莇紫芝，奇事奇句」（〈嬾慢〉，卷 4，頁 54）；「幽秀宕麗，迥出常情」（〈夢武昌〉，卷 5，頁 68）；「文尤奇雋」（〈畫猕解〉，卷 7，頁 91）等，展現早期評點輕薄短小的特色。

《張愈光詩文選》中大部分的批語是的以古代名家來作爲比附稱譽，如「似盛唐」（〈龍關炊朝望寄升庵〉，卷 1，頁 17）；「似初唐」（〈昨宵吟憶升庵〉，卷 1，頁 22）；「語不必可解，詩中莊列也」（〈寄贈升庵〉，卷 3，頁 42）；「爲知己之作，自爾超卓古之杜，於李於元於白亦然」（〈荅北泉藍玉甫侍御次韻〉，卷 3，頁 47）；「托興宕麗，抽辭瑰邁，得長吉、盧同之三昧」（〈放浪詞〉，卷 4，頁 58）；「岐煙擊汰一聯，絕似庾開府」（〈莇吟篇〉，卷 4，頁 58）；「全似杜」（〈蕪城〉，卷 5，頁 72）；「絕倡工，逼少陵」（〈送譙雲阿表使北上五言格詩三十韻〉，卷 5，頁 73），評張含有初、盛唐之風，風格似庾信、李賀、盧同，直逼杜甫、李白、元稹、白居易等大家。這種評點方式，與當時的復古傾向相應成趣，反映了時代的審美觀。有的批語則是評者分享一己的讀後感，試圖感染讀者，如「誦此令人結腸」（〈梅雪吟寄升庵〉，卷 6，頁 82）；「流麗婉轉，可歌可哭」（〈憶寄吟〉，卷 1，頁 17）。甚至，還出現藉批語宣傳的現象，「此詩滇人熟誦之，箬溪以爲禺山寄愼詩，此集中絕倡也」（〈寄升庵〉，卷 5，頁 74），此批語點出〈寄升庵〉一詩爲張含集中絕唱，雲南當地人熟誦，不可不知，顯然藉著批語指出流行趨勢，創造流行。

〔註200〕參見張含著，楊愼評選《張愈光詩文選》，收於《叢書集成續編·集部》（上海：上海書店，1994），冊 115，卷 6，頁 77。以下批語均見同書，故只標篇名、頁數，不再另標出處。

〔註201〕如邊貢、顧璘、崔銑、李夢陽、何景明、任瀚、文徵明、薛蕙、嚴時泰、李元陽等人。

　　嚴嵩（1480～1567）爲楊廷和門生，其後成爲高宦權貴，有奸臣之名，在當時頗受爭議〔註202〕。楊慎曾爲他編選、批點《鈐山堂詩選》四卷，「元老介谿先生嚴公，嘗以其詩集寄某，屬爲選取。走辱公之知舊，僭取三百餘篇以復，公不謂然，復束封寄某，使再汰之，公之不自滿假，有合於王孟之見矣。敬擇其瓊枝栴檀爲四卷。」〔註203〕楊慎晚年初選嚴嵩詩歌三百首，嚴嵩認爲太多，請他再淘汰，於是楊慎對後敬擇「瓊枝栴檀」最精要之四卷。嚴嵩《鈐山堂詩選》爲多人共評，該書被眾多序跋、題辭、評點、像贊所包圍，是一本社交色彩濃厚的文集。該集前有許多特標名號的高官顯宦及或文壇名人作序〔註204〕，文前附錄許多達官名流爲嚴嵩各式繪像的題贊，其編輯方式十分有趣，是以嚴嵩各個不同時期的畫像爲綱，其下按所屬部門與官職署名，如「（嚴嵩）禮部右侍郎像贊」，綱目下有「禮部右侍郎增城湛若水」、「左庶子兼侍講學士堂邑穆孔暉」、「國子司業汝南林時」、「翰林侍講學士鄂渚廖道南」等四人像贊；「南京吏部尙書像贊」，綱目下有「南京吏部右侍郎莆田林文俊」、「南京吏部右侍郎婺源潘旦」、「都察願右副使吳郡顧璘」、「南京太常寺少卿高陵呂冉」、「南京國子監祭酒鉛山費宷」等五人像贊，依此類推……其後有「禮部尙書扈蹕圖贊」、「行樂圖贊」、「少師大學士像贊」等嚴

〔註202〕嚴嵩是當時頗受爭議的「奸臣」人物。〔清〕張廷玉於《明史》說嚴嵩「無他才略，惟一意媚上，竊權罔利」。「嚴嵩（1480-1567）於明代嘉靖後期，擔任內閣大學士之職超過二十年，與兒子嚴世蕃一起專斷朝政，役使極權。最終，嚴世蕃被處死，嚴嵩被解除官職，並且沒收家產，貧窮死於家鄉。《明史》將嚴嵩傳放在〈奸臣傳〉中。失勢後的嚴嵩一直被視以奸臣。尤其在戲曲小說等文學作品中登場的嚴嵩父子必定是壞人。」參見大木康〈嚴嵩・王世貞・金瓶梅〉，收於《中正大學中文學術年刊》（嘉義：中正大學，2009）第2期，頁1～16。嚴嵩喜一意媚上，竊權罔利，專擅國政近二十年。士大夫側目屏息，不肖者奔走其門，行賄者絡繹不絕。戕害他人以成已私，並大力排除異已。他還吞沒軍餉，廢弛邊防，招權納賄，肆行貪污；激化了當時的社會矛盾。晚年，以事激怒世宗，爲世宗所疏遠，抄家去職，兩年而歿。著有《鈐山堂集》40卷。

〔註203〕楊慎：〈鈐山堂詩選序〉，《升庵遺集》，《楊升庵叢書》，第3冊，卷23，頁1064。

〔註204〕如國史經筵講官甘泉生湛若水、嘉議大夫吏部左侍郎兼翰林學士會典副總裁兼修玉牒茶陵張治拜撰、資政大夫南京兵部尚書奉勅恭贊機務儀封王廷相序、資善大夫兵部尚書兼都察右都御使蘭谿唐龍序、通議大夫刑部右侍郎大庾劉節序、通議大夫南京禮部右侍郎黃綰序、中順大夫詹事府少詹事兼翰林院侍讀學士安陽崔銑序、中順大夫鶴慶知府前工部郎中鷺沙孫偉序、嘉靖丙午三月望翰林檢討關西晚生王維楨頓首謹撰、嘉靖丙午成都楊慎謹序、嘉議大夫南京工部右侍郎蜀東後學趙貞吉頓首撰等。

嵩像贊〔註205〕，像贊詩文內容大多爲稱頌諛美之詞，嚴嵩爲當時朝廷重臣，收錄像贊有誇耀權勢意圖，官員也以此表達對權臣的奉承，形成一種圖文並茂的文學社交活動。商請社會名流執筆，收錄社會名流像贊詩文，有抬高文學聲譽，標榜自我意味，文學批評與權勢成爲奇異的連結。

　　該書爲多人共評，卷端題「鷟沙孫偉評點，成都楊愼批選」，對楊愼《鈐山堂詩選》批語作簡單的話語分析（discourse analysis），有別於批點《唐詩絕句精選》、《張禺山戊己吟》、《李詩選》等就詩論詩，提出詩論詩觀的態度，楊愼在《鈐山堂詩選》中評語，大多爲稱譽的諛詞，如〈出仰山〉「典致灑灑是謂合作」（卷 2，頁 29 下）；〈山塘〉「六句詩惟唐韋應物、劉文房最佳，此得其三昧」（卷 2，頁 29 下）；〈秋夕閒居對雨〉「通篇淨瑩」（卷 2，頁 32 下）；〈江館聞雨〉「有風有韻」（卷 3，頁 33 上）；〈陳節推父在南昌寄贈〉「是眞唐絕」（卷 6，頁 65 下）〔註206〕，這種互惠互譽的聲譽傳播、交際功能，凌駕於詩歌評點的文學批評意義，評點與社交成爲奇異的連結，社交性評點建構文學聲譽，成爲評點的另類功能。

　　楊愼批選文壇前七子之一李夢陽（1472～1529）《空同詩選》四卷《增選》四卷，也展現濃厚的社交、傳播訊息。張含〈空同詩選序〉說明此書的精挑嚴選，「吾師空同先生詩、凡樂府、古、雜、律、排、絕句，總二千一百四十九首。吾友升庵楊子選焉，總得一百三十六首。其中或點，或圈，或批，迄曰：『是足以傳矣。』……含與楊子幼而同志於文與詩也。故三集之選，亦同於求精，而不隨世以務多矣。於戲，選詩其嚴乎！選詩其嚴乎！」〔註207〕其後閔刻套印本，也重申此道，「明代之有空同，猶唐之有李杜，庶幾兄漢魏而弟三唐，駸駸乎出入風騷也。各體凡二千一百四十九首，升庵選焉，質之張禺山者，得一百三十六首，噫亦嚴矣！」〔註208〕強調選詩精嚴，以示作品價值不凡，達到正面的宣傳效果。《空同詩選》與《鈐山詩選》相類，亦多稱譽

〔註205〕嚴嵩：《鈐山堂集・附錄》，《續修四庫全書》（上海：上海古籍出版社，1995），集部，1336 冊，頁 13 上～17 下。。

〔註206〕以上評點均出於嚴嵩：《鈐山堂集》，《續修四庫全書》（上海：上海古籍出版社，1995），集部，1336 冊。其它如〈促縮〉「寫出旅況，質而不俚」（卷 3，頁 41 下）；〈夜讌歌〉「似古白紵歌」（卷 2，頁 31 下）；〈中秋陳大恭分司同楊太僕宴〉「潤麗有此者」（卷 2，頁 33 下）等。

〔註207〕張含：〈空同詩選序〉，收於《空同詩選》，《楊升庵叢書》，第 5 冊，頁 914。

〔註208〕閔齊伋：〈空同詩選跋〉，《升庵著述序跋》，頁 275。

之詞，「以童謠諺語作禽言，最得體。六首取四，冠絕今古矣」〔註209〕；「純似古樂府，魏晉以下，絕無僅有」〔註210〕；「如此絕句，絕妙古今」〔註211〕；「序事有扛鼎筆力，句法雖與《選》殊，而與少陵上下矣，必傳之作也」〔註212〕；「『多露』、『爲霜』，俱用《毛詩》語，妙。『多露』，人能用之，『爲霜』，非公不能用也」〔註213〕等，大多使用最高級的強烈字眼稱譽之。楊愼亦喜以古人比況恩師，「近似太白」〔註214〕；「絕似王維」〔註215〕；「可逼三謝」〔註216〕等，彷彿李東陽就是古代名詩人化身。《空同詩選》評點大多爲讚譽之詞，鮮少批評指教，名人美譽，等於是內容精彩的保證，提高文學傳播效應。

謫居雲南的楊愼，評選滇地當權者麗江土司木公（1495〜1553）的詩文集，木公爲納西族人，該詩集開明代外族詩人選集之先，具有歷史意義。《列朝詩集小傳》云：「用修在滇，獨愈光能與相應和，公恕希風附響，自此于長卿之盛覽，斯可謂豪傑之士也。用修錄其詩一百十有四首，名曰《雪山詩選》，敘而傳之。」《雪山詩選》爲多人評點之作，升庵及南園張永淳、中溪李元陽、月塢張含諸家評點，而以南園、升庵二家所評爲多。楊愼對對木公之詩多有讚譽，〈醉題樓壁〉升庵批點「體句俱新」〔註217〕；〈聞松〉升庵批點「幽思奇句」〔註218〕；〈翠岩晚靄〉升庵批「此首絕佳，繪出翠岩景也」〔註219〕，〈奉次空侯十六韻〉一詩評曰：「雪山此詩，清麗綿密，情態曲盡，而用事精確，賞音者當具眼也。請刻之石以傳。」〔註220〕給予很高的評價，楊愼對木公文集的批選也有獎掖邊族文學的作用。

〔註209〕〈禽言四首〉，《空同詩選》，《楊升庵叢書》，第 5 冊，卷 1，頁 929。
〔註210〕〈雁門太守行〉，《空同詩選》，卷 1，頁 932。
〔註211〕楊愼評：〈江行雜詩二首〉，《空同詩選》，《楊升庵叢書》，第五冊，卷 4，頁 982。
〔註212〕楊愼評：〈乙丑除夕追往愼五百字〉，《空同詩選》，《楊升庵叢書》，第五冊，卷 1，頁 942。
〔註213〕楊愼評：〈贈蒼谷子〉，《空同詩選》，《楊升庵叢書》，第五冊，卷 2，頁 944。其它如「只以謠諺近語入詩史，而高古不可及」〈士兵行〉，《空同詩選》，卷 2，頁 946。
〔註214〕〈題畫搔筆成詩〉，《空同詩選》，卷 2，頁 958。
〔註215〕〈贈何舍人〉，《空同詩選》，卷 4，頁 983。
〔註216〕〈溫太眞墓〉，《空同詩選》，卷 1，頁 938。
〔註217〕木公著，楊愼評點：《雪山詩選》，《楊升庵叢書》，第 5 冊，頁 1033。
〔註218〕木公著，楊愼評點：《雪山詩選》，《楊升庵叢書》，第 5 冊，頁 1034。
〔註219〕木公著，楊愼評點：《雪山詩選》，《楊升庵叢書》，第 5 冊，頁 1036。
〔註220〕木公著，楊愼評點：《雪山詩選》，《楊升庵叢書》，第 5 冊，頁 1038。

（五）書坊仿冒之風

晚明出版文化盛況臻於顛峰，由於許多評點名家往往兼評各種文類，這些評點家著作開始時大多以單行本發行問世，難以全部收集或通盤閱讀，有些出版商爲了方便讀者，便出版單一評家的成套評點著作。晚明開始流行編輯評點家的合集，如劉辰翁《劉須溪評點九種》、楊愼《楊升庵先生評注先秦五子全書》〔註221〕、陳仁錫《諸子奇賞》前後集、《續文苑英華》、《子品金函》，陳繼儒《五子雋》、《古今粹言》，孫鑛《孫月峰批點合刻九種全書》、《孫月峰三子評》等，這些叢書以評點家爲中心，可一窺評點名家觀念的形成，藉助其名聲作爲廣告促銷的方法。孫琴安說：「所謂合刻本，便是將一評點家曾評點過的文學作品合刻在一起，用我們的話來說，即是將該評點家的評點文學著作組成一個系列，成套出版，以此來吸引廣大讀者。」〔註222〕在當時書市，楊愼儼然已成爲評點名家，除了《楊升庵先生評注先秦五子全書》較爲可信外，書坊僞託楊愼之名之風亦盛，許多託名楊愼評點的單行本紛紛問世，甚至出現了集大成的題楊愼評十二先秦諸子的《合諸名家批點諸子全書》〔註223〕，楊愼之名成爲盜版市場的新寵，以名流之名爲宣傳銷售保證，這些書市贗品都印證了楊愼在文學／文化場域的盛名。

二、出版文化

（一）暢銷書：《歷代史略詞話》的書寫策略

《歷代史略詞話》又名《廿一史彈詞》、《廿一史》、《歷朝史說》。因分爲總說、說三代、說秦漢、說三分兩晉、說南北史、說五胡亂華、說隋唐、說五代史、說宋遼、說元史，故又有個流行的名字「十段錦」。

彈詞是流行於南方的講唱文學，起源於唐變文和宋元金的諸宮調，《歷代史略詞話》爲一韻文「彈詞」形式的史傳文類，該書開啓可誦可唱的講唱藝

〔註221〕天啓五年張懋案橫秋閣校刊《楊升庵先生評注先秦五子全書》，內有《評點鬻子注》、《評點關尹子注》、《評注鬼谷子》、《評注公孫龍子》《評注鄧子》等五卷。王文才《楊愼學譜》，頁300～305。

〔註222〕參見孫琴安《中國評點文學史》（上海：上海社會科學出版社，1999），頁112。

〔註223〕《北京圖書館善本書目》卷四著錄天啓武林坊刻《合諸名家批點諸子全書》，中題楊愼評者12種，內容包羅萬象：《評點廣成子解》、《評點黃石公素書注》、《評點亢倉子》《評點鬻子注》、《評點關尹子注》、《評注鬼谷子》、《評注公孫龍子》《評注鄧子》、《評點晏子春秋》、《評點商子》、《評點乾鑿度》《神鑿度》、《評點譚子化書》、《雲門子》等。

術，在彈詞的文學史脈絡中，也大多認為楊慎開此種文學形制之先〔註224〕，被視為清人彈詞之祖〔註225〕。此書仿宋元市井演史、調笑轉踏之例，形式深具通俗性。敘事則話文與詞文互用，首尾則引詞與散場具備，故稱「詞話」。以第三段「說秦漢」為例，先以〈臨江仙〉曲文開頭，「滾滾長江東逝水，浪花淘盡英雄。是非成敗轉頭空。青山依舊在，幾度夕陽紅。白髮漁樵江渚上，慣看秋月春風。一壺濁酒喜相逢。古今多少事，都付笑談中」，繼而是一首介紹該朝史概的開場詩，中間以三、四言韻文數段，介紹每個君王史蹟，如「七戰國，秦昭王，英雄獨霸；奪周朝，取世界，遷徙周民。……劉沛公，入關陝，秦降軹道：楚項羽，過驪宮，一心而焚。……漢高祖，用賢才，築壇拜將，蕭丞相，書六律，約法安民」，末以尾詞「落日西飛滾滾，大江東去滔滔。夜來今日又明朝，驀地青春過了。千古風流人物，一時多少英雄。龍爭虎鬥漫劬勞，落得一場談笑」〔註226〕收束。本文為散文的敘述，其次才為唱文，唱文為十字句和後來彈詞、鼓詞形制相似〔註227〕。《歷代史略詞話》篇幅不滿三萬，卻鋪揚歷代興亡之跡，自洪荒迄於元世，為讀史啟蒙而作，嘗為家絃戶誦之書〔註228〕。

　　如果版本數量可作為一部書籍銷售量的指標，那《歷代史略詞話》無疑為楊慎最暢銷的一部書。該書一再被翻刻，有明張復吾刊本、明清間秀水刻

〔註224〕趙景深「最早的彈詞首推明代楊慎的《廿一史彈詞》，……明季《三風十愆記》常熟丐戶中草頭娘『熟二十一史精彈詞』可見這種彈詞，當時是能夠唱的。」（頁 4）參見氏著：《彈詞研究》，收於婁子匡校纂：《名俗叢書》（北京：北京大學，1971）。鄭振鐸認為「正德嘉靖間楊慎寫《二十一史彈詞》，其體裁和今日所見的彈詞已很相近」（頁 350）參見氏著：《中國俗文學史》（上海：上海書店，1984），下冊，頁 350～352。

〔註225〕「明季江南傳刻，改稱《廿一史彈詞》。……舊傳楊廉夫有彈詞《仙游》、《夢遊》二錄（目見臧晉叔《彈詞小序》），其文已佚，時人因推慎作以奠體例，故據以改名，則是編更為清人彈詞之祖。其開啟一代新聲，影響文藝，又非獨以史名矣。」；「桂馥《題寫韻樓升庵像》云『傷心形影寄邊陲，閑教蠻婆唱鼓詞』稱此編鼓詞，亦非無因。觀明末木皮散人之鼓詞，其文體實近取於此，而非遠承宋人之鼓子詞，則是編又清人鼓詞之始。原升庵此作，初不專為鼓詞或彈詞而設，唯仿之者，自就其便，各以絃鼓作場，於是因樂系而分演，大別為兩類，南彈北鼓，並為大宗。」參見王文才：《楊慎學譜》（上海：上海古籍，1988），頁 352。

〔註226〕開首詞和尾詞參見楊慎：《歷代史略詞話・說秦漢》，《楊升庵叢書》，第 4 冊，頁 588、590、591、594。

〔註227〕參見鄭振鐸：《中國俗文學史》（上海：上海書店，1984），下冊，頁 350。

〔註228〕參見王文才：《楊慎學譜》（上海：上海古籍，1988），頁 350。

本、康熙廣陵李清刻本、蜀本、孫注本、芥子園套印本、咸豐刪刻本等許多版本〔註229〕，在明清的出版市場中十分流行暢銷。

該書為以通俗彈詞說史，許多讀者、學者都注意到此書的音樂性，「名曰彈詞，洵可彈也，一彈當使人嘆，再彈當使人愾，三彈當使人起舞悲歌，泣下沾襟，而不能自止。其聲調之悽惋，固可使十七八女郎彈之，其音節之悲壯，亦可使銅琵琶鐵綽板丈二將軍彈之。用修真不愧狀元才子也，天驥行空，凡馬有能追後塵者哉」〔註230〕；「明楊升庵先生以悲壯淋漓之筆，著有《廿一史彈詞》，譜興亡于弦歌之中，寓褒貶在彈板以內，歌可為詠，慷當以慨，提要構元，開史學者之捷徑。」〔註231〕《歷代史略詞話》一改以往史書的嚴肅性，以說唱的方式載史，更能吸引讀者／聽眾，增加傳播性，可以收雅俗共賞之趣，迎合大眾讀者新鮮趣味的「閱讀期待」，讀者閱之悅之：

> 然二十一史辭旨奧博，簡帙繁多，白首青燈，有讀未能竟之嘆，乃欲家喻而戶曉之難矣。吾鄉楊升庵先生，本以天才，博綜經籍，尤精於史，輯為《十段錦》一書，上下古今，自盤古迄於胡元。凡禮制之沿革，年號之變更，國家之成敗，興王亡王之賢愚，忠良奸諛之功罪，犁然如指諸掌。且抑其高古，俯就俚調，使販夫田父，樵童牧叟，皆欣欣而喜聽之。恬吻愉心，化瞽為明，移聾為聰，得免於面牆。彼矯枉不經之說，無以奪其實而售其欺，其用意亦勤矣哉！蓋正史謹嚴，譬之薑桂，列之上品，未易可口，蓋墳典之流也。《十段錦》易曉，譬之食蜜，中邊皆甜，蓋歌謠之流也。〔註232〕

〔註229〕有關版本問題可以參見王文才、張錫厚輯錄諸多《廿一史彈詞》序跋，收於《升庵著述序跋》，頁151～169。

〔註230〕王起隆〈重刊曾定廿一彈詞敘〉，《升庵著述序跋》，頁154。

〔註231〕周繼蓮〈輯注廿五史彈詞敘〉，《升庵著述序跋》，頁162。

〔註232〕陰武卿〈楊升庵史略詞話序〉，《升庵著述序跋》，頁158。又孫同邵〈史略詞話正誤跋〉「見其先人映碧公所刻楊升庵先生《史略詞話》一冊，……夫以歷代興亡之陳跡，托為街談巷議之俚詞，俾樵夫牧豎，亦得取是詞而高唱之，真可謂雅俗共賞者也。」見同書，頁157。關於以食物為喻，楊慎亦喜此喻以生文趣「二書吾不暇觀，吾有暇則觀六經耳。……余為之解曰：某公之言亦是，六經五穀也，豈有人而不食五穀者乎？雖然，六經之外，如《文選》、《山海經》食品之山珍海錯也，徒食穀而卻奇品，亦村疃之富農，苟誑者或以羸悴老羝目之矣。合座為之一笑，退與永昌張愈光述其語，愈光贊之云：觀《文選》如食熊膰，極難熟而味雋永；觀《山海經》如食海味，必在飲醉之後，枵腹則吐之不納也。二書非宵三肆，朝百誦，不得其益。今或披之不

余居恒披史，每思數十家之浩繁，讀者狚難竟業，思得一指南捷
訣。……乃偶於書肆斷簡中，得用修楊先生《廿一史彈詞》，而窮嘆
先生之先獲我心也。……先生約眾史之斑駁，爲便覽之新聲，俾讀
者事半功倍，以爲扶誘之功臣可也。〔註233〕

明陰武卿（1527～1588）以食物爲喻，認爲《十段錦》以彈唱說史，內容易
誦易解，有如食蜜，味道香甜吸引讀者品嚐，可以傳播遍及一般庶民，收到
普及民間、深入人心的效果。清張三異則認爲史書縱橫交錯、繁複難解，苦
尋一讀史融通之指南捷訣，得《廿一史彈詞》有喜得方便法門，深獲我心之
感，認爲該書爲方便覽讀之新聲，可誘發讀者進入歷史閫奧，成爲進入史典
的入門書，收事半功倍之效。這些讀者的話，都印證輕薄短小的《廿一史彈
詞》便於流通，深入讀者之心之效。

　　展演性強，傳播色彩濃厚的楊慎，在當時及後代都有大批的讀者，這些
讀者閱讀楊慎的著作，產生了許多有趣的閱讀反應，如前所述明宋鳳翔將楊
慎其人其書產生連結，認爲《歷代史略詞話》即楊慎縱放行爲的化身，因讀
《史略詞話》而作了一場閱讀之夢：

時初夏，余方晝臥北窗下，聽黃驪歌金縷，忽忽睡去。夢身至堯禹
所，左右臂化爲皋夔共驤，轉屬遷換，下至莽操懿溫，尿溺轉化，
與同作賊，旋復剖心出視，變爲禰衡諸烈士，又變作庭前舞馬，殿
下孫供奉，興兵仗劍，槌鼓掀衣，殺賊罵賊。城郭山川，固不遍歷，
侯王將相，東討西征，屠戮誅夷，生死死生，不可勝數。旋及爪髮
毛毫，反復變化，覺帝王聖賢，所爲甚苦，欲旦暮解脫，不可即得，
又覺莽操懿溫，亦無樂境，刀鋸焚炙，無有苦惱。俯仰北邙，高墳
卑冢，白骨枯骸，皆身受享，所過不復悲憶。輒復歌曰：將軍戰馬
今何在，野草閒花滿地愁。忽然驚寤，則兒子鼎，持此詞話，歌且
讀於旁也。推枕而起，黃鸝在樹，花影當庭，拭眼悲悔，謂聲塵不
淨，耳受乃爲身受，夢作即同真作。因嘆黃粱一夢，果不欺人，鼠

盈尺，讀之未能句，號於人曰，我嘗觀《文選》、《山海經》，亦目食之說耳。」
參見〈跋山海經〉，《升庵著述序跋》，頁39。他的讀者也喜此道「是編（《異
魚圖贊》）也，其言簡而通明，質而詳盡，詞亦婉曲，誦之終日，不忍釋手。
有若大羹玄酒，適口而不厭也；又若良金美玉，可玩而難舍也。」參見石川
席〈異魚圖贊序〉，《楊升庵叢書》，第2冊，頁918。

〔註233〕張三異〈廿一史彈詞注序〉，《升庵著述序跋》，頁163。

肝蟲臂，俱爲蝶化，慨然有赤松安期之想。

噫，用修、昭侯留心世教，兩俱千古，豈淺鮮哉！夫作者之志，述者明之，用修此書，微文隱義，諷議諭詞，而字挾風霜，調鏗金石，不有昭侯拈出，世有以俳優棄之矣，素王素臣，何獨春秋左氏也邪？人生若朝露將晞，古今三百二十七萬八千餘年，亦刹那間事，但聖賢豪傑于夢中得好光景耳。若漢唐宋來，亂臣賊子，朋黨交傾，正如迷人夢入惡境，顛倒呻吟，不能自醒。昔用修既放，一時諸臣多貴盛者，爾稱君臣相得不啻魚水，然其賢者既憂讒畏譏，不肖者旋被褫斥，甚而稿街爲戮，名在丹書，淒涼千載。悲夫！賢愚共盡，黃土悠悠，以視用修，傅粉悲歌，漁樵唱和，猶贏得一場清夢也。〔註234〕

讀者宋鳳翔將晝寢聆聽子讀誦《史略詞話》，耳受身受而將書中彈唱歷史搬演成夢境，文中還以夢喻史，認爲歷史上亂臣賊子、朋黨交傾的亂世，猶如迷人之夢入惡境。因讀而生夢，史論文字入夢來，由此印證將灑灑千年歷史以韻語行文，以彈唱方式呈現，入人耳目、心識之深。讀者（宋鳳翔）的話，也爲《史略詞話》定調，認爲楊愼乃以素王素臣自許，而此書具有《春秋》諷世之用，推翻一般人以俳優視人評書之說。有趣的是，《史略詞話》因其輕薄短小，「書不盈寸，已上下千古矣」〔註235〕，攜帶方便，所以它除了是部史書，還兼有其他特殊功能：

攜之游笈中，遇有飽悶不適，則出讀之，心緒作惡，則出讀之。或醉後耳熱烏烏，身不能彈，則長聲哦之，手如意敲唾壺爲節，十數年于茲。〔註236〕

予以甲辰早春，忽感重疾，呻吟半載，它書皆不能讀，獨取楊升庵《史略詞話》，爲陳方伯惟直校定者，朗吟悲歌聊自娛，還自傷已。念笥內尚貯閩本，命取而復觀，則此本所刪冗句，頗簡潔可喜。……

〔註234〕宋鳳翔〈楊用修史略詞話序〉，《升庵著述序跋》，頁151～152。
〔註235〕李遵三〈朱批旁注廿一史彈詞題記〉「廿一史一書，固人所不可不知也，無如篇帙浩繁，頭緒叢雜，願學者不禁望洋而嘆。升庵先生負經緯之才，徙煙瘴之地，於吟風弄月之餘，酒酣耳熱之際，煉鐵成精，縮尋爲寸。上自洪蒙，下迄元季，擇精語詳，撮其樞要，引商刻羽，譜作新詞。新都程子，又爲旁注。故書不盈寸，已上下千古矣。無論老師宿儒，便於記憶，即新英後學，盡識古今，其有功於史學，豈不偉哉！」《升庵著述序跋》，頁159。
〔註236〕王起隆〈重刊曾定廿一彈詞敍〉，《升庵著述序跋》，頁154。

予生平最喜讀書，手不釋卷，而自念不起，猶日把是本，拳拳不能已，噫亦大愚矣。〔註237〕

這些讀者都談到《史略詞話》的療癒功能，可以消解飽悶不適；可以抒解心緒作惡；可以在重疾中自娛自傷，讀史療病、高聲朗讀自娛，拳拳不能已，說明閱讀文字的神奇療癒之效。有的讀者還將此書的通俗娛樂性格與楊慎形象結合：

升庵被謫佯，行歌滇南街市，一部十九史輕輕說盡，藉以喚醒凡庸，夫人之憒憒於史多矣，孰知此嬉笑怒罵，信手成論，將萬古君臣事業，若觀指掌哉！大抵感嘆爲多，語無揀擇，又以明圖王定霸，轉盼成空，英雄豪傑，總歸烏有，如是而已。〔註238〕

清謝蘭生將《史略詞話》信手成論，嬉笑怒罵的讀物質性與楊慎行歌謫佯滇南的形象結合，並說明其人之縱狂其書之嬉笑怒罵，皆有發人於憒之意，由其人推論其書，彷彿楊慎因謫而佯狂的魅影在導讀史籍，閱讀與閱人結合。這是一種有趣的讀法，以其人之行演繹其書之用心，頗有知人論世意味，這種讀法也再次印證了楊慎佯狂形象深入世人之心。

這些讀者反應浮世繪，都強調了《史略詞話》雅俗共賞的效果，印證楊慎其人其書強大的傳播性，說明了楊慎在中晚明出版文化市場的暢銷情形。

（二）《赤牘清裁》：尺牘文學先聲

中晚明由於古文辭派和各種文學革新的聲浪，兩相激盪，散文得到重視，加上商業發達、心學、禪學的萌芽，原本文人認爲的「翰墨之餘」、「文至尺牘，斯稱小道」，書信小品開始得到重視〔註239〕。一般談論尺牘文學，都會從王世貞《尺牘清裁》談起，而忽略了此書的前身楊慎編《赤牘清裁》，其實已開晚明尺牘文學先聲。盧恭甫〈國朝名公翰藻序〉說「明之書記至嘉隆萬曆之歲而愈嫻郁可餐，蓋自楊用脩、王元美兩先生勒成之，其書縱橫，光燭士

〔註237〕 李清〈史略詞話正誤序〉，《升庵著述序跋》，頁156～157。

〔註238〕 見謝蘭生〈歷代史略詞話覽要跋〉，收於《歷代史略詞話咸豐刪本》，《楊升庵叢書》，第4冊，頁665。

〔註239〕 參見趙樹功：《中國尺牘文學史》（石家莊：河北人民出版社，1999），頁310。引文出自王世貞：〈重刻尺牘清裁小敘〉，收於《赤牘清裁》，《楊升庵叢書》，第4冊，頁1021。而《文心雕龍》「才冠鴻筆，多疏尺牘」，亦說明了自來文壇對尺牘文學的輕視。見劉勰著，王利器校箋：《文心雕龍校證》（臺北：明文書局，1982），頁179。

林，具載在兩集中。」〔註240〕指出楊慎、王世貞對中晚明尺牘文學的貢獻，其中王世貞曾三刻《尺牘清裁》其實是一古今尺牘編輯的接力，先是王世貞讀楊慎《赤牘清裁》十分激賞，開始關注尺牘的價值，繼而陳述補輯經過：

> 夫書者，辭命之流也。昔在春秋，游旌接轂，矢揚刃飛之下，不廢酬往，嫻婉可餐。故草創潤色，既匪一人，謀野諲邦，以爲首務。然而出疆斷割，因變爲規，寄文行人之口，無取載函之筆。離是而還，書郁乎盛矣，用亦大焉。……西蜀楊用修，少游金馬，晚戍碧雞，傾浮提之玉壺，然太乙之藜杖，漁藝獵稗，積有歲時。爰會斯篇，凡十一卷，命曰《赤牘清裁》。或因本寂寥，或刪芟繁積，其見《文選》諸書者，不復更載。麗砂的礫，等謝氏之碎金；玄甫崢嶸，掩瑯琊之群玉。客有齎示，余甚旨之。第惜其時代名氏，往往紕誤，所漏典籍，亦不爲少。乃稍爲訂定，仍加增葺。及自唐氏迄今，詞近雅馴，亦附於後，合爲二十八卷，藏之櫝中。〔註241〕

> 楊用修氏所纂尺牘僅八卷，余始益之，得二十八卷，頗行世。世有蔡中郎者，愛之恨不得爲帳中之秘耳。然余時時覺有挂漏，業已付梓，卒忽不復及。于鱗一旦奄異代，郵筒永廢，風浪若掃。青燈吊影，不無山陽之慨；散帙曝晴，更成蜀州之歎。……茲欲使閭閻寒喧之談，竿尺往復之致，附托群驥，以成不朽。〔註242〕

王世貞亟賞《尺牘清裁》一書，他指出楊慎《赤牘清裁》一書盛行於當時的狀況，並進行增補，增加元明尺牘，二刻付梓後即感不足，隆慶四年（1570）李攀龍辭世後，王世貞與其弟整理李氏遺裁妙簡進行《尺牘清裁》增補，將二刻二十八卷增至六十卷巍巍鉅著。共同編輯者王世懋就說明了增補版《尺

〔註240〕凌迪知編：《國朝名公翰藻》，收於《四庫全書存目叢書》（臺北：莊嚴文化，1997）〔集部・總集類〕，第313集，頁120。

〔註241〕王世貞：〈赤牘清裁序〉，收於《赤牘清裁》，《楊升庵叢書》，第4冊，頁1009。

〔註242〕王世貞〈重刻尺牘清裁小敘〉，《升庵著述序跋》，頁254。「《赤牘清裁》十一卷，升庵戍滇時所編，嘉靖甲午（1534）刊於永昌，有張含《引》。王世貞亟賞是書，嘗加校訂，以原編迄六朝先唐而止，乃更事增輯，合唐宋元名爲二十八卷，刻于嘉靖戊午（1558）。二刻出版後王世貞已感挂漏，然適逢家難無暇顧及，後隆慶4年（1570）李攀龍過世後，他整理李攀龍遺裁妙簡與其弟王世懋三刻，復改名爲《尺牘清裁》，廣爲六十卷，刻於隆慶辛未（1571），所取益泛，與升庵初旨，不盡侔已」鄧元宣〈赤牘清裁後記〉，《楊升庵叢書》，第4冊，頁1013。

牘清裁》的優點，「或者疑用脩絕簡，未爲無意，今之續編將無以博病精。余謂不然，用脩好古之士，載而好患寡。若乃醫師擇良，有蓄必用；哲匠披沙，在寶則獲。毋傷古人之調，勒成一家之沿，博而能精又何病焉？即使用脩復生，固當不易斯言耳。」〔註243〕王世貞三刻《尺牘清裁》，建立中晚明尺牘文學典範〔註244〕。

尺牘從原本的文章小道，漸漸成爲文人重視的小品，而尺牘私人情誼的公開出版，也因涉及公／私領域的跨越和交織，滿足讀者的窺視慾望，而增添了閱讀的新鮮感和娛樂性，使得此類選集成爲出版市場上的新寵。值得注意的是，楊慎《赤牘清裁》收錄先秦到魏晉南北朝尺牘，多選短篇書信，已見小品文傾向，營造欣賞短小輕薄作品的品味，亦可說開晚明小品文之風。

（三）謠諺與新聞：民間文學選集

楊慎秉持「人人有詩，代代有詩」的宗旨，採集各地諺語、民歌、風謠，編輯的《古今風謠》、《古今諺》、《風雅逸編》〔註245〕等民間文學選集，開明清風謠諺語研究之先〔註246〕。有趣的是，他採集和編選民間謠諺，巧妙地寄

〔註243〕 王世貞：《尺牘清裁》（臺北：臺灣商務印書館，1973），第 2 冊，頁 3 上～3下。

〔註244〕 明中葉後因王世貞三刻《尺牘清裁》，成爲古文辭派尺牘文學的重要代表作品。由於王世貞操執文壇權柄二十年，其於萬曆初年文壇盟主之地位，也促使萬曆初年文人言及尺牘者，必言王世貞《尺牘清裁》。參見陳鴻麒：《晚明尺牘與尺牘小品》（南投：國立暨南國際大學中國與文學系碩士論文，2004），頁 22。晚明尺牘在出版市場上非常流行，如王煒編《字字珠》、沈佳胤《翰海》、屠隆《國朝名公尺牘》、《歷朝翰墨選註》、項伯達《國朝七公尺牘》、凌迪知《國朝名公翰藻》、徐宗夔《國朝名公翰藻超奇》、張敬《滄溟先生尺牘》、沈一貫《弇州先生尺牘選》、顧起元《盛明七子尺牘》、鍾惺《名人尺牘規範——如面譚》、陳繼儒《尺牘雙魚》、《補選捷用尺牘雙魚》、陳仁錫《尺牘奇賞》、張一中《尺牘爭奇》、陸雲龍《翠娛閣行笈必攜小札簡》、郁溶《明賢瑤箋》、馮夢龍《折梅箋》、鄧志謨《丰韻情書》、《新刻一札三奇》、《新刻洒洒篇》等尺牘選集相繼刊行。

〔註245〕 李調元〈古今諺序〉：「《古今諺》及《古今風謠》，乃升庵先生在滇，采集諸書諺語，以嬉日遣懷。……其孫刻之，焦氏因之，遂有單行本。」見《升庵著述序跋》，頁 188。楊慎〈風雅逸編序〉：「《風雅逸編》者，錄中古先秦詩歌也。楚鳳、魯麟，風之逸也；堯衢、舜薰，雅之逸也。載在方冊矣，曷以謂之逸？外三百篇皆逸也。逸而不收，斯散矣，茲風雅逸所爲編也。」見《風雅逸編》，《楊升庵叢書》，第 5 冊，頁 2。

〔註246〕 有關楊慎在民間文學、搜輯歌謠諺語方面的貢獻，參見豐家驊：《楊慎評傳》，頁 260～267。馮修齊〈楊升庵與民間文學〉，《桂湖》，1986 第 1 期（總 19

寓了他對當時朝政的批評：

> 強賊放火，官軍搶火。賊來梳我，軍來蓖我。
>
> 時有流賊藍廷瑞、鄢老人之變。統禦非人，官軍所過，掠劫甚于流賊，百姓歌之。（〈正德中川蜀童謠〉）
>
> 馬倒不用喂，鼓破不用張。
>
> 馬永成、張永、谷大用、魏彬四宦專權害政，後皆廢出。鼓即谷也。（〈正德北京童謠〉）
>
> 前頭好個鏡，後頭好個秤。鏡也不曾磨，秤也不曾定。
>
> 嘉靖二年半，秫黍磨成麵。東街咽瞪眼，西街喫磨扇。姐夫若要吃白麵，只待明年七月半。（〈嘉靖初童謠〉）〔註247〕

正德二首童謠，諷刺藍廷瑞、鄢老人等官軍對百姓的強掠豪奪，揭示朝廷宦官專權，指揮朝政的亂象。嘉靖初二首童謠，則議論中央及地方官不公，如未磨之鏡、未定之秤，及批評嘉靖初年各地饑饉、民不聊生的情狀。楊慎的編輯意識，隱含對時局的針砭，使各地風謠呈現時事的報導效果。

嘉靖時的二首童謠，「太廟香爐跳，午門石獅叫」，「好羣黑頭蟲，一半變蛤蚧，一半變人龍」〔註248〕，則隱約地影射「大禮議」事件，這些民間風謠加入新聞元素，開明中葉時事題材的文學作品之先，具有先驅意義。

第六節　結　語

本章經由《升庵詩話》、《詞品》的疏理、剖析，可以發現楊慎的文學批評論著，除了詩家詩作的鑑賞、詩學理念的宣倡、談詩論藝等文學性面貌外，呈現實用性、當代性的特色，與當時的社會文化風氣密切接軌，產生雅俗的交織與辯證，創造文學與日用生活交融互構——一種新的流行風尚。

《升庵詩話》、《詞品》亦是一本傳播性、宣傳意味濃厚的作品，楊慎以之傳播自己的相關著作，使文學批評著作成為一個絕佳的廣告園地。他又在《升庵詩話》中積極推薦和賞析親人、師、友、蜀滇當地詩人，傳播自己和親友文學聲譽，使詩話的文學性和社交性形成奇異的連結。

期），頁50～52。

〔註247〕見楊慎《古今風謠》，《楊升庵叢書》，第5冊，頁449。

〔註248〕見楊慎《古今風謠》，《楊升庵叢書》，第5冊，頁450。

　　明中葉以後，書籍作爲一種文化商品，編撰者有別於前代作家，必有預期的讀者、預期出版市場的需求，仔細評估其出版策略，吸引更多的消費者，這些意圖都會或隱或現地展現在書籍的編撰策略上。而雅俗交織，重視實用性、當代性和遊戲是明中業以後，圖書市場的明顯特色，這樣的趨勢也展現在《升庵詩話》、《詞品》的編撰策略上，楊慎以傳統文學資源，加上當代流行元素，使艱深的古典詩歌通俗化，成爲閱讀市場上受歡迎的出版物。因此，這一章經由《升庵詩話》、《詞品》的探討顯影明中葉的市民文化生態和出版圖景，「資閒談」的詩話、詞話不但談詩論藝，也談出了時代脈動。

　　就評點文學來說，楊慎具有許多先驅意義，他的批語通常較爲簡略，呈現早期評點的特色。《檀弓叢訓》是一本經書評點，在評點文學上具有創新意義，其類型介於註釋和評點之間，可以觀察評點文學發展的軌跡。楊慎《批點草堂詩餘》爲明人評點詞集先驅，具有重振詞體的歷史意義，楊慎選擇與六朝詩風格相近的《草堂詩餘》作爲評點素材，使評點具有建構文學理論的功能，此二書皆展現楊慎博物考據學式的知識風格。

　　《歷代史略詞話》爲楊慎最暢銷的書籍之一，該書一再被翻刻，在明清的出版市場中十分流行暢銷。有別於以往史書的長篇累牘和嚴肅性，《歷代史略詞話》以通俗彈詞的音樂性呈現，該書開啓這種可誦可唱的講唱藝術，被視爲清人彈詞之祖。《歷代史略詞話》篇幅不滿三萬，卻鋪揚歷代興亡之跡，自洪荒迄於元世，爲讀史啓蒙而作，成爲家絃戶誦之書。楊慎以通俗說史，增加傳播性，可以收雅俗共賞之趣，迎合大眾讀者新鮮趣味的「閱讀期待」，使該書成爲暢銷的史書，一則出版史上的奇蹟。

　　中晚明在古文辭派影響下，《史記》成爲士子奉爲圭臬的文章範本，史書評點順勢而崛起於出版市場，一般人都注意到集《史記》評點之大成的《史記評林》，卻往往忽略在此書之前即有有楊慎、李元陽輯訂，高世魁校正《史記題評》百三十卷。《史記題評》列舉了諸家的批評，書眉有楊慎輯前代評論，及對疑難句、段之疏解，可以說是《史記評林》的前身和評點輯集基礎。

　　評點是印刷文化（print culture）直接產物，明中葉以後，隨著出版文化發達，視覺感也成爲評點的主要考量要點，楊慎《批點文心雕龍》開創性地用了五色筆評點。這種評點方式以色彩加上符號，可以吸引讀者目光，增加閱讀效果。五色評點法，在印刷出版史上的意義，即是促成了套版印刷法的發明，可以說印刷文化上的先驅者。

一般談論尺牘文學,都會從王世貞《尺牘清裁》談起,而忽略了此書的前身——楊慎編輯的《赤牘清裁》,其實已開晚明尺牘文學先聲。尺牘從原本的文章小道,漸漸成為文人重視的小品,而尺牘私人情誼的公開出版,也因涉及公/私領域的跨越和交織,滿足讀者的窺視慾望,而增添了閱讀的新鮮感和娛樂性,使此類選集成為出版市場上的新寵。

楊慎雖遠謫滇地,但往往能觀察當時文化脈動和趨勢,在明中葉出版文化中往往展現先驅者形象,可以說是出版文化達人。然而受盛名之累/榮,楊慎之名成為盜版市場的新寵,以名流之名為宣傳銷售保證,這些書市贗品亦在在印證了楊慎在文學/文化場域的盛名。

第五章　古典與時尚：考據博物學「新」探

第一節　明中葉考據興起／盛原因

一、考據學風與楊慎

　　明中葉考據學的興起有其思想、社會之背景。在楊慎的時代，學術場上心學已臻繁榮，心學末流產生士子束書不觀，學問空疏之弊，楊慎就曾描述這樣的世風：

> 今士習何如哉？其高者凌虛厲空，師心去跡，厭觀理之煩，貪居敬之約，漸近清談，遂流禪學矣。卑焉者則掇拾叢殘，誦貫洒魄，陳陳相因，辭不辯心，紛紛競錄，問則咋口，此何異瞍矇誦詩，閹寺傳令乎。窮高者既如彼，卑淪者又如此，視漢唐諸儒且愿焉，況三代之英乎。〔註1〕

他指出當時士子不務實學，貪求簡約、漸近清談的求知態度，針對不好真才實學的時風，他又以生動之喻批評：

> 予嘗問好事者曰：「神仙惜氣養真，何故讀書史、作詩詞？」答曰：「天上無不識字神仙。」予因語吾黨曰：「天上無不識字神仙，世間寧有不讀書道學耶？今之講道者，號曰忘言觀妙，豈不反爲異端所笑耶？」〔註2〕

〔註1〕參見楊慎：〈雲南鄉試錄序〉，收於，《升庵文集》，《楊升庵叢書》，第 3 冊，卷 3，頁 118。

〔註2〕楊慎：〈丘長春梨花詞〉，《升庵外集》（臺北：學生書局，1971），冊 7，卷 82，

他認為連神仙都需識字讀書史、詩詞，當今之講道者，卻只求心領神會，豈不本末倒置。他又譏諷、批駁極當時不重視文獻知識的心學末流為「禪學」，言「近日學禪士夫，乃束書不觀，口無雅談，手寫訛字，寧不愧於僧徒乎。」〔註3〕所以明中葉以來，考據學的崛起原因之一，乃是為了糾正、抗衡當時心學流行的一種學術效應，這也是楊慎致力於考據學研究、編撰的原因之一。

明中葉以來，出版文化有長足的進步，當時書賈為了出版牟利，往往造成校勘不確、版本不良，粗製濫造，品質不佳的出版品充斥市場，「元、明二代為校讎學寖衰時期。是時板刻盛行，而校勘反致鹵疏，官府不責於上，私家不求於下，古書乃大蒙其厄」〔註4〕，楊慎《升庵詩話》中曾大力張揚嚴考古書的重要性：

> 觀樂生愛收古書，嘗言古書有一種古香可愛。余謂此言末矣；古書無訛字，轉刻轉訛，莫可考證。余於滇南見故家收《唐詩紀事》抄本甚多，近見杭州刻本，則十分去其九矣。刻《陶淵明集》，遺〈季札贊〉。《草堂詩餘》舊本，書坊射利，欲速售，減去九十餘首，兼多訛字，余抄為《拾遺辯誤》一卷。……書所以貴舊本者，可以訂訛，不獨古香可愛而已。〔註5〕

這一則詩話楊慎認為「古書」古香可愛，可稽可考，可以補缺可以考訛，提及當時收錄偽作〔註6〕、贗品，書坊射利，欲速售，疏於考證，以圖速售的出

頁 3027。

〔註3〕楊慎：〈遠公文藻〉，《升庵外集》，冊 1，卷 13，頁 430。

〔註4〕胡樸安、胡道靜著：《校讎學》（臺北：商務印書館，1990），頁 37～38。

〔註5〕楊慎：〈書貴舊本〉，《升庵詩話箋證》，卷 5，頁 161。相關糾正時書誤謬現象的資料，如：「近刻《玉臺新詠》及《樂府詩集》改『狄香』作『秋香』，太謬矣。吳中近日刻古書妄改例如此，不能一一盡彈正之」，見《升庵外集·狄香》，卷 67，頁 2410；「近書坊刻駱集，又妄改『康浪』作『康衢』，自是堯時事，與甯戚何干涉也」見《升庵外集·康浪》，卷 71，頁 2525；「《山海經·南山經》之『鵲山』舊本作『雒』，近刻本改作『鵲』。此等古字宜存之，甚矣，今人之妄也」《升庵外集·鵲山》，卷 50，頁 1701；「〔梁〕蕭子雲〈上飛白書〉「屏風十二牒」，李白『屏風九疊雲錦張』，『牒』即『疊』也。唐詩『山屏六曲郎歸夜』，宋詞『屏風疊疊開紅牙』，今改『疊』作『曲』，非」楊慎：《升庵外集》，冊8，頁 2526。

〔註6〕有趣的是，楊慎自己也是偽作大師，他曾有許多仿冒古代作品的「偽作」紀錄，如楊慎《升庵詩話》引蘇秦：「膏以肥自炳，翠以羽殃身。」引《淮南子》：「鐸以聲自毀，膏以明自鑠。」按查無，見楊慎著，王仲鏞箋證：《升庵詩話箋證》，卷1，頁35、37，〈子書傳記語似詩者〉條；楊慎《風雅逸篇》〈峽中歌〉作：

版界實況，也列舉了許多當時流通的書籍，文字嚴重誤謬的情形，他強調從古書中詳細考證，以求文字訓詁的精確，彰顯了考據學的重要性。

探析宇宙物類，存錄、訓詁名物的書籍，早自《爾雅》、《山海經》、《博物志》等書已肇始。明初雖有葉子奇的《草木子》等考據著述，考據學眞正興盛，則是在楊愼《丹鉛錄》一系列書籍問世後〔註7〕。楊愼〈丹鉛續錄序〉云「天假我以暮齡，逸我以投荒，洛誦之與居，而副墨之爲使。丹鉛之研，點勘之餘，既錄之，又續之，蘄以解俗懸而逃疑網耳」〔註8〕，立功、立言、立德是自古以來，文人的不朽志業，楊愼遭大禮議遷謫之變，立功之志失落，故寄意於撰著名山大業。他的博學在當時已享盛名，時人林之盛云「明興稱博學饒著述者，蓋無如愼。」〔註9〕他勤撰廣編，顧起元（1565～1628）云「國初迄於嘉隆，文人學士著述之富，毋逾升庵先生者。」〔註10〕紀昀《四庫全書總目·丹鉛餘錄》在批評楊愼「取名太急，稍成卷帙，即付梨棗」之後，又客觀地說楊愼：

> 以博洽冠一時，使其覃精研思，網羅百代，竭平生之力以成一書，
> 雖未必追蹤馬、鄭，亦未必遽在王應麟、馬端臨下……然魚獵既富，
> 根柢終深，故疏舛雖多，而精華亦復不少。求之於古，可以位置鄭
> 樵、羅泌之間，其在有明，故鐵中錚錚者矣！

文中稱譽楊愼縱覽百代、貫通古今、無所不包的博洽之學，就明代博物式的

「灧預大如馬，瞿唐不可下。灧預大如象，瞿唐不可上。」，查典籍皆無此資料，似爲楊愼所寫，見楊愼：《風雅逸篇》，收入《楊升庵叢書》，冊5，卷6，頁163；楊愼《古今風謠》〈瞿塘行舟謠〉引十句：「灧預大如襆，瞿塘不可觸。灧預大如馬，瞿塘不可下。灧預大如象，瞿塘不可上。灧預大如黿，瞿塘行舟絕。灧預大如龜，瞿塘不可窺。」查典籍皆無此資料，似乎是楊愼所加，見楊愼：《古今風謠》，收入《楊升庵叢書》，冊5，頁421。

〔註7〕楊愼有關考證之書，多以丹鉛爲名，計有：《丹鉛錄》、《丹鉛別錄》、《丹鉛續錄》、《丹鉛要錄》、《丹鉛餘錄》、《丹鉛閏錄》、《丹鉛贅錄》、《丹鉛摘錄》、《丹鉛總錄》、《丹鉛雜錄》等10種。參見李調元：〈丹鉛雜錄序〉：「考先生著書目錄中，以丹鉛命名者凡十種，有《丹鉛錄》、《總錄》、《要錄》、《摘錄》、《閏錄》、《餘錄》、《續錄》、《別錄》、《贅錄》等名」，收於《升庵著述序跋》，頁74。及林慶彰：《明代考據學研究》（台北：學生書局，1983），頁42。

〔註8〕楊愼：〈丹鉛續錄序〉，收於《升庵著述序跋》，頁70。

〔註9〕〔明〕林之盛編，周駿富輯：《皇明應諡名臣備考錄》（台北：明文書局，1991），卷3，頁48。

〔註10〕〔明〕顧起元：〈升庵外集序〉，《升庵著述序跋》（昆明：雲南人民出版社，1985），頁58。

考據學領域來說，楊慎可說為開山祖師。他的《丹鉛錄》系列叢書、《譚苑醍醐》、《異魚圖贊》、《秭林伐山》、《楊子卮言》、《墨池瑣聞》等可說包羅文化古物、日常器用、鐘鼎彝彝、書畫法帖、文房器具、蟲魚草木、飲撰食物、醫療養生、天文節氣、建築工程等龐大的知識體系，這些考據筆記建構豐富的物質文化（Material Culture）。其後有郎瑛《七修類稿》、王世貞《宛委餘編》、周嬰《卮林》、陳耀文《經典稽疑》、焦竑《筆乘》謝肇淛《五雜俎》、朱國禎《湧幢小品》等相類的雜／博學筆記問世，楊慎《丹鉛錄》諸書，可說開啓了一個名物訓詁和博物式知識體系的編纂和出版品類風氣。

　　然楊慎的考據學和其他編撰著作類似，一樣充滿許多可疑的舛誤或偽造資料，他以考據、客觀的外貌，建構了一個涵具美學、文化、科學、權力的跨知識體系，楊慎的博物式考據學是一種看似客觀、古典的知識生產，其人其作適巧成為指標性個案，提供後人檢視這種新的知識生產，同時也開啓中晚明如科學、醫學、生物學等的客觀知識潮流，具有先驅意義。

二、中晚明「古雅」物質文化

　　文化場域上呼應明中期以後前後七子文壇上的復古思潮，在江南一代也漸漸興起「好古」的文物／化賞鑒風潮〔註 11〕。商業經濟的發達，文人社會階層的形式變異〔註 12〕，時人對於文化器物賞玩之風漸興，錢謙益在《列朝詩集小傳》論及此風：

　　　自元季迄國初，博雅好古之儒，總萃於吳中，南園俞氏、笠澤虞氏、

〔註11〕 「柯律格（Crsig Clunas）指出在晚明隨著商品經濟的發展，原先象徵身份地位的土地財富，轉變成奢侈品的收藏。特別是文化消費方面，古物經商品化後成了『優雅的裝飾』，只要有錢即可購買得到，也造成一種求過於供的社會競賽。當購買買董成了流行風吹到富人階層時，他們也紛紛搶購以附庸風雅」參見巫仁恕：《品味奢華》（臺北：聯經出版社，2007），頁 6。

〔註12〕 王鴻泰認為「文人文化的形成與發展是明代後期逐漸趨於成熟，而別具特色的社會文化。文人文化的發展和士人的社會處境極其生活經營密切相關，特定的社會處境逼促士人發展出獨特的生活形式，藉此以為自我表現，藉此以為自我認同」（頁 587）「因為科舉與經濟發展等結構性的因素，社會上絕大多數的人無法順利進入仕途，但與此同時，明中期以來高度發展的商業力量也為社會生活開啓了諸多另類發展的可能。因此，開展出一種有別於仕進之途的人生價值，可說已成為具有普遍意義的社會性需求。」（頁 588），參見氏著：〈閒情雅致——明清間文人的生活經營與品賞文化〉，收於胡曉真、王鴻泰主編：《日常生活的論述與實踐》（臺北：允晨文化，2011）。

> 盧山陳氏，書籍金石之富，甲於海內。景、天以後，俊民秀才，汲
> 古多藏，繼杜東原、邢蠹齋之後者，則性甫、堯民兩朱先生，其尤
> 也。其他則又有邢量用丈、錢同愛孔周、閻起山秀卿、戴冠章甫、
> 趙魯與哲之流，皆專勤績學，與沈啓南、文徵仲諸公，相頡頏，吳
> 中文獻，於斯爲勝。〔註13〕

這一段話談從古玩之風，從明初到中期日趨繁盛的情況，談到當時文化場域
上品賞古玩名家。陸深（1477～1544）在《玉堂漫筆》中曾言：「近時江南有
好古玩物，至於敗家亡身者，此又可爲監戒也」〔註14〕，可見當時江南古玩
風氣之盛，中晚明文人有嗜玩鑑賞古物的癖好，甚至認爲「嗜彝鼎之玩作極
樂觀」〔註15〕，沈德符在《萬曆野獲編》言「嘉靖末年，海內宴安，士夫富
厚者，以治園亭、教歌舞之隙，間及古玩」〔註16〕，他也談到當時古文物市
場的繁盛：

> 如吳文恪之孫，溧陽史尚寶之子，皆世藏珍秘，不假外索。延陵則
> 嵇太史應科，雲間則朱太史大詔，吾郡項太學錫山、華戶部輩，不吝
> 重貲收購，名播江南。南都則姚太守汝循、胡太史汝嘉，亦稱好事。
> 若輩下則此風稍遜。惟分宜嚴相國父子、朱成公兄弟，並以將相當
> 途，富貴盈溢，旁及雅道。於是嚴以勢劫，朱以貨取，所蓄幾及天
> 府。……今上初年，張江陵當國，亦有此嗜，但所入之途稍狹，而
> 所收精好，蓋人畏其焰，無敢欺之，亦不旋踵歸大內，散人閒。時
> 韓太史世能在京，頗以廉直收之。吾郡項氏，以高價鉤之，間及王
> 弇州兄弟。而吳越間浮慕者，皆起而稱大賞鑒矣。
>
> 近年董太史其昌最後起，名亦最重，人以法眼歸之。篋笥之藏，爲
> 時所豔。山陰朱太常敬循，同時以好古知名，互購相軋，市賈又交
> 搆其間，至以考功法中董外遷，而東壁西園，遂成戰壘。
>
> 比來則徽人爲政，以臨邛程卓之貲，高談宣和博古，圖書畫譜，鍾
> 家兄弟之僞書、米海岳之假帖、澠水燕彈之唐琴，往往珍爲異寶。

〔註13〕〔明〕錢謙益：《列朝詩集小傳·朱處士存理》（上海：上海古籍，1959），丙集，頁303。
〔註14〕〔明〕陸深：《玉堂漫筆》，收於《儼山外集》，《景印文淵閣四庫全書》（臺北：台灣商務印書館，1983），冊885，卷12。頁66。
〔註15〕〔明〕徐𤊻：《徐氏筆精》（臺北：學生書局，1971），頁628～629。
〔註16〕〔明〕沈德符：《萬曆野獲編》（北京：中華書局，1997），卷26，頁654。

> 吳門新都諸市骨董者，如幻人之化黃龍，如板橋三娘子之變驢，又
> 如宜君縣夷民改換人肢體面目。其稱貴公子大富人者，日飲蒙汗藥，
> 而甘之若飴矣。〔註17〕

由這則筆記可知收藏鑑賞古物在中晚明已成為一種新時尚，就連當時顯宦首
輔嚴嵩、張居正（1525～1582），文壇名人王世貞兄弟等皆有此嗜好，古董成
為一種文化表徵，代表地位與品味，古物收藏風氣由上而下成為一種風潮。
古物也形成一種商業市場，產生「交購其間」的文物商人，頻繁進行古董的
收藏、買賣，這些都可見當時古物市場活絡的情況。

　　這種古物鑑賞的流行，不僅建構當時多采多姿的物質文化面貌，也拓展了
一個對於古文物的知識場域需求。對於古文物、精粗、美醜、歷史掌故、文化
傳記、真贗的辯證，古籍版本優劣的檢核，都需要大量而精確的考據學、博物
學知識。於是博物式、百科全書式的知識成為一種配合時尚的文化需求，楊慎
諸多有關「物」質的考據論述成為當時文人雅士建構品味生活的知識載體。在
這種文化生態下，考據學知識不再是前代為了解經之用，止於文字訓詁、制度
儀文、歷史地理、掌故探析的「舊」學術模式，而是與物質文化密切結合的一
種「新」知識體性。明中葉以後，博物式的考據學已然形成一種新的時尚，一
種文化品味的「流行」知識需求〔註18〕，擁有古文物的考據知識儼然是一種時
尚品味的文化符碼（cultural code）和文化資本（cultural captial）〔註19〕，原本

〔註17〕　沈德符：《萬曆野獲編》，卷26，頁654。

〔註18〕　鄭伊庭認為「明代書籍市場的大量出版和明人對於文物／物質器物的高度興
　　　　趣，反映於明代考據學中，便是『知識作為一種文化品味』以及『博物傾向
　　　　的知識架構』」，參見氏著：《明代考據學家之博學風氣研究》（臺北：台灣師
　　　　範大學國文研究所碩士論文，2010年）。

〔註19〕　「依布希亞之見，『消費』一詞的意義牽涉到符號與象徵的消費……消費不應
　　　　該被概念化成一種物質過程。它是一種理念上的實踐。……布希亞之所以做
　　　　出這種違反常識的宣告，乃是因為他想要強調：消費所涉及的事情，乃是文
　　　　化符號以及符號之間的關係」（頁105～106）；「布迪厄分析了身份團體與階級
　　　　團體如何藉著消費模式使他們自己和別人不同，而這種消費模式正有助於區
　　　　別（distinguish）各種身份團體的生活方式」（頁96）；「布迪厄把『資本』一
　　　　詞擴展到文化與教育的領域，賦予它第二重的意義。他指出，智識資本
　　　　（intellectual capital）有別於經濟資本。……教育系統衍生出了另一種資本結
　　　　構，這種資本的基礎在於以下能力：談論或書寫文化事務，創造新的文化產
　　　　品，從哲學和社會科學的文本。……消費更是一組社會與文化實踐，它建立
　　　　了社會團體之間的差異。……布迪厄認為消費牽涉到符號、象徵和價值，他
　　　　志再把這個想法結合到社會身份的概念，以及社會身份團體利用特定消費模

嚴肅的考據學家，烙上此文化符碼，成為文化時尚品味的權威、領導者。

當時有鑑賞古文物嗜好的達官顯宦、商賈大多沒有充分的考據知識，於是他們經常藉助鑑賞家的評鑑，或是藉由閱讀、研讀當時百科全書式的考據典籍及古物文獻，來增加並充實自己的古文物知識。而一些雖無財力收藏古物書畫的文人甚或士庶大眾，也因應這樣的時尚風氣，於是博物式的考據學書籍，成為知識場域上的新寵兒，助長博物式考據學知識的滋衍興盛。

楊慎就曾道出當時古物市場的實況：

> 《韻語陽秋》曰：心醉六經，尚友千載，謂之好古可也，今也之好古
> 者乃不然，書畫貴整而必取腐爛陳暗者以為奇，器物貴新而必取穿漏
> 弇薄者以為異，曰：「是古也。」乃不靳貲貨而求之，何不思之甚也
> 耶。書畫貴古猶欲識其筆法之淵源，以穿漏弇薄之器而珍之，此何理
> 哉？嘗觀老杜〈銅瓶〉詩曰：「亂後碧井廢，時清瑤殿深」，其末云「蛟
> 龍雖缺落，猶得折黃金」則以古物而要厚貲，自古而然。〔註20〕

楊慎指出當時古物市場上的好古之士，並無鑑賞的品味與能力，於是書畫「必取腐爛陳暗者以為奇」，器物「必取穿漏弇薄者以為異」，強調充實鑑賞古物相關文化知識的重要性。文中古物「要厚貲」，彰顯古物具有高度的市場價值利益。對於這種古董「濫賞」之風，沈德符也有類似的感慨，「玩好之物，以古為貴，惟本朝則不然，……始於一二雅人，賞識摩娑，濫觴於江南好事縉紳，波靡于新安耳食。諸大賈日千日百，動輒傾囊相酬，眞贗不可復辨」；「骨董自來多贗，而吳中尤甚，近日前輩，修潔莫如張伯起，然亦不免向此中生活，至王伯穀則全以此作計然策矣。」〔註21〕因此，伴隨古董書畫市場的活絡，古奇器書畫的考據學知識成為與文化市場互動密切的必備消費知識。

再者，明中葉以後，因為科舉制度、政治與經濟發展等結構性因素〔註22〕，

式來彰顯自身生活方式的情況。」參見 Robert Bocock 著，張君玫、黃鵬仁譯：
《消費》（臺北：巨流出版社，1995），頁97～100。

〔註20〕楊慎：〈今之好古〉，《升庵外集》，冊2，卷20，頁606。

〔註21〕參見沈德符《萬曆野獲編》，卷26，頁653及頁655。其它如王世貞：「大抵吳人濫觴，而徽人導之，俱可怪也。」參見氏著：《觚不觚錄》，收於《四庫全書·子部》（臺北：商務印書館，1986），第1041冊，頁440。

〔註22〕關於中晚明社會生活變遷議題，可以參考劉志琴：〈晚明城市風尚初探〉，《中國文化研究集刊》，第1輯（上海：復旦大學，1984），頁190～208。徐泓：〈明代後期華北商品經濟的發展與社會風氣變遷〉，《第二次中國近代經濟史研討會論文集》（臺北：中央研究院經濟研究所，1989），頁107～174。常建華：〈論

許多士人無法順利進入仕途，開創經世濟民大業，於是他們尋求一種有別於仕途的另類人生價值，文人們開始發展古雅、閒逸的生活模式〔註23〕。他們著意於美學生活的經營，焚香瀹茗、玩賞古董、辨識書畫古奇器物、蒔花藝術等皆成為文人建構文人式生活的一部份。楊慎多元百科全書式的考據學知識，昭示了前代文人如何「正確」使用、品賞器物，如何營造具有美感、品味的生活，這些都成為中晚明文人生活經營與品賞文化的先備知識。中晚明文人開展的一種「新」的生活美學，必需以「舊」的文獻知識作為基礎，「古」、「雅」等重要元素亦是文人生活美學中的重要價值追求。在這種意義下，考據學不再是故紙堆裡訓詁餖飣小道，而是具有實用價值的「新古典」時尚之學。

三、研究動機

本章以彙編楊慎《丹鉛錄》系列、《楊子卮言》、《異魚圖贊》、《譚苑醍醐》、《玅林伐山》、《墨池瑣聞》、《書品》、《畫品》等考據學相關筆記著作的《升庵外集》〔註24〕為主要研究材料，旨在從一種新的古典時尚風潮的形成與建構，重新解讀楊慎的考據學。

本章以文化研究為架構，以楊慎筆記類作品為疏理探析範疇，援引關於

明代社會生活性消費風俗的變遷〉，《南開學報》，1994 年第 4 期（1994 年 7 月），頁 53～63。巫仁恕：〈品味奢華——晚明的消費社會與士大夫〉，（臺北：聯經出版社，2007），頁 119～176。

〔註23〕有關文人「閒隱」生活、「閒賞」美學的開展可以參考毛文芳：《晚明閒賞美學》（臺北：學生書局，2000）。王鴻泰：〈閒情雅致——明清間文人的生活經營與品賞文化〉，收於胡曉真、王鴻泰主編：《日常生活的論述與實踐》（臺北：允晨文化，2011）。

〔註24〕楊慎：《升庵外集》一書由焦竑主編，參與編輯者為葉遵、王嗣經兩人，刊刻者為顧起元、汪煇，《外集》所收書有：1、《丹鉛錄》2、《丹鉛總錄》3、《丹鉛別錄》4、《丹鉛要錄》5、《丹鉛閒錄》、6、《丹鉛贅錄》7、《丹鉛續錄》8、《丹鉛餘錄》9、《丹鉛摘錄》10、《玅林伐山》、11、《清暑錄》12、《墐戶錄》13、《莊子闕誤》14、《楊子卮言》15、《卮言閏集》、16《譚苑醍醐》17、《經言指要》18、《升菴經說》19、《升庵詩話》20、《詩話補遺》21、《墨池瑣聞》、22、《古諺》23、《古今風謠》24、《詞品》25、《詞品拾遺》、26《希姓錄》27《謝華啓秀》28《千里面談》29、《寫韻樓雜錄》30、《晴雨曆》31《錄異記》32、《異魚圖贊》33《龍宇雜俎》34《蒼珥紀遊》35《滇程記》、36《滇載記》37《山海經補注》、38《蜙錢瓴筆》計 38 種。其中，如：《古諺》、《古今風謠》、《希姓錄》、《謝華啓秀》、《錄異記》、《龍宇雜俎》、《蒼珥紀遊》、《滇程記》、《滇載記》等，皆非考證之作，然用修考證之書，大抵盡萃於斯。參見林慶彰：《明代考據學研究》，頁 43。

物質文化（Material Culture）、消費文化（Consumption Culture）等相關理論，嘗試以楊慎考據文本爲材料，嘗試以新的視角，重新疏理解讀楊慎的考據學。擬從生活美學經營的角度，來思考中晚明文人文化的形成與發展，與考據學知識體系的關係，審視兩者的互動，探討考據學與當時文人的品賞文化、生活美學背景知識的建構聯繫。思考楊慎考據學的面貌有別與以往前代考據學，作爲明經訓詁之用之餘，是否已然成爲一種文人建構時尚品味的文化符碼？楊慎考據學，亦處處可見當代文化跡影：博物、博古、重視視覺文化、感官、醫療話語等諸多傾向，從此一新的視角重新檢視考據學，亦可勾勒當時市民文化生態圖景。

　　本章最後將進入紛擾不休、充滿批駁、譏諷、犀利之詞的糾楊學術論爭中，目的不再細究孰是孰非眞相爲何，而是嘗試從傳播的角度切入，觀察學術場上批駁楊慎考據成果的風潮爲何興起？如何演變爲激烈的學述論辯？這些學者的動機爲何？除了捍衛學術眞理，澄清辯證誤謬之外，是否隱含隱微複雜的動機？而由陳耀文肇始的批楊大軍、譜系，又揭諸了何種當代文化圖景？產生何種學術效應？這些都是筆者嘗試關注、探討的論點。

第二節　楊慎考據學知識體系初探

對世界的編碼

　　楊慎的考據世界包羅萬象，形成一般人認識世界的捷徑，舉凡道術、水利工程、船艦、武俠、自然科學、蟲魚草木、生活日用等可說應有盡有：

> 李德裕〈黃冶論〉云：光明砂者天地自然之寶，在石室之間生雪牀之上，如初生芙蓉，紅芭未坼細者，環拱大者，處中有宸居之象，有君臣之位，光明外徹，採之者尋石脉而求，此造化之所鑄也，儻有至人道奧者用天地之精，合陰陽之粹，濟以神術或能成之，若以藥石鎔鑄術則疏矣，光明砂今方士亦未嘗見之漫書，於此以訊之好道術者。〔註25〕

> 梁李公胤〈益州記〉云：灌江西玉女房，下作三石人於白沙郵，郵

〔註25〕〈光明砂〉，《升庵外集》，冊2，卷22，頁593。另「玄女《兵法》以授黃帝云：『制旌旗以象雲物，鑄鉦鐃以擬電聲，鞔鼓聲以象雷霆。』鉦鐃，今之銅鑼也」〈玄女兵法〉，《升庵外集》，冊1，卷10，頁350。

在偃官上，立水中刻石要，江神曰：淺無至足，深無沒腰，又教民檢江立堰之法，曰：深淘灘，淺則堰。〔註26〕

隋梁膚請伐陳文帝詔曰：「陳國未盡，藩節誠須責罪，興師若命水龍終當屈」。水龍謂戰船也。劉楨〈魯都賦〉：「綠鷁蒠鷿皆船名」船首畫此二鳥形也。〔註27〕

從「光明砂」的煉丹求仙之道，「玉女房」充滿智慧的測水立堰工程，「水龍」之雄偉戰艦、「綠鷁蒠鷿」之優雅遊船，《升庵外集》包羅各個面向的知識體系，帶領讀者縱覽古今，涵蓋寰宇，建構認識世界的知識圖景。有趣的是，楊慎經常喜歡以訓詁之法，詮解名物，有彰顯考據功力之意圖，增加筆記深度的效果，然有些資料雖有客觀的考據外表，實則舛誤頗多，形成奇異的知識生產。

一、博物式的知識生產

楊慎的考據學介紹物類品項時，經常將相似物類橫向羅列成一個完整的知識體系，形成一種「博物學視線」，日本學者吉見俊哉指出「十七世紀中葉，編織世界的方法產生了根本變化。知識不再以類似性原理構成世界的秩序，知識建立起一套同一性（identity）和差異性（difference）的新視野。這個新視野的出現，就以博物學等為代表。……在這個空間中，存在物（creatures）從所有的注釋及附屬語言中解放出來，然後一個接著一個並置排比，將它們可見的表面呈現出來，依照他們共通的特質集合起來。」〔註28〕這種書寫方式，讀者通常閱之讀之，就可以通盤瞭解該物的物質文化史。除了名物辨性式的論述、縱向歷史淵源的編織，楊慎經常加入實用性，有時宛如操作手冊，使讀者閱之能產生立即而實用的目的功效。以下就以「品茗與茶文化」和「蓮足與鞋」為例，初探楊慎博物式知識生產。

（一）品茗與茶文化

品茗飲茶是中國飲撰文化中重要的一環，自古以來，對講究品味的文人、

〔註26〕〈玉女房〉，《升庵外集》，冊1，卷6，頁223。

〔註27〕此二則見〈水龍〉、〈綠鷁蒠鷿〉，《升庵外集》，冊2，卷22，頁669、670。

〔註28〕「博物學，正是一種以嚴密、遠隔而且明確界定的視覺力量來『發現』世界的視線。這種視覺的霸權，或許就是如麥克魯漢（Marshall McLuhan）所說的，是以活字印刷的普及為前提。『印刷文化中視覺經驗的均質化，壓倒了聽覺等五官為背景的複合感覺』一個固定純粹可動性視點乃成為可能」〔日〕見吉見俊哉著，蘇碩廷等譯：《博覽會的政治學》（臺北：群學出版社，2010），頁7～9。

達官貴人、商庶生活、社交不可或缺的「品茶」文化，楊愼先是介紹有關「茶」
文化的典經書籍：

> 陸龜蒙自云：嗜茶作《品茶》一書繼《茶經》、《茶訣》之後自注云：
> 《茶經》陸季庇撰，《茶訣》釋皎然撰，庇即陸羽也，羽字鴻漸、季
> 庇或其別字也。……予又見〈事類賦注〉多引《茶譜》。〔註29〕

此則介紹《茶經》《茶訣》《茶譜》等講述茶文化的「聖經」，並簡介其作者，
方便讀者按書單索書閱讀，以建構基礎「茶道」知識。接著他承繼《茶經》《茶
訣》《茶譜》的經典系譜，寫下〈茶錄〉：

> 凡茶有二類曰「片」曰「散」。片茶蒸造，實捲摸中串之，唯建劍則
> 既蒸而研，編竹爲格，置焙室中，最爲精潔，他處不能造。其名有：
> 龍、鳳……、末骨、鹿骨、山挺十二等，以充歲貢及邦國之用。洎
> 本路食茶、餘州片茶、有進寶、雙勝……出興國軍；仙芝、嫩蕊……
> 綠英金片出袁州；玉津出臨江；軍靈、川福、州先、春早……出歙
> 州；獨行、靈草、綠芽、片金、金茗出潭州，大柘枕出江陵；……
> 總二十六名。其兩浙及宣江、晁州止以上中下或第一至第五爲號，
> 散茶有太湖、龍溪、次號、末號，出淮南岳麓，草子、楊樹、雨前……
> 出歸州，茗子出江南，總十一名，又小峴山在六安州，出茶名小峴
> 春，即六安茶也。〔註30〕

〈茶錄〉先根據型態，概分茶爲「片」與「散」兩大類，謝肇淛《五雜俎》
云：「《文獻通考》茗有片、有散，片者即龍團舊法，散者則不蒸而乾之，
如今之茶也。始知南渡之後，茶漸以不蒸爲貴矣。」〔註31〕又詳述兩類相
異的製茶之法。接著他詳細羅列各地茶產，楊愼按產地詳列名茶細目，讀
者可以按圖索驥，按地圖品購／茶，「名茶地圖／誌」顯然有十足的消費、
實用功能，若無法親自造之品之，讀者在閱讀時也可以進行一趟臥游冥想
的「茶之旅」。

　　對於一些特殊的物類名目，楊愼的寫作習慣是一一進行特寫，如針對特
殊的名茶單獨描述，「東坡有『蜜雲龍』山谷有『翯雲龍』皆茶名」〔註32〕，

〔註29〕〈茶訣〉，《升庵外集》，冊2，卷23，頁679。

〔註30〕〈茶錄〉，《升庵外集》，冊2，卷23，頁680。

〔註31〕謝肇淛《五雜俎・物部三》（上海：上海書局，2001），頁213。

〔註32〕〈蜜雲龍〉，《升庵外集》，冊2，卷23，頁682。

「北苑焙茶之精者名：白乳頭、金蠟面」〔註33〕，針對特別或容易被誤解的名茶，楊慎一一點名聚焦，增加讀者的印象。擔心一般人不識名茶，他又提供方便辨識之法，「蔡襄〈茶錄〉：佳茶多以珍膏油其面」〔註34〕，引蔡襄說法，描述佳茶的包裝樣貌，作爲選購佳茗的參考。在進行茶的相關知識背景建構後，楊慎亦考據了茶道的進行相關知識，茶爲中國傳統飲品，甘美之水方可泡出甘醇佳茗，因此，水質的選擇便十分重要：

> 時雨降，多置器廣庭中，所得水甘滑不可名，泡茶煮藥皆美，又二
> 分二至日取水儲之，後七日輒生物如雲母狀。〔註35〕

筆記中談到時雨甘滑，蓄之儲之宜爲泡茶、煮藥之用，他非常有實驗精神地論證儲水七日，可得如雲母狀微生物的養水之道，大概有飲之更佳之意。楊慎的名物考據經常是以細緻、周備的筆調行之，提供擇水之要後，他又收集資料，揭示泡茶要訣：

> 陸羽《茶經》言：茶有九難，陰采夜焙非造也；嚼味嗅香非別也；
> 膏薪庖炭非火也；飛湍壅潦非水也；外熟內生非炙也；碧粉縹塵非
> 末也；操艱攪遽非煮也；夏興冬廢非飲也；膩鼎腥甌非器也。〔註36〕
> 唐人製茶，碾末以酥滫爲團，宋世尤精，胡元入中國，其法遂絕。
> 予效而爲之，蓋得其似。始悟唐人詠茶詩，所謂膏油首面，所謂佳
> 茗似佳人，所謂綠雲輕綰湘娥鬟之句。飲啜之餘，因作詩紀之，并
> 傳好事。〔註37〕

第一則筆記引用《茶經》之語，可說是實際的泡茶須知，以茶之「九難」，揭示製茶、煮茶要注意、避免的細節，包括烘焙之法、煮茶的器具的選擇、火候控制、茶具的潔淨，簡直類似現代意義的操作手冊。第二則則親自嘗試唐人製茶，碾末以酥滫爲團的製茶法，因爲親自操作，成品甘美，所以更能領略唐人詠茶詩之美，可以說是文學之美和味覺之美的聯結。亦將茶由物質層面，昇華至美感層次，如敘述茶的相關文學作品，「張又新〈煎茶水記〉『粉

〔註33〕〈白乳頭金蠟面〉，《升庵外集》，冊2，卷23，頁682。
〔註34〕〈油面〉，《升庵外集》，冊2，卷23，頁683。
〔註35〕〈取水〉，《升庵外集》，冊2，卷23，頁684。
〔註36〕〈茶有九難〉，《升庵外集》，冊2，卷23，頁682。
〔註37〕楊慎：〈月團茶歌〉「膩鼎腥甌芳醑蘭，粉槍末旗香杵殘。秦女綠鬟雲擾擾，班姬寶扇月團團。蘭膏點綴黃金色，花乳清泠白玉瀾。先春北苑移根易，勺水南濟別味難。」見《升庵文集》，《楊升庵叢書》，第3冊，卷14，頁263。

檜末旗，蘇蘭薪桂』；陸羽《茶經》『育華救沸』皆奇俊語」，「毛文錫〈茶譜詩〉云：『茶樹如瓜蘆，葉如梔子，花如白薔薇，實如栟櫚，葉如丁香，根如胡桃』。」〔註38〕將茶的物質性實用層次，提升至文學領域的審美層次。

　　從品名到品茗，從物質實用到美感體驗，楊慎的考據學呈現百科全書式的全方位樣貌。由於社會經濟的持續發達，晚明士／世人更重視生活品味的經營，有關茶類的飲撰文學更多，陸樹聲《茶寮記》、夏樹芳《茶董》、萬邦寧《茗史》、屠本畯《茗笈》、田藝蘅《煮泉小品》等，都是當時流通於士紳階層的品茗書，楊慎有關茶文化的書寫篇目雖然不多，但諸多知識建構論述、實用傾向的書寫，啟迪後人，開啟了晚明品鑑閒賞的風潮。

（二）足下的秘密：蓮足與鞋

　　百科全書式的論述架構也運用在討論日用衣飾「履襪」上，楊慎的寫作慣習是從探究該物的淵源入手：

> 古篆「舄」字象鵲形，以為履飾也。履象取諸鵲，鵲知太歲，欲人行履知方也。古《易》「履舄然敬之无咎」，今文改「舄」作「錯」，不識古文也。……《周禮》：「又有鞮鞻氏，舞四夷之樂。」故以革為履，取其舞蹈之便。至漢世總章伶人服之。唐世名鸞靴，故妓人從良詩有「便脫鸞靴入鳳幃」之句。崔豹云：「古履，約繶皆畫五色，秦始皇令宮人靸金泥飛頭鞋」，徐陵詩所謂「步步生香薄」，履也。漢有伏虎頭鞋，加以錦飾，曰繡鴛鴦履。東晉以草木織成，有鳳頭履、聚雲履、五朵履。宋有重臺履，梁有分梢履、立鳳履、五色雲霞履。隋煬帝令宮人靸瑣鳩頭履，謂之仙飛履。又伏琛《齊記》曰：「青州有一種桃花，盛開時採之，煉以松脂，遞相纏，織成鞋履。」嵇含〈南方草木狀〉云：「晉太康中扶南國進抱香履，以抱香木為之，輕而堅韌，風至則隨飄而動。」〔註39〕

這一則從古篆代表鞋子的「舄」，說明履意在「欲人行履知方也」，從文字的象形義昇華至抽象義，以文字學知識辨義名物，糾正古書訛誤。接著論及歷朝各代鞋子的材質、名稱，如秦時的「靸金泥飛頭鞋」；以革製成的「鞮鞻」；漢「伏虎頭鞋」加以錦飾成「繡鴛鴦履」；東晉以草木織成的鳳頭履、聚雲履、五朵履；以抱香木製成的「抱香履」齊以桃花煉以松脂而成的鞋履等，書寫

〔註38〕〈煎茶〉，《升庵外集》，冊2，卷23，頁683。
〔註39〕〈履考〉，《升庵外集》，冊1，卷15，頁471。

歷代履名，宛如一部鞋子的文化／物史，描繪了一幅鞋子的紙上博物館〔註40〕。對於一些特別的鞋子，楊慎將之個別羅列、詮釋，以利讀者理解：

> 舒元輿〈詠妓女從良〉詩曰：「湘江舞罷卻成悲，便脫蠻靴出鳳幃。」
> 可考唐世妓女舞飾也。按《説文》「鞮，四夷舞人所著屨也」。《周禮》
> 有鞮鞻氏，亦是四夷之舞，今之樂部舞妝皆出四夷，唐人舞妓皆著
> 靴，猶有此意。盧肇〈柘枝舞賦〉：「靴瑞錦以雲匝，袍蹙金而鴈欹」，
> 〈樂府歌〉：「錦靴玉帶舞回雲」，杜牧之〈贈妓〉詩曰：「舞靴應任
> 傍人看，笑臉還須待我開」。黃山谷贈之詞云：「掩映庭堦直待朱輪，
> 去後便從伊窄韈弓鞋」，則汴宋猶似唐制，至南渡後妓女窄韈弓鞋如
> 良人也，故當時有「蘇州頭，杭州腳」之諺。〔註41〕
>
> 張衡〈同聲歌〉「洒掃清枕席，鞮芬以狄香」，鞮，履也，狄香外國
> 之香也，謂之香薰鞋也。〔註42〕

第一則筆記談到唐世妓女舞靴是傳自四夷的外來物，因此有異國風味，楊慎發揮博雅長才，以詩、詞、賦、俗諺等雅俗兼備的文學作品，說解舞的樣式、妓女著靴之姿態，也探討了妓女舞靴的形式變化樣貌。第二則介紹以外國來的「狄香」為材料，香薰而成的「狄香鞮履」該款履式兼具視覺、嗅覺之美，十分特別。除了鞋子的名稱、樣式外，楊慎也一併介紹與鞋子相關的配件，「王符《潛夫論》：組必文采飾，韈必緒」〔註43〕；「『文綦綵緤繡韈羅』滕士林〈詠美人足飾〉，緤足衣也，滕足纏也」〔註44〕；「魏文帝吳妃改韈樣，以羅為之，後加以綵繡畫，至今不易，至隋煬帝宮人織成五色，立鳳朱錦韈」〔註45〕，文綦、繡韈、羅韈、緤、滕、錦韈都是與履不可或分的足飾，成為鞋文化中不可分割的物件，綰合而論，使此一知識體系更加完整。明代的奢靡之風，當然也影響足飾越趨華麗，楊慎也在履文化中呼應時風，「劉勰云：『綴金翠於足跗，靚粉澤於胸臆』，以喻失其所施也。然今之妓女金翠綴足，粉澤靚胸，

〔註40〕 另一則〈鞋子〉也有文化史意味「自古皆有謂之履，皆畫五色。即漢有伏虎頭，至東晉以草木織成，即有鳳頭之履、聚雲履；宋有重臺履；梁有笏頭履、分稍履、立鳳履，又有五色雲霞履。漢有繡鴛鴦履」參見《升庵外集》，冊1，卷15，頁473。

〔註41〕 〈舞妓著靴〉，《升庵外集》，冊2，卷16，頁503。

〔註42〕 〈狄香〉，《升庵外集》，冊2，卷16，頁500。

〔註43〕 〈繡韈〉，《升庵外集》，冊2，卷16，頁499。

〔註44〕 〈文綦〉，《升庵外集》，冊2，卷16，頁499。

〔註45〕 〈韈〉，《升庵外集》，冊2，卷16，頁499。

蓋恒飾也。古所謂倡優盛飾，猶未若今世之甚乎？」〔註46〕可以看出楊慎的考據學，雖是建構在古典文獻的蒐羅書寫基礎上，但仍會處處與時代文化氛圍結合，抒發一己對時事時風的心得，使古典知識染上「新聞」色彩。

除了物質性的敘述，楊慎總會加上文學、美學式的鑑賞，他蒐羅許多有關鞋履的古典文學作品：

> 段柯古《漢上題襟集》載溫飛卿〈錦鞋賦〉云：「闌裏花春，雲邊月新，耀粲織女之束足，嬾嫁嫦娥之結璘。碧戀緗約，鶯尾鳳頭，覊稱雅舞，履號遠遊。若乃金蓮東昏之潘妃，寶屧臨川之江姬；匍匐非壽陵之步，妖蠱，實苧蘿之施。羅襪紅蕖之艷，豐跌縞錦之奇。凌波微步瞥陳王，既蹀躞而容與；花塵香跡遠石氏，倏窈窕而呈姿。擎箱回津，驚蕭郎之始見；李文明練，恨漢后之未持。重爲系曰：瑤池僊子董雙成，夜明簾額懸曲瓊。將上雲而垂手，顧轉盼而遺情，願綢繆於芳趾，附周旋於綺楹。莫悲更衣床前棄，側聽東晞珮玉聲。
>
> 先是，柯古〈寄飛卿詩〉云：「知君欲作〈閑情賦〉，應願將身作錦鞋」。飛卿作此答之，蓋騁才炫博，而不知流于淫靡也。〔註47〕

溫飛卿〈錦鞋賦〉可以說是履之文學作品中最淋漓盡致，鋪陳至極的一篇，寫女子之履到足的萬般姿態，盡在其中。有趣的是，楊慎在文末評此賦曰「騁才炫博，而不知流于淫靡也」，將此賦投以豔情色彩，有提醒讀者這部分才是精彩重點處意圖，發揮吸引閱讀的策略。

異於飲撰之茶的是，從足到鞋，由於明代弓足之風盛行，蓮鞋蓮足成爲當時流行的情色文化符碼，物質之履除了歷史的沿革知識外，還兼具時尚新知意義。

明中葉以後，蓮足頻頻地出現仕女畫、春宮畫、小說中，甚至明朝宮人都是纏足穿弓鞋，上面繡金花等爲飾，胡應麟曾云：「雙足弓小，五尺童子都知豔羨」，婦女纏足之風興盛，成爲一種流行時尚，有關蓮足的知識自然也成爲話題。有關纏足起源，其原型爲宋代學者張邦基《墨莊漫錄》（完成於1148年以後）云：「婦人之纏足，起於近世，前世書傳，皆無所自。《南史》：東昏侯爲潘貴妃鑿金爲蓮花以帖地，令妃行其上，曰：『此步步生蓮花。』」〔註48〕

〔註46〕〈翠足粉胸〉，《升庵外集》，冊2，卷16，頁498。
〔註47〕〈溫飛卿錦鞋賦〉，《升庵外集》，冊5，卷66，頁2373。
〔註48〕其後繼續考證云「如《古樂府》、《玉臺新詠》，皆六朝詞人纖豔之言，類多體

高彥頤（Doroth Ko）認爲這番躬逢其盛的特有觀察，經常受到後來的學者引述，藉以強調纏足之始不會早於十二世紀，成爲一般纏足起源的論點〔註49〕。當時另有車若水「源於唐楊太眞說」及周密（1232～1298）「源於五代宵娘說」〔註50〕。而楊愼在既有的纏足起源歷史脈絡上，開啓了一個新的討論議題，他根據自己的考據，駁斥當時流行的三種說法，取而代之的是他的新理論「纏足起源於漢魏六朝」說：

> 六朝樂府〈雙行纏〉，其辭曰：「新羅綉行纏，足跌如春妍，他人不言好，獨我知可憐」。唐杜牧詩云：「鈿尺裁量減四分，碧琉璃滑裹春雲，五陵年少欺他醉，笑把花前出畫裙」。段成式詩云：「醉袂幾侵魚子纈，影纓長戞鳳皇釵，知君欲作閒情賦，應願將身脫錦鞋」。《花間集》詞云：「慢移弓底綉羅鞋」，則此飾不始於五代也明矣，或謂起於妲己亦非。
>
> 《墨莊漫錄》考婦女弓足起於李後主。子按樂府〈雙行纏〉知其起於六朝。張禺山云：「《史記》云：『臨緇女子，彈弦躧屣』，又云『搖修袖，躧利履』。意古已有之。」再考《襄陽耆舊傳》云：「盜發楚王冢，得宮人玉屐。」張平子賦云：「金華之舄，動趾遺光」；又云：

狀美人容色之姝麗。又言粧飾之華，眉、目、唇、口、腰支、手指之類，無一言稱纏足者。如唐之杜牧、李白、李商隱之徒，作詩多言閨幃之事，亦無及之者。惟韓偓《香奩集》有〈詠屐子詩〉云：「六寸膚圍光緻緻。」唐尺短，以今校之，亦自小也，而不言其弓」見〔宋〕張邦基：《墨莊漫錄》，收於孔凡禮點校：《唐宋史料筆記叢刊》（北京：中華書局，2002），頁 220。

〔註49〕〔美〕高彥頤（Doroth Ko）：「張邦基（生卒不詳，12 世紀時在世）所撰寫的一則簡短筆記。是目前所知最早提到『纏足』一詞的記載」（頁 188）。她認爲楊愼對於纏足的追考，離不開他的經學研究和文學理論，並認爲「楊愼的終極目標，就他全部的細膩閱讀與筆記來看，顯然既不是爲了論辯，也不是要在神話與歷史之間劃出一條界線。比起其他學者，追考纏足的起源，對楊愼來說，只不過是一場遊戲」（頁 196），參見氏著，苗廷威譯《纏足：「金蓮崇拜」盛極而衰的演變》（臺北：左岸文化，2007）。

〔註50〕車若水完成於 1247 年的筆記著作《腳氣集》說：「婦人纏足，不知起於何時，小兒未四五歲，無罪無辜，而使之受無限之苦，纏得小來，不知何用。後漢（西元 32～220）戴良嫁女，練裳布裙，竹笥木屐。是不干古人事，或言自唐楊太眞起，亦不見出處。」見《欽定四庫全書‧子部》，第十，〈雜家類〉，第3，頁 20a。周密：「宵娘纖麗善舞，後主作金蓮高六尺，飾以寶物組帶纓絡，蓮中作五色瑞雲。令宵娘以帛繞腳，令纖小屈上，作新月狀。素襪五雲中曲，有凌雲之態……士人皆效之以弓纖爲妙，益亦有所自也。」見氏著：《浩然齋雅談》（瀋陽：遼寧出版社，2000），頁 19。

「履躡華英」；又云「羅襪躡蹀而容與」。曹子建賦「羅襪生塵」，〈焦仲卿妻詩〉：「足躡花文履」，繁欽詩「何以釋憂愁，足下雙遠遊」，梁武帝〈莫愁歌〉「足下絲履五文章」。卞蘭〈美人賦〉「金薄承華足」，陶潛賦：「願在絲而爲履，附素足以周旋。」崔豹《古今注》：「晉世履有鳳頭、重臺分稍之制」唐詩「便脫鷥靴出翠帷。」又《麗情集》載章仇公鎮成都，有眞珠之惑。或上詩以諷云：「神女初離碧玉階，彤雲猶擁牡丹鞋，應知子建憐羅襪，顧步褰衣拾墜釵。」〔註51〕

這在則有關蓮足史論的筆記中，楊愼以〈雙行纏〉這首頗受爭議的樂府詩做爲基礎，舉《史記》中「躡利履」、張平子、曹子建、陶潛、卞蘭、繁欽等人詩賦的記載，說明纏足大概起源於漢，試圖以厚實的考據文獻，推翻張邦基《墨莊漫錄》「考婦女弓足起於李後主」之說，也將時間前溯，推翻弓足「起於妲己」之說。文中也有許多蓮足、美履的姿態描寫，「足趺如春妍」、「錦鞋」、「繡羅鞋」、「玉屐」、「履躡華英」、「金薄承華足」、「鷥靴」、「牡丹鞋」、「玉鈎」一雙雙彷彿走在時光伸展台的小腳穿上美麗的蓮鞋，勾起讀者的美感體驗，以美感的蓮足說服讀者信服關於纏足起源的論述。另，楊愼在〈漢雜事秘辛後記〉中又自道「余常搜考弓足原始不得，及見約纖迫襪，收束微如禁中語，則纏足後漢已自有之」〔註52〕，在充滿情色的小說書寫中，也不忘情地再一次印證他所建構的纏足起源說〔註53〕。

楊愼弓足起源探論十分可疑，古樂府「雙行纏」似綁腿，是否等同於纏足，引發一股學術討論風潮，其後引發包括胡應麟、沈德符、趙翼等諸多學者的論證〔註54〕，顯然有關時尙的題材，能夠引起廣大的關注和討論，增加

〔註51〕〈弓足〉，《升庵外集》，冊2，卷16，頁500。
〔註52〕楊愼：〈書漢雜事後〉，《升庵遺集》，收於《楊升庵叢書》，第3冊，卷26，頁1098。
〔註53〕有關於《漢雜事秘辛》的討論，請參看第六章性別與文學。
〔註54〕胡應麟《丹鉛新錄》找出21條唐代以前女性足服未提及「弓纖」，並提及148則唐、宋有關「履」的記載，批駁楊愼的「弓足」起源論參見高彥頤著，苗廷威譯：《纏足——「金蓮崇拜盛極而衰的演變」》（台北：左岸文化，2007），頁204。又沈德符《萬曆野獲編》議論及此說，「楊用修謂婦人纏足始於六朝，以樂府雙行纏爲其據，其說誠誤，友人胡元端駁之不遺餘力，因引晉人男方頭履女圓頭履爲證，又云宋齊以後，題詠婦人足者甚多，並不及纖小，然終無實證以折之，按梁武帝弟臨川王蕭宏，與帝女永興公主私通，遂謀弒逆，許事捷以爲皇后，永興公主使二僮衣婢服入弒，及升階，僮踰限失履，闇帥令輿人八人抱而擒之，搜僮得刀，乃殺二僮，夫可爲婢服且失履，則足之與

知名度，楊慎此舉可說達到極佳的傳播效果。

探究了弓足的起源史，楊慎又舉擁有蓮足的美女，以饗讀者，「東昏侯潘妃以金蓮花步地，曰：步步生蓮花，其寶屨直千萬。」〔註55〕這一則筆記特寫潘姬，道出她優雅的蓮足，以及她價值不菲的「寶屨」。進一步來說，而這則筆記也顯影了「蓮足」在男性上層社會的審美、享樂意義，他也將此風跟當代浮華逸樂的時風聯繫起來，由於對蓮足的過份強調，導致在足飾上的過度華麗，以蓮足為中心的享樂文化過度奢華淫靡。

除了美觀功能，蓮足還有遊戲功能：

《抱朴子·疾謬》篇云：「世俗有戲婦之法。於稠眾之中，親屬之前，問以醜言，責以慢對，其為鄙瀆，不可忍言，或蹙以楚撻，或繫足倒懸。酒客酗醟，不知限劑，至使有傷於流血，踒折支體者，可歎也。古人感離別而不滅燭，悲代親而不舉樂，《禮》論娶者羞而不賀。今既不能動蹈舊典，至於德為鄉閭之所敬，言為人士之所信，誠宜正色矯而呵之，何為同其波流，長此敝俗哉！」今此俗世尚多有之。娶婦之家，新婿避匿，羣男子競作戲調以弄新婦，謂之謔親。或褰裳而針其膚，或脫屨而窺其足，以廟見之婦，同于倚市門之倡，誠所謂敝俗也。然以《抱朴子》考之，則晉世已然矣。歷千餘年而不能變，可怪哉！〔註56〕

楊廉夫嘗訪瞿士衡，以鞋杯行酒，命其侄孫宗吉詠之，宗吉作〈沁園春〉以呈，廉夫大喜，即命侍妓歌以侑觴。辭云：「一掬嬌春，弓樣新裁，蓮步未移。笑書生量窄，愛渠盡小；主人情重，酌我休遲……

男子同可知，當時梁去唐不遠，是一大證佐，而元端未之及也。元端又引道山新聞，以為始於李後主宮嬪窅娘，似不始於中唐，則又與自所引杜牧詩相背馳矣，一人持論，上游移無定見乃爾，何以駁證前人耶，余已記弓足，因再閱元端說，又訂之如此」參見氏著《萬曆野獲編·胡元端論纏足》（北京：中華書局，1959），卷23，頁599。趙翼：「《花間集》詞云『慢移弓底繡羅鞋』楊用修因之，並引六朝〈雙行纏〉詩，所謂『新羅繡行纏，足趺如春妍，他人不言好，獨我知可憐』，以為六朝已裹足。不特此也，《漢雜事秘辛》載漢保林吳姁句『足長八寸，踁跗豐妍。底平指斂，約縑迫襪，收束微如禁中』」，見氏著：《陔餘叢考》，收於《續修四庫全書·子部·雜家類》（上海：上海古籍，1995），卷31，頁179。

〔註55〕〈金蓮寶屨〉，《升庵外集》，冊2，卷16，頁502。

〔註56〕〈戲婦〉，《譚苑醍醐》，《楊升庵叢書》，第3冊，卷7，頁444。

任淩波南浦，唯誇羅襪；賞花上苑，只勸金卮。羅帕高擎，銀瓶低

注，絕勝翠裙深掩時。華筵散，奈此心先醉，此恨誰知。」〔註57〕

或「脫履而窺其足」的戲婦之舉，或以「春弓樣新裁」斟酒飲宴的鞋杯淫逸
縱放盛宴。這二則筆記是關於弓足的動態描寫，論及弓足的遊戲運用，都充
滿情慾色彩。其中以弓鞋爲杯，是明代男性社交活動中，十分流行的情慾遊
戲。沈德符《萬曆野獲編》就曾談到這種男性癖好，「元楊鐵崖好以妓鞋纖小
者行酒，此亦用宋人例，而倪元鎮以爲穢，每見之輒大怒避席去。隆慶中，
雲間何元朗覓得南院王賽玉紅鞋，每出以觸客，坐中因之酩酊，王弇州至作
長歌以紀之。元鎮潔癖，固宜有此，晚年受張士誠糞瀆之酷，可似引滿香尖
時否。」〔註58〕這一段話論及從宋代以來文人就有以弓鞋行酒之癖好，至明
代此風更盛，名妓穿過的弓鞋成爲文人爭相飲用的酒器，甚至引來著名文人
（王弇州），以藉題歌之詠之，從這種意義來說，弓鞋與名妓、美人聯結，弓
鞋成爲一種烙上情色符碼的奇異之「物」，釋放迷離的慾望色彩，也滿足男性
文人的玩物享樂。

　　然而纏足畢竟殘害自然身體，嚴重妨礙行動能力，限制女性自由，癡迷
於蓮足賞玩之癖的男性，也往往被譏爲流於淫靡。因此有關弓足或天然足孰
優孰劣的議題，也成爲當時文化場域上士人文士經常討論的話題。因此，圍
繞弓足的周邊議題，也成爲建構弓足知識體系的一環，楊愼筆記中除了許多
小巧精緻的蓮足審美再現，矛盾的是，他也歌頌了許多的天／素足，「素足踏
金沙，波搖半臂霞。東風湖豔好，疑是孟珠家」〔註59〕，「李白詩：『東陽素
足女，會稽素舸郎，相看月未墮，白地斷肝腸』。按謝靈運有〈東陽江中贈答
二首〉云：『可憐誰家婦，綠流洗素足，明月在雲間，迢迢不可得』。」〔註60〕
蓮足固然巧緻曼妙，但不經雕琢束限的天足，亦流露一種庶民式的自然的美
感。有趣的是，姑且不論楊愼喜好究竟爲何，但他睿智地利用「弓足素足」

〔註57〕　〈瞿宗吉鞋杯辭〉，《升庵外集》，冊7，卷66，頁3202。

〔註58〕　〔明〕沈德符：《萬曆野獲編‧妓鞋行酒》（北京：中華書局，1959），卷23，
　　　　　頁600。

〔註59〕　〈湖豔曲〉，《升庵文集》，《楊升庵叢書》，第3冊，卷12，頁244。

〔註60〕　〈素足女〉，《升庵集》（上海：上海古籍出版社，1987），卷68，頁671。胡
　　　　　應麟也呼應楊愼對於李白筆下「素足女」的讚賞，「昔題婦人足不曰素潔，則
　　　　　曰豐妍。夫今婦人纏足，美觀則可，其體質乾枯腥穢特甚」，這句話所揭示的
　　　　　弓足腐臭味，迥異於一般纏足的情慾書寫。見氏著：《丹鉛新錄‧素足女》，
　　　　　收於《少室山房筆叢》，卷12，頁148。

這個文化場上爭論不休的熱門議題，作爲宣說自己的文學理論的利器：

> 太白〈浣紗女詩〉「一雙金屐齒，兩足白如霜」。又越女詞云：「屐上足如霜，不著鴉頭襪」又云：「東陽素足女，會稽素舸郎」。予嘗戲謂，太白何致情迴盼此素足女再三，張愈光戲答云：太白可謂能書不擇筆矣，聊記以餉一笑。予嘗題〈浣女圖詩〉純用太白語意：「紅顏素足女，兩足白如霜。不著鴉頭襪，山花屐齒香。天然去雕飾，梅岑水月粧。肯學邯鄲步，匍匐壽陵傍。」蓋竊病近日學詩者拘束蹈襲，取妍反拙，不若質任自然耳。〔註61〕

> 張禺山晚年好縱筆作草書，不師法帖而殊自珍詫，嘗自書一紙寄余，且戲書其後曰：「野花艷目，不必牡丹；村酒酣人，何須蟻綠」。太白詩云：「越女濯素足，行人解金裝」。漸近自然，何必金蓮玉弓乎，亦可謂善謔矣。〔註62〕

第一則筆記主要是針對當時文壇籠罩濃重的復古風氣而發，認爲復古仿古，「拘束蹈襲」，有如人工精塑的弓足，「取妍反拙」，拘泥窒礙，不若素足質任自然。文學理論如此，書畫藝術亦然。第二則筆記針對張含「質任自然」縱筆作草書，楊慎認爲只要純任自然之性，何必牡丹、蟻綠、金蓮、玉弓乎？只要由自然之性而發，不必依循法帖、復古章法、行文格套，這些其實都緊扣楊慎「人人有詩，代代有詩」，一任自然，不假雕飾的文學、美學理念。他在闡釋蓮足、弓足之餘，以這種時尚元素爲喻，宣傳自己的詩學、藝術理念，稱譽友人的書法之作，可以達到吸引目光、易受瞭解、能夠得到共鳴的良好效果，可以說是十分機智巧妙的論述、宣傳策略。

從物質性的各類鞋子、襪飾、足飾，時尚的弓足，天然的素足，足的游戲，到審美詩意的蓮足、爭論不休的纏足文化等等，楊慎考據學建構了一種既縝密全面，卻又時尚不與時代脫節的新古典知識網絡。進一步來說，楊慎關於「茶」、「履」以及以下會述及的「筆」、「墨」、「紙」、「硯」等諸多物的編撰記載，除了著重於「物質文化」的論述形式，延續文人式的書寫方式，加上許多古典文學作品點染，以及相關歷史掌故的詮解，形成一部部「物」的「文化傳記」（cultural biography）〔註63〕或「歷史履歷表」，許多名物狀物

〔註61〕〈浣沙女〉，《升庵外集》，冊1，卷14，頁453。
〔註62〕〈素足女〉，《升庵集》，冊2，卷68，頁671。
〔註63〕「一件物品絕不僅只具有交換價值，也絕不僅只是從物質上生產出來滿足人

撰述，可以說是「茶」、「履」和諸物的文化史。

二、視覺文化與《異魚圖贊》的書寫策略

隨著出版技術的日益精進，市民娛樂需求的增加，中晚明出版文化對視覺性的關注日漸提升，書坊漸漸重視出版品的視覺性〔註64〕，除了有《書品》、《墨池瑣錄》、《法帖神品目》、《畫品》、《名畫神品》等書畫藝術書籍，以及《異魚圖贊》介紹水陸魚族的譜錄。楊慎筆記中對於物類的書寫，也特別著重其視覺性的描述，如寫及天文雲類，「《呂氏春秋》：雲狀有若犬、若馬、若白鵠、若眾車。有其狀若懸釜而赤，其名曰『雲旌』。《兵書》韓雲如布，趙雲如牛，楚雲如日，宋雲如車，魯雲如馬，衛雲如犬，周雲如輪，秦雲如行人，魏雲如鼠，齊雲如絳，越雲如龍，蜀雲如囷。冬至初陽，雲出箕，如樹之狀。立春少陽，雲出房，如積水。春分正陽，雲出軫，如白鵠。一作鶴，謝朓詩『鶴雲旦起』。穀雨太陽，雲出張，如車蓋。立夏初陰，雲出觜，如赤珠』，一云作如赤繒，夏至少陰，雲出參，如水波。寒露正陰，雲出井，如冠纓。霜降太陰，雲出鬼，上如羊，下如蟠石。《易·通卦驗》八節占雲也。吹雲，陳思王有〈吹雲贊〉言：雲如吹縑絮也。妒羅雲，雲如羅也。《華嚴經》妙鬟雲，雲如美人髮，樓閣雲如其狀。」〔註65〕這一則為各類雲象大觀，針對雲的視覺性描繪，網羅文獻上對於雲象雲狀的撰寫資料，針對各種雲類的天文知識，以譬喻、摹寫之法，竭力地描繪雲的圖像、畫面感，激發讀者圖

們某種需要的物件，它同時也是銘刻了某種文化意義和文化價值的東西。它不僅具有經濟生命，也具有社會和文化生命。因此，我們不僅要從經濟的視角，而且要從文化的視角來對它進行研究」（頁22）；「物的傳記可使本來曖昧不明的東西浮現出來。例如，文化交流過程中，物的傳記可以證明人類學家經常強調的一個觀點：和接受外來思想一樣，接受外來物品過程中重要的不是他們被接納的事實，而是它們被文化重新界定並投入到使用中去的方式。（頁401）」參見伊戈爾·科普托夫：〈物的文化傳記：商品化過程〉，收入羅鋼、王中忱主編：《消費文化讀本》（北京：中國社會科學出版社，2003）。

〔註64〕〔明〕謝肇淛（1567～1624）的一段話，可作為出版市場上重視視覺性的文化現象，「近時書刻，如馮氏《詩紀》、焦氏《類林》、及新安刻《莊》、《騷》等本，皆極精工，不下宋人，然亦多費校讎，故舛誤絕少。吳興凌氏諸刻，急於成書射利，又慳於倩人編摩，其間亥矢相望，何怪其然。至於《水滸》、《西廂》、《琵琶》及《墨譜》、《墨苑》等書，反覃精聚神，窮極要眇，以天巧人工，徒為傳奇耳目之玩，亦可惜也。」見氏著：《五雜俎·事部一》（上海：上海書店，2001），卷13，頁266。

〔註65〕〈雲名〉，《升庵外集》，冊1，卷2，頁79。

像想像，藉以名形狀物。

博物傳統自魏晉張華《博物志》始開風氣，南宋隨著印刷術的開展，新型類書和譜錄，內容包容萬象有音樂、棋譜、算術、織繡、射箭、印章、姓名、酒、茶、金石、香譜、文具、植物，及農業、建築、兵法、法律等知識，字典、考古、小說、類書等，形成一種新的知識景觀〔註66〕。譜錄從宋代即開始出現，南朝王儉《七志》始別立〈圖譜志〉，專紀地域與圖書，但一直未受正視。《四庫全書》對於圖譜典籍的形成與發展，有一段文學流變史的說明：

> 劉向七略，門目孔多，後併為四部，大綱定矣。中間子部，遞有增減，亦甚不相遠。然古人學問，各守專門，其著述具有源流，易於配隸。六朝以後，作者漸出新裁，體例多由創造，古來舊目，遂不能該，附贅懸疣，往往牽強。〈隋志〉譜系本陳族姓，而未載竹譜、錢譜、錢圖；〈唐志〉農家本言種植，而雜列錢譜、相鶴經、相馬經、鷙擊錄、相貝經；〈文獻通考〉亦以香譜入農家，是皆明知其不安而限於無類可歸，又復窮而不變，故支離顛舛，遂至於斯。惟尤袤〈遂初唐書目〉創立譜錄一門，於是別類殊名，咸歸統攝，此亦辨而能通矣。(《四庫全書‧譜錄類小序》〔註67〕)

《隋書‧經籍志》所載乃陳氏族譜，屬於家族性專譜，並無對外傳播性質。《舊唐書‧經籍志》、《文獻通考》已將錢譜、香譜、相鶴經、相馬經、鷙擊錄、相貝經等圖錄列入農家類，王儉《七志》所創立之圖譜類例的觀念到了南宋尤袤《遂初唐書目》開始獲得正視。尤袤在其子部下新增〈譜錄〉類，所收之書，非前代於史部的氏族家譜以及書籍目錄，而是收入了香譜、石譜、蟹錄等書，清晰地傳達了以圖為目錄的類例觀念〔註68〕。四庫對此舉甚為推崇：「其子部別立譜錄一門以收香譜、石譜、蟹錄之無可附者，為例最善」。譜錄典籍由宋代興起，但到元代急遽衰退，數量極少，呈現發展中斷之勢，譜錄書籍從宋代開始發展，雖歷經元代文風衰落更迭，但到明代已有豐富資料積累，楊慎博物形式的物類書寫，也經常援引譜錄之書和圖繪作品，以輔說明：

〔註66〕參見楊玉成師：〈閱讀與規訓：南宋科舉評點與印刷文化〉發表稿修訂後論文，頁1。

〔註67〕參見《續修四庫全書》(上海：上海古籍出版社，1995)「子部‧譜錄類」，1107冊。

〔註68〕參見毛文芳：《晚明閒賞美學》(臺北：學生書局，2000)，頁73。

嵇含〈南方草木狀〉云：檳榔樹「皮似青桐，節如桂竹。下本不大，上枝不小。稠直亭亭，千萬若一。森秀無柯，端頂有葉。」「仰望眇眇，如插叢蕉於竹杪；風至獨動，似舉羽扇之掃天。」俞益期〈與韓康伯牋〉云：「檳榔木大者三圍，高者九丈。葉聚樹端，房栖葉下。華秀房中，子結房外。其擢穗似黍，其綴實似栟。其皮似桐而厚，其節似竹而概。其中空，其外勁，其屈如覆虹，其伸如縋繩，步其林則寥朗，庇其陰則蕭條。」此分明畫〈檳榔圖〉也。毛文錫《茶譜》云：「茶樹如瓜蘆，葉如梔子，花如白薔薇，實如栟櫚，葉如丁香，根如胡桃。」白居易〈荔枝圖序〉云：荔枝樹「形團團如帷蓋，葉如桂。冬青華如橘，春榮實如丹，夏熟朵如蒲桃。核如枇杷，殼如紅繒。膜如紫綃，瓤肉瑩白如冰雪，漿液甘酸如醴酪。大略如彼，其實過之。若離本枝，一日而色變，二日而香變，三日而味變，四五日外，色香味盡去矣。」此分明為二物傳神也。傅肱《蟹譜》云：「蟹，鶡眼、蟹足、蚯腦、蜩腹，其爪類拳丁，其螯類執鉞。生於濟、鄆者，其色紺紫；產於江南者，其色青白。」真如繪蟹焉。宋以後人豈能為此等語乎？〔註69〕

說解檳榔、茶樹、茶葉、茶花、荔枝、蟹等，結合譜錄、圖像、圖序以增加文字的畫面感，與讀者的視覺感官想像，名形狀物更易入人心眼。利用《茶譜》、《蟹譜》等各類譜錄，以及圖畫說解物象的論述方式，對中晚明逐漸勃興的視覺文化有呼應及促進作用。

　　受到中晚明出版業發達，博物知識建構傾向和對視覺文化的重視影響所及，楊慎《異魚圖贊》即是一本以水生動物的圖錄典籍。該書編撰於謫滇異鄉索居之時，楊慎自述成書經過及內容：

有西州畫史，錄南朝《異魚圖》，將補繪之。余閱其名多舛錯，文不雅馴，乃取萬震、沈懷遠之物志，效郭璞、張駿之贊體，或述其成製；或演以新文。其辭質而不文，明而不晦，簡而易盡，韻而易諷，句中足徵，言表即見，不必張之粉繪，幩之黼彩矣。……〈魚圖〉三卷，〈贊〉八十六首，異魚八十七種；附以螺、貝、蜃、蚶海錯為第四卷，〈贊〉三十首，海物三十五種，總之凡一百二十二種。〔註70〕

〔註69〕〈文章狀物〉，見《譚苑醍醐》，《楊升庵叢書》，第2冊，卷8，頁472。
〔註70〕楊慎：〈異魚圖贊序〉，《楊升庵叢書》，第2冊，頁919。

文中楊慎敘述《異魚圖贊》是根據南朝所傳《異魚圖》增補修改，內容圖文並呈，有魚族、貝類、海物等海生動物。有別於魏晉博物傳統，順應明中葉視覺文化和日用類書風尚，《異魚圖贊》增加了圖繪和水族狀形書寫，同時也增加許多生活實用價值。這類題材對源於黃土高原，與海洋文化甚為疏離的華夏人士，想必相當新鮮，也符合了中晚明以來好奇尚異的文化氛圍。

　　許多讀者也都感受到此書增廣見識之效，「昔周公教成王讀《爾雅》，而孔子訓門入學《詩》，亦曰多識於鳥獸草木之名，然則博物洽聞，固聖哲所不廢己。用修書破萬卷，學擅五車，乃以其緒，搜剔異聞，旁采稗史，撰為《異魚圖贊》」〔註71〕，「先生博學多聞，山經地志，無書不窺。故其贊異魚也，怪怪奇奇，一收之宏，深括肅括之筆，可謂富矣」〔註72〕，該書不但發揮楊慎博學知識特質，也滿足時人好奇尚異的興趣。觀其中有許多神奇水族動物的書寫，「海魚無鱗，形類琵琶。一名樂魚，其鳴亦嘉。聞音出聽，曾識瓠巴」（〈琵琶〉，卷3，頁944）〔註73〕；「含光之魚，臨海郡育。南人爨炙，雖美而毒。煎燿已乾，耀夜如燭」（〈含光魚〉，卷3，頁945）；「辰魚長咫，大如竹竿。爆之為燭，光明有爛」（〈辰魚〉，卷3，頁945）；「浮玉之山，北望具區。苕水出焉，中多紫魚。胡蝶所化，列夢常須」（〈紫魚〉，卷1，頁926）〔註74〕樂魚鳴聲如樂，含光魚、辰魚皆可燦爛放光耀夜如燭，紫魚為蝶所化，這些奇特的水中生物，皆使讀者大開眼界。

　　楊慎學術體系豐贍而多元，而他也以書寫技藝形塑《異魚圖贊》的諸多面向，展演該書不只是水族知識典籍，「魚」不只是「魚」的奧義。《異魚圖贊》出場的第一個水族，即是在《莊子》書中充滿寓意的「鯤」：

　　鯤本魚子，細如蠶茸。莊周寓言，鯤化為鵬。譬彼《詩頌》，雕育桃蟲。千古之詮，誰發其矇。

　　《莊子》云：「北溟有魚，其名為鯤，鯤之大，不知幾千里。」此寓言也。按《內則》「卵醬」，卵，音鯤，《國語》亦云「魚禁鯤鮞」，皆以鯤為魚子，至小之物也。《莊子》乃以至小為至大，便是滑稽之開

〔註71〕范允臨〈刻異魚圖贊題辭〉，見《異魚圖贊》，《楊升庵叢書》，第2冊，頁971。

〔註72〕李調元〈異魚圖贊序〉，見《異魚圖贊》，《楊升庵叢書》，第2冊，頁972。

〔註73〕以下引文均引自楊慎《異魚圖贊》，收於《楊升庵叢書》，第2冊，以下原文只標卷數、頁數。

〔註74〕其它神奇事蹟如「北荒石湖，有橫公魚。化而為人，刺之不殊。煮之不死，游鑊育育。烏梅廿七，煮之乃熟」（〈橫公魚〉，卷2，頁941）。

端，後人不得其意。晉江逌詩曰：「巨鼇載蓬萊，大鯤運天池。倏忽雲雨興，俯矕三洲移。」孫放詩：「巨細同一馬，物化無常歸。修鯤解長鱗，鵬起扇雲飛。撫翼摶積風，仰凌垂天翬。」皆不得其言詮也。雖郭象之玄奧沈思亦誤，況司馬彪輩乎！後世禪宗衲子卻得其意，故有「龜毛兔角，石女懷胎，一口吸盡西江水，新羅日午打三更」之偈，亦可信以為事實耶？余嘗謂，天地乃一大戲，堯、舜為古今大淨，千載而下，不得其解，皆矮人觀場也。（〈鯤〉，卷 1，頁 921）

以寓言角度詮解「鯤」，闡發莊子的哲學式說法，歸納了歷來對鯤的詩文詮解，似乎作了一次萬物皆有其寓意的示範。《異魚圖贊》即有許多關於以物載／寓意的水族詮解：

散笱在梁，其魚惟鯤。其大盈車，餌以豚豵。鯤死以餌，士死以貪。子思子曰：「鯤貪以餌死，士貪以祿死。」（〈鯤魚〉，卷 3，頁 947）

嗟海大魚，蕩而失水。螻蟻制之，橫岸以死。輜重若海，不可以徒。策士之談，譬其有理。（〈鯨〉，卷 3，頁 954）

海鏡蟹為腹，水母蝦為目。虛有感受，羨補不足。人固有之，無惑於物。（〈海鏡〉，卷 4，頁 958）

〈鯤魚〉一則楊慎以「鯤死以餌」類喻「士死以貪」，說明貪而得禍亡身之理。〈鯨〉一則強調其體龐大輜重，反而成其負累，落得橫岸以死，螻蟻制之的悲劇，言名利或恐成為生命負累，並非實質之美善，藉詮釋鯨之生態強調世俗價值的表面成就，往往是福禍相倚，不必艷羨。而〈海鏡〉一則強調的是自安自足之道，不必羨慕、強奪他人之物。《異魚圖贊》讀物質性雖為水族百科，但往往在自然科學之餘，涵蘊義理、道德的教化寓意。而許多讀者也讀出這種譬況之味，讀者云：「此太史升庵先生遊戲翰墨耳。似文而實質，似質而實文。寄諧寓諷，懲鬪戒貪」〔註75〕；「據此則所謂異魚，亦非盡實矣。然則此書其殆先生有感而作乎」〔註76〕。由於楊慎的詩人、文學家、學者多重身份，《異魚圖贊》呈現迥異於一般動植典籍的科學性敘述，而是添加了許多人文色彩，該書以韻文駢語語形式成文，「黃帛其丙，石鼓被鐫。查頭縮項，味珍襄川。詞林藻詠，名播錦牋」（〈丙魚〉，卷 3，頁 950）；「海有魚王，是名為鯨。噴沫雨注，皷浪雷驚。目作明月，精為彗星」（〈鯨〉，卷 3，頁 953），

〔註75〕　王尚修：〈異魚圖贊跋〉，收於《異魚圖贊》，《楊升庵叢書》，第 2 冊，頁 970。
〔註76〕　李調元：〈異魚圖贊序〉，收於《異魚圖贊》，《楊升庵叢書》，第 2 冊，頁 972。

以優美文字，陳述魚族知識。除了森羅萬象的生物學知識，《異魚圖贊》文學性十足，也經常援引文學典故、詩文作爲旁證：

> 務光憤世，自投盧川。盧川水伯，赤鯉送游。易名琴高，化形而仙。
> 至今揚光，清冷之淵。事見《符子》。畫圖有水仙騎赤鯉者，即其人
> 也。（〈赤鯉〉，卷 1，頁 923）

> 魚有名鰾，匹妙切。亦號爲鯤。化而爲人，曾謁仲尼。鬐戟鱗甲，
> 由也仆之。陳蔡之厄，天濟聖饑。《衝波傳》。（〈鯤〉，卷 1，頁 929）

或言務光、盧川水伯、琴高等隱士典故談赤鯉，將赤鯉仙化、神化，增加水族神秘飄渺美感；或書寫鯤化而爲人，謁見孔子，濟救陳蔡之厄的神話美談。這些都使原來生硬、刻板的魚族知識，點染詩意氛圍，使科學的水族，成爲文化／學水族。而受到商業文化和當時類書實用傾向影響，《異魚圖贊》也充滿實用性，楊慎宛如美食行家，對於魚族珍饈娓娓道來：

> 伊洛魴鯉，天下最美。伊洛魴鯉，貴于牛羊。洛口黃魚，天下不如。
> 《河洛記》引諺補注：里語云：「洛鯉伊魴，貴于牛羊。」……今遼
> 東梁水之魴，特美而厚。（〈鯉〉，卷 1，頁 922）

> 清檢出佳鱮，濁檢出好鮒。美珍於常味，取以二月初。（〈鱮鮒〉，卷
> 1，頁 924）

> 鱸魚肉白，如雪不腥。東南佳味，四腮獨稱。金虀玉膾，擅美寧馨。
> （〈鱸魚〉，卷 1，頁 926）

> 鱀魚之味，其美在額。古諺有之，價鑿世宅。鱣腮沙刺，黃骨鰭脊。
> 南烹所珍，百倍秦炙。（〈鱀魚〉，卷 3，頁 946）〔註77〕

楊慎介紹魚種享用最佳時期，或指點烹調之道。有的魚種不但可作爲食材，亦可入藥，「河豚藥人，時魚多骨。兼此二美，而無兩毒。」（〈洄魚〉，卷 1，頁 927）；「丹水丹魚，出于南陽。以夜伺之，浮水有光。夏至十日，其期不爽。取血塗足，水上可行」（〈丹魚〉，卷 2，頁 939）；或可爲器物：「天淵魚虎，老化爲鮫。其皮朱文，可飾弓刀」（〈鮫〉，卷 2，頁 939）；「江有青魚，其色

〔註77〕 其它如「張揖《廣雅》，剝竹頭爭。滇池所饒，亦名竹丁。烹以爲鰎，案酒薦
馨」（〈竹頭爭魚〉，卷，頁 945）；「南有嘉魚，出於丙穴。黃河味魚，嘉味相
頡。最爲宜廷，膈以蕉葉。不爾脂腴，將滴火滅。」（〈嘉魚〉，卷 1，頁 923）；
「王鮪岫居，科斗其面。性最有毒，獺所不噉。人饒食之，肥美盈嚥」（〈王
鮪〉，卷 2，頁 938）

正青。沺以爲鮓，曰五侯鯖。枕如琥珀，可以籠燈。亦可以冠笄，以飾麗婷」（〈青魚〉，卷 3，頁 950）〔註 78〕等，這些都論及水族的各種實用性，使《異魚圖贊》兼具生物學知識與生活實用功能。

楊慎《異魚圖贊》後，出現爲數眾多的譜錄圖錄書籍，其中以「器物類」爲大宗如：黃鶴《槎居譜》、嚴徵《蝶几譜》、陸深《古奇器錄》、郁濬《石品》、李承勛《名劍記》、沈仕《硯譜》、方于魯《方氏墨譜》。「植物蔬果類」如陸廷燦《藝菊志》、王世懋《果疏》、鄧慶宋《荔枝通譜》、黃省曾《理生玉鏡稻品》、楊德周《澹園芋紀》、王世懋《瓜蔬疏》、高濂《野蔬品》等。值得一提的是，楊慎《群豔傳神》應爲一花卉植物譜錄之書，顯然亦開風氣之先，惜後已亡佚不存〔註 79〕。「鳥獸禽蟲動物譜錄類」的相關書籍有：「蟲譜」有沈宏正《蟲天志》、袁宏道《促織經》、陳絳《辨物小志》、陳邦彥《馬駒小譜》、袁達《禽蟲述》、沈弘正《蜂譜》、《蟲天志》、《促織譜》；黃省周《獸經》、陳繼儒《虎薈》、王穉登《虎苑》「禽類」有李燗《新增鷹鶻方》、蔣德璟《鶴經》、趙世顯《鳳談》、黃省曾《鴿經》《獸經》等，與《異魚圖贊》同類的「魚族海錯譜」則相對較少，有針對該書進行增補的胡安世撰《異魚圖贊補》〔註 80〕，其他如黃省曾《養魚經》、屠本畯《閩中海錯疏》、張九崚《海味索隱》、丁雄飛《蟹譜》等，楊慎《異魚圖贊》具有開拓水族生物圖譜類典籍的歷史意義。

第三節　雅道：文人式生活美學建構

中晚明以來，文人藉各種高雅的活動，建構文人化的生活美學，這種閒雅生活模式成爲文人文化圈的時尚追尋，是一種價值表徵，可以用來自我標

〔註 78〕其它如「有石在頭瑩白如玉可植酒籌」（〈石首魚〉，卷 2，頁 935）；「嶺表蠵蠵，是曰山龜。人立其背，可負而馳。木楔其肉，聲吼如牛。巧匠琢之，以爲梳篦」（〈山蠵〉，卷 4，頁 959）；「蠵惟水龜，涪陵是育。其緣中文，其甲堪卜。馮夷所命，切和靈曲」（〈水蠵〉，卷 4，頁 959）

〔註 79〕「明清以來未見傳本，何宇度亦聞而未刊。升庵雜考多涉花木珍異之事，似爲此類之作。」見王文才《楊慎學譜》（上海：上海古籍出版社，1988），頁 298。

〔註 80〕李調元「范正叔《遯齋閑覽》云：『海中異物，不知名者，人大抵以狀名之。』此升庵《異魚圖贊》所由作也。……明末安縣胡世安有《異魚圖贊補》三卷，《閏集》一卷，復有《箋》四卷，采注可爲博矣。余爲之刊行。噫，如世安者，不得解而必求解，亦可謂矮人觀場。」參見氏著：〈異魚圖贊序〉，收於《楊升庵叢書》（成都：天地出版社，2002），第 2 冊，頁 972。

榜，並且區隔一般世俗大眾，建構文人的時尚風潮，形成既特定又區隔於別的群體的文化圈。這種文人化的社會現象與齊美爾（Georg Simmel）有區隔意識的時尚（Mode）觀相似，「時尚一方面意味著結交（Anschluss）同等地位的人，另一方面也意味著，這些人作爲整個群體排斥（Abschluss）地位較低的人。社會形式、服飾、審美判斷、人們自我表現的整體風格，在持續不斷的形成過程中都可以通過時尚來理解……通過新的時尚，較高階層重新向廣大芸芸眾生區別開來。」〔註 81〕這種建構某種社群文化又與其他非我族類區隔的文化意識，也與布赫迪厄（Pierre Bourdieu）針對文化消費與品味建構方面，提出「區分」（distinguish）的效應相類，他認爲文化活動如同破譯、解碼的活動，擁有編碼的人才能鑑賞，一件藝術作品只對有文化感受能力的人產生意義和趣味。人們在日常消費的文化實踐，從飲食、服飾、身體直到音樂、繪圖、文學等的鑑賞趣味，都表現和證明了行動者（agent）在社會中所處的位置和等級〔註82〕。而楊慎考據學體系中許多關於物質文化、精神美學的知識，正可以提供文人雅士建構又區隔於俗眾的資糧。

中晚明士人時興文人化生活美學的經營，「有明中葉，天下承平，士大夫以儒雅相尚，若評書、品畫、淪茗、焚香、彈琴、選石等事，無一不精。而當時騷人墨客，亦皆工鑑別、善品題，玉敦珠盤，輝映壇坫。若啓美此書，亦庶幾卓卓可傳者；蓋貴介風流，雅人深致，均於此見之。」〔註 83〕士大夫

〔註81〕 「模仿（Nachamhung）首先給我們帶來一種合目的性的力量保存之魅力，這種保存並不要求明顯個人化的、創造性的努力，而且因其內容的既定狀態（Gegebenheit）得以暢行無阻。……在模仿中，群體負載著個體；群體簡單地把它的行爲方式交付給個體，因此群體使他免於選擇的折磨，擺脫對同一選擇的個人責任。一方面，就其作爲模仿而言，時尚（Mode）滿足了社會依賴的需要；它把個體引向大家共同的軌道上；另一方面，它也滿足了差別需要、差異傾向、變化和自我凸顯，這甚至不僅因爲時尚內容的變化——正是這種變化將今日時尚把上一種相對於昨日和明日時尚的個性化烙印。」（頁102）參見齊美爾著，劉小楓選編，顧仁明譯：《金錢、性別、現代生活風格》（臺北：聯經出版社，2001），頁102～110。

〔註82〕 「在布爾迪厄看來，社會實踐是聯繫主觀的認知圖式與客觀的社會結構的中介，正是在實踐過程中，客觀的社會結構和社會慣例逐漸內化爲行動者的『慣習』，（habitus）。人們在消費中的鑑賞趣味就是由這種『慣習』決定的。他又常常把『慣習』稱爲『性情傾向』（disposition）或『性情系統』。」（頁 40）參見羅鋼、王中忱主編：《消費文化讀本》（北京：中國社會科學，2003），頁41～50。

〔註83〕〔清〕伍紹棠：〈長物志跋〉，文震亨著：《長物志》，收於楊家駱主編：《藝術

儒雅相尚的生活中有許多關涉物質文化的考究，考據學的文獻名物考訂、探析，正可作為士大夫建構儒雅文人式生活的先備知識基礎。

楊慎的考據體系中有許多關於文人日常生活器物的描寫，舉凡琴、棋、書畫、鍾鼎彝卣、筆墨紙硯、建築、桌椅等物質性器物，以及養花蒔藝、品茗酌酒、飲饌、醫療養生、遊藝、品賞書畫等生活美學的踐履活動記載，這些筆記資料都可作為建構了一個上層文人式生活、鑑賞的知識指南，使名物辯證、合宜的用法、擺設、品賞、文學性的掌故的瞭解，都有「正確」的知識可循。在這種人文精神引導下，物質性的「物」被賦予了抽象意義的文化符碼（Cultural Code），成為「自我」陳述、展演的場域，代表個人生活品味。他賦予這些古文獻新的生命力，配合當時繁盛的出版業、知識傳播流暢之便，他將悠久繁複的考據學「舊」知識，帶入一個生活美學的「新」文化時尚市場，引領其後屠隆（1543～1605）《考槃餘事》、高濂（1573～1620）《遵生八箋》、文震亨（1585～1645）《長物志》等書寫文人精緻生活藝術專著風潮。

一、古雅器物

明中葉以來，社會風氣「好古」成癖，文人漸好收集古物古器，古物成為象徵高雅的文化符碼，擇購、收藏古董除了炫富、增廣見聞、展現自我非凡超俗的品味外，古董本身也是一個可供鑑賞的玩物，而文人間流行的古物賞玩文化以及活絡的古董市場，都需要對大量古物文化知識引導。

循著考據學的脈絡，楊慎發揮考據學家的特質，著墨於許多古器物的來源探析和型態描寫。古董可說是一種烙上時光印記的「器物」，時間的標誌是古物的價值所在，布西亞（Jean Baudrillard）認為「神話學中的物品，它的時間便是完美『完成』（parfait）：它們在現在的續存就好像他們在過去曾經存在」，古物的美好來自於它逃過時間之劫，成為歷史的物質性存在，它展示時間，也承載時間之光，引人感發思古之幽情。因此，古物的價值便在於「歷史真確性的崇高（sublime）幻想，他的達成將其功能世俗化的聖人遺物（relique），古物重新以一種群星輝映的方式（mode constellant）組織世界」，古物在歷史上曾經承載的社交活動、典故、故事、人物手筆，曾經是某個名人的收藏品，這些人、事的文化記憶，都足以增添古物的價值，「所有的物品都有兩個功能：或是為人所實際運用，或是為人所擁有。前者所隸屬的場域，

叢編》（臺北：世界書局，1962），第 1 冊，頁 267。

是主體對外世界所進行的實踐性整體化（totalisation pratique），後者則隸屬於主體世界之外，對主體自身所進行的一項抽象性的整體化（totalisation abstaraite）。」〔註84〕物品的意義往往不只有它的本義（denotation）和實用目的，也往往具有延伸意義（connotation）和社交目的。「古」、「歷史」的印記成為一種文化符碼，古董的鑑賞和收藏成為一種有意義的消費行為〔註85〕，象徵高雅的生活品味。楊慎考據學對器物的知識建構，藉由詮釋器物的古典意涵，正好增加古器物抽象的價值，賦予古器物豐富的古典情境以及歷史人文意義，使文人可以重新體驗古典，進而追求古典的美感體驗，而這古典、詩意價值的品賞也成為中晚明文人生活美學重要的一環〔註86〕。

學術與社會文化場域是一種流動又互動的關係，知識與時尚往往相互影響，明中葉以後，考據學的興盛帶動古物市場的活絡，文人賞鑑古器物的風氣漸漸萌興，而古物市場的活絡也刺激考據知識的生產，使考據學越趨勃興。楊慎的考據筆記中，有大量對古代鍾鼎彝卣、銘文、古幣、玉器等的相關記載。他對於古董器物的撰寫模式是，羅列諸多歷史名器，而後針對所知較詳者加以特寫、說明，並針對名器術語加以辨明，如〈古篆見於錢幣〉一則即陳列了著名的古幣：

> 大昊金、尊盧氏幣、神農氏金、黃帝貨金、軒轅貨金、大黃布刀、
> 帝昊金……商連幣、商湯金、商子貨金、周圜法貨、齊公貨、莒刀、
> 齊布、周景王大泉五十（近世雲南王案山下農家疏出）、漢五銖錢、
> 漢剛卯（近世南陽耕夫得于土中）。〔註87〕

羅列眾多古幣名目，彷彿古幣大觀，陳列在博物館櫥窗，使人一目了然，建構基本的古幣知識，也適時點出古幣現存地。他也針對特定古幣形制加以介紹：

〔註84〕以上引文參見〔法〕尚·布希亞著，林志明譯：《物體系》（上海：上海人民出版社，2001），頁86、91及100。

〔註85〕尚·布希亞：「消費既不是一種物質實踐，也不是一種富裕現象學，它既不是依據我們的食物、服飾及駕駛的汽車來界定的，也不是依據形象與信息的視覺和聲音實體來界定的，而是通過把所有這些東西組成意義實體（substance）來界定的。消費是在具有某種程度連慣性的話語中所呈現的物品和信息的真實總體性。因此，有意義的消費乃是一種系統化的符號操作行為」（頁27）參見羅鋼、王中忱主編：《消費文化讀本》（北京：中國社會科學出版社，2003）。

〔註86〕關於「古雅」的生活美學概念，參見毛文芳《晚明閒賞美學》一書。

〔註87〕見《升庵外集》，冊2，卷20，頁607。

漢有「厭勝錢」、「藕心錢」，狀如干盾，長且方而不圓，蓋古刀布之
變也，與近世花蕊夫人封綬，及穿鑰錢相似，見《封演》及李孝美
《錢譜》。(〈古錢〉)〔註88〕

這一則筆記介紹「厭勝錢」、「藕心錢」的形貌及出處，為了方便理解，也引
近世相類之物說明，還帶出古幣知識的參考典籍(《錢譜》)，文雖精簡，但相
當詳細，也兼有實用價值。對於古董大宗的鍾鼎彝卣，則有更多篇幅的敘寫，
〈商器欵識〉、〈周器欵識〉這兩篇篇目具體舉出眾多商、周著名的彝鼎卣器：

銅弋銘、商鼎、庚鼎、公癸鼎、祖乙彝、父辛彝、商彝、丁父鬲、
庚午鬲、毛乙鬲、商鍾、父戊尊、夫甲爵、祖辛爵、父庚爵、祖戊
匜、商卣、兄癸卣、父庚觚、虢姜鼎、鄭伯姬鼎、魯公鼎、伯姬鼎、
師毛鼎、周姜敦、周虞敦等。〔註89〕

這些都是古物市場上或名家收藏的珍貴古器，它們都烙上古典靈光的印記，
承載歷史文化記憶，成為價值不斐之物。對於一些較特別的彝鼎卣器則加以
特寫描繪：

金臺田景延得古饕餮，拱泉而垂腹，羸其面而坐則人焉，其下有若
承盤者，元裕之考定為古器無疑也。(〈饕餮〉)〔註90〕

《梁書》檄文要結犬戎，潛窺鴈鼎。雁鼎疑用《戰國策》顏率求鼎
難事，又或用柳下惠岑鼎事。(〈鴈鼎〉)〔註91〕

針對一般人誤解「饕餮」意為貪得無厭者，楊慎還原其古器圖騰原意。也針
對容易產生字面混淆的「鴈鼎」追溯其來源始末，闡釋其典故由來，這些鍾
鼎卣彝的古典資料爬疏，可以滿足當時古董市場的知識需求，也可作為文人
圈品賞古器物的先備知識。除了闡釋鍾鼎彝銘形制樣貌，楊慎《金石古文》
是一本拓印碑鼎銘文的專書，「茲裒集《金石古文》凡十四卷。歐陽子讀《郙
閣頌》醳散關之潮潔，徒朝陽之平滲，莫究厥旨。楊子類引分解，焯然可稽，
豈非負有純賦，濟用苦力者哉」〔註92〕，「按升庵是編，釋《禹碑》、《石鼓》，
及秦漢諸刻，收羅最富。」〔註93〕楊慎此書效歐陽修研究金石遺文而成《集

〔註88〕見《升庵外集》，冊2，卷20，頁599。
〔註89〕〈商器欵識〉，《升庵外集》，冊2，卷20，頁608～612。
〔註90〕〈饕餮〉，《升庵外集》，冊2，卷20，頁617。
〔註91〕〈鴈鼎〉，《升庵外集》，冊2，卷20，頁617。
〔註92〕孫昭〈金石古文敘〉，《金石古文》，《楊升庵叢書》，第2冊，附錄，頁195。
〔註93〕李調元〈金石古文跋〉，《金石古文》，《楊升庵叢書》，第2冊，附錄，頁196。

古錄》之業，這些逃過時間之劫的古器物，銘刻文化記憶，其上的文字帶領
讀者超越時空，回到被銘刻的當下：

> 嘒嘒之德，不足就也，不可以矜而秖取憂也，嘒嘒之食，不足狃也，
> 不能為膏而秖離其咎也。（〈商鼎銘〉）
>
> 登于泰山，萬壽無疆，四海寧謐，神鼎傳芳（〈漢武帝鼎銘〉）〔註94〕
>
> 惟王九月乙亥，晉姜曰：余惟嗣政先姑公晉邦，余不辱，安寧經雍，
> 明德宣郱，我獻用招。君辭辟委，揚乃先烈，虔不墜諸覃享，以寵
> 我萬民，嘉清錫我虎賁，千兩勿廢。……萬年無疆。用享用德，畯
> 保其子孫，三壽是利。（〈姜鼎銘〉）〔註95〕

楊慎細緻地拓錄古器上的古文字，經過刀鑿石刻，金石文字本身就展現古意
的文字藝術之美。就內容而言，「商鼎」銘文透顯了政治家提醒自我為政的懷
德存心，有濃厚道德傳承的初衷，古器上承載聖君冀望後代子孫勤政愛民的
美好薪傳。「漢武帝鼎銘」、「姜鼎銘」文彰顯許多主事者統領天下，冀求天下
寧謐，萬世太平的用心，這二類可以涵蓋政治性鼎銘的大致內容。歷史上著
名的彝鼎古器銘刻的皆是雄偉的歷史事蹟，透由古蹟上的金石古文，楊慎為
讀者再現了當時聖君賢者發聲的場景，創造一種古典時空的或睿智或壯闊的
歷史美感。

　　相對於這種大歷史敘述體系的金石古文記載，被收錄於《升庵外集》六
十四卷中的「古文韻語」則展現了輕薄短鍊的小品文式美感。這些韻文被銘
刻在銅鏡、几案、門檻、盥盆等物，來自不知名的古器物，文字意涵緊扣日
用生活之德、趣，內容大多與該生活用物有意義上的聯結：

> 「以鏡自照見形容，以人自照見吉凶。」（〈鏡銘〉，頁 2248）
>
> 「安無忘危，存無忘亡，孰是二者，必後無凶。」（〈几銘〉，頁 2249）

〔註94〕《金石古文》，《楊升庵叢書》，第 2 冊，卷 1，頁 15 及卷 14，頁 181。其它如
　　　　〈漢圉令趙君碑〉「天寔高唯聖同戲，我君羨其縱體，弘仁蹈中庸，所臨歷有
　　　　體，功追景行亦難，雙刻金石示萬邦。」見《升庵外集》，頁 2258，卷 64。
　　　　則展現對於前人功業的嚮慕。
〔註95〕《金石古文》，《楊升庵叢書》，第 2 冊，卷 2，頁 31。其它類如〈孔鯉鼎銘〉
　　　　「六月丁亥，公假於太廟公曰：叔舅乃祖莊叔左右成公，成公乃命莊叔隨難
　　　　於漢陽，即宮于宗周，奔走無射啓右獻公，獻公乃命成叔纘乃祖，乃考父叔
　　　　與舊嗜欲，作率慶士躬恤衛國，其勤公家夙夜不懈，民咸休哉，公曰：叔舅
　　　　予女銘，若纘乃考服鯉拜稽首曰：對楊以辟之，勤大命施於烝彝鼎」見《升
　　　　庵外集》，卷 64，頁 2258。展現的則是一段銘刻的世係傳承的歷史之美。

「敬遇賓客，貴賤無二。」（〈門銘〉，頁 2251）

「與其溺於人也，寧溺於淵。溺於淵，猶可游也；溺於人，不可救也。」（〈盥盤銘〉，頁 2255）

「堯之居民上也，振振如臨深淵；舜之居民上也，慄慄恐朝不及夕。武王曰：吾并殷居民其上也，翼翼懼不敢息。」（〈金匱銘〉，頁 2257）

「鏡儀而居，無執不臧，美惡畢懸，各得其當，衡慮無私，平靜而處，輕重畢懸，各得其所。」（〈鏡衡銘〉，頁 2258）〔註96〕

這些銘刻在日常器物上的小幅文字，雖未必出於名家之手，但物性與悟性的結合，精妙的小幅文字，蘊含無限機趣，古物因有智慧之語的點染，而產生現代教化警世意義，寫在器物上的文字小品，成為一種歷時不朽的物質性文字斷片（fragment）。

玉石、玉器在中國一向與君子之德相聯繫，充滿德教禮儀的文化符碼，也是國家朝廷儀典中代表禮制的重要物件。自古以來，許多涵攝美好意義的文字，莫不以玉為字邊佐之，以明其意。因此，賞鑒、品玩玉石、玉器成為中國士人的重要傳統。明中葉以後隨著經濟的繁榮，玉器藝術逐漸裝飾化、玩賞化、世俗化、商品化，禮器減少而與日常生活相關的器物增加，明代士大夫佩玉、玩玉也成為一種時尚〔註97〕。關於「玉器」楊慎亦多所關注，他的撰著《玉名詁》雖然篇幅簡短，但可說是詮解玉石名物的小幅百科全書，該書曾經獨立刊刻發行，李調元在序中說明楊慎最初的撰注動機：

古玉無點，秦人作隸，謂與帝王字易混，故加點以別之。至寫作偏旁，則仍去點而从玉，从其朔也。郭忠恕云：今人作字，飛禽便當著鳥，水族即應安魚；譏夫不明字義而專任偏旁者也。夫飛禽之从鳥，水族之从魚，類也。而魚為何魚，鳥為何鳥，制字者各有名義所在，而概以魚鳥統之，則曷不舉羽蟲三百六十，而統名曰鳥，鱗蟲三百六十，而統名曰魚，古人豈若此陋耶！知王之為玉，而不辨其名稱，不悉其器用，其與安魚而知為水族，著鳥而知為飛禽者，

〔註96〕 以下這些銘文皆引自《升庵外集》（臺北：學生書局，1971），冊 5，卷 64，故只標頁數，不再另標出處。

〔註97〕 關於明清玉器文化的發展，可以參看靳彥喬：〈明清玉器種類與裝飾題材〉收於，《收藏家》2013 年第 5 期，頁 59～65。許家德〈明清玉文化初探〉，收於《美與時代》2004 年第 6 期，頁 10～12。

何以異耶？升庵先生有慨於此，而作《玉名詁》，以示意曰，字必有物，物必有義。凡夫有名可稱，有文可紀者，皆可作如是觀。至其引徵博而記注評，則自讀書考古來，非可襲而取之也。〔註98〕

出版眾多楊慎著作的李調元，說明《玉名詁》乃從辨明物名的文字學角度出發，初衷在闡解各種玉器之名，也一併指出該書發揮楊慎一貫博徵旁引的學術特性。這部書後來被收入《續說郛》〔註99〕中，與李呈芬《射經》、李承勛《名劍記》、陸深《古奇器錄》、鮮于樞《紙箋譜》、屠隆《箋譜銘》、徐官《古今印史》、沈仕《硯史》一起收錄，被視為古器類。宛委山堂明代刻梓本《玉名詁》採條目式羅列各種玉器：

瑗，肉倍好也璧好倍肉也。

環，肉好若一也，又曰玉空邊等也。

瓏，禱旱瑞玉刻為龍文也。

琥，發兵瑞玉刻為虎文也。

珵，楚玉也珵六寸光自照。

介紹瑗、環、瓏、琥、珵等不同玉器品類，彷彿將一個個象狀不同的玉器，置於展示檯上展覽，閱之如觀玉澤，如撫玉潤。明本《玉名詁》可作為書籍編排方式，影響閱讀感官之證。對於各種玉器，楊慎以文字描摹玉器的外形、光芒、紋路，並針對特殊的玉石，略敘玉的產地，如：「璠、璵，魯玉也；瑂，齊玉也；琳，晉玉也」，形成玉的文化地圖。論及玉器呈現的色澤，則以各種摹色筆法行文：「瓊，赤玉也；瓐，碧玉也；㻴，墨玉也；璺，玄玉也；玼，紫玉也。瑌，玉半白半赤也」，楊慎以神來之筆，用了許多描摹顏色之詞，使玉石更具視覺性。

進一步，也細緻地針對玉的質地、等級、大小、聲音加以解說：「理，玉膚也；璞，玉未理也；琢，玉始理也；玼，玉采也；璘、瑉，玉文也；玲，玉聲也；璄，玉光也；瑜，玉中美也；璪，玉加琢飾也；玓瓅，玉點也；玷，玉缺也；珙，大璧也；瑜璋，大八寸也；瑄璧，大六寸也」。敘述玉的歷史，典故：「瑄，舜所受西王母獻玉也；琰，夏桀寵女名刻於玉也；琬，周王結好

<hr>

〔註98〕 李調元：〈玉名詁序〉，《升庵著述序跋》，頁 107。

〔註99〕 〔明〕陶珽《續說郛》見《續修四庫全書》，子部・雜家類，冊 1188 至冊 1192；〔明〕陶珽《續說郛》（臺北：新興書局，1972），又日本早稻田大學圖書館收藏宛委山堂明代古本。

圭也」。整個玉文化史的書寫中，以闡釋各類玉的用途爲最大宗：

> 靈以玉事神也，瑒，祀天玉也；璹，玉器也；瑁圭，頭邪刻也；琪，
> 玉飾弁也，瑬，玉垂玉飾冕也；珩，佩玉節步也；玦，玉珮不連也，……
> 玟，火齊珠也；瑛，水晶珠也；瑫，玉在櫝也；玩，兒弄璋也；珈，
> 以玉飾笄也；瑱，以玉充耳也，……珂，以玉飾馬銜也……璧以玉
> 相贈遺也，玖黑色玉可作鏡也。〔註100〕

楊愼詳細論述各種玉石事神、祭天、禮儀、裝飾各類器物等不同用途，可以
視爲玉器正確使用手册，使文人雅士品賞、使用玉器，有古制可循，以免誤
用，貽笑大方之家。《玉名詁》可說是各類玉之名物大觀，從中可以得知玉器
在古代具有作爲祭祀、儀典等禮器，作爲日常生活品具，及各類裝飾品之用，
亦有表達信約、友好等象徵意義，可以說是富涵文化符碼之物。

　　楊愼在《玉名詁》中對玉器的論述方式，玉器成爲可觀看、可摩弄之物，
兼具視覺、觸覺、聽覺等感官的描述，亦陳述相關的歷史典故，可以說是兼
具美學、史學與實用的面向，可以作爲賞玩古器時的參考書。

　　除了鐘鼎彜彝、古幣、玉器等珍貴古器物外，文人化的生活的品味追
求重要元素爲歷史感和優雅感受，「古」、「雅」是品味追求的核心價值，楊
愼百科全書式的知識體系，即引介了森羅萬象的古人生活用物和古雅的生
活方式：

> 韓文公〈湘簟詩〉「蘄州笛竹天下知，一府傳看黃琉璃，卷送八尺含
> 風漪」。劉禹錫詩「簟冷秋生薤葉中」，薤葉秋生，琉璃夜滑。（〈琉
> 璃簟〉）〔註101〕
>
> 宋武帝節儉過人，張妃房帳碧綃蚊幬，三齊菇席五盞盤，桃花米飯。
> 祖思所引二君事，皆本史所不載者。（〈菇席〉）〔註102〕
>
> 煌煌丹燭，焰焰飛光。取則龍景，擬象扶桑。照彼玄夜，炳若朝陽。
> （〈傅玄燭銘〉）〔註103〕

〔註100〕以相關原文，引自楊愼：〈玉名詁〉，收於《升庵外集》，册2，卷20，頁583
　　　　～586。

〔註101〕另，〈流黃簟〉：「會稽竹簟供御，號爲『流黃簟』，唐詩『珍簟冷流黃』」均見
　　　　《升庵外集》，册1，卷15，頁475。

〔註102〕《升庵外集》，册1，卷15，頁475。

〔註103〕另，〈金蓮炬〉：「蘇子瞻「金蓮炬」唐令狐綯已有之。」，均見《升庵外集》，
　　　　册1，卷15，頁475。

這幾則筆記寫到「琉璃簟」、「莊席」、「傅玄燭銘」等坐、臥、照明之具，皆爲居室用品，楊慎擇選品名優雅之屬，除了探究名物來源、介紹物性，亦加上古典詩詞描繪物品的視覺感和觸感，使器物成爲文學性詩意之物，兼具感官和人文精神之美。這樣的詮解方式，成爲楊慎書寫器物的習慣。文學作品是文人情思的積累，往往由精鍊優美的文字綴組而成，將器物涵聚在古典詩詞中，使物質之物與文學產生微妙的交互指涉，被書寫的物蒙上詩意的色彩，賦予物象人文化的意義，創造一種新的美感。而賞析詩詞歌賦作品，亦是文人雅士獨有的能力，這種器物與文學聯結的書寫方式，也有區隔俗眾的意味。有時楊慎也分享自己的器物使用心得，「《西京雜記》「天子玉几冬則加綈錦，以象牙爲火籠」，慎常有。〈冬日宮詞〉云：『障風貂尾扇熅火』。」〔註 104〕介紹冬日禦寒用的「象床火籠」，論及源流後，楊慎表示自己也經常以此法禦寒，名人（楊慎）的話印證物品的實用性，取徑於古代文人典範，增加物的古典感受，也增加器物的魅力，使起居生活充滿古典的詩意。

二、文房器物

　　書畫法帖的鑑賞和臨摹書寫是文人生活的重要實踐，文房器物與文人生活密不可分，在楊慎的考據學體系中，可以看出他對文房器物的講究。對於文人日常不可或缺的書寫用紙，他介紹爲數甚多的各地名紙：

　　韓浦詩曰：「十樣蠻牋出益州」《成都古今記》載其目曰深紅、曰粉紅、曰杏紅、曰明黃……曰銅綠、曰淺雲，凡十樣。又有松花、金沙、流沙、彩霞、金粉、桃花、冷金之別，即其異名。又《蜀志》載王衍以霞光牋五百幅賜金堂令張蠙，霞光即深紅牋也，又有百韻牋，以其幅長可寫百韻詩爲名，其次學士牋，則短於百韻焉。〔註 105〕

　　敲水紙，剡所出也，張伯玉〈蓬萊閣詩〉「敲水呈好手，織素競交鸞」，注：越俗競誇敲水紙，剡水清潔，山又多藤楮，以敲水時製之佳，蓋冬水也。〔註 106〕

　　廣安州紙名雪藤，玉板之類也，何志熙詩：「雪藤尤異產，應不屬花

〔註 104〕《升庵外集》，冊 1，卷 17，頁 476。

〔註 105〕〈十樣蠻牋〉，《升庵外集》，冊 2，卷 19，頁 563。

〔註 106〕〈敲水紙〉，《升庵外集》，冊 2，卷 19，頁 564。

牋。」〔註107〕

楊慎詳細介紹產於益州的十樣蠻牋、剡州的敲水紙、廣安州的雪藤，細緻地書寫各樣紙的成色、原料、材質、最佳用途，史籍文獻上的相關記載，以及其優質之故。對於一些特殊材質的紙也加以特寫：

> 蜜香紙，以蜜香樹皮葉作之，微褐色有紋如魚子，極香而堅韌，水漬之不潰爛。晉太康五年大秦國獻三萬幅，帝以萬幅賜杜預，令寫《春秋釋例》，疑今之蜜蒙花也，其皮可作紙。〔註108〕

> 郭知玄朱箋〈集韻序〉：「銀鉤創閱，晉豕成羣；盪櫛行披，魯魚盈貫。」盪如《周禮》蕩節之蕩，謂竹也。櫛與札同，相比如櫛也。《釋名》曰：「札，櫛也，編次如櫛之密也。」其用事頗僻，故詳著之。

> 可知蕩札，今之玉版牋。〔註109〕

這幾則筆記記載會散發香氣，具有嗅覺感官之美的「蜜香紙」，質香而堅韌，十分特殊，因杜預撰寫《春秋釋例》之文壇盛事而響美名。「盪櫛」——文之「玉版牋」則以竹製成，以古典文獻寫其編次如櫛的美質；蠲紙自古即有，其質光瑩細滑，即今「衍波牋」。這些書寫紙品的筆記，皆細究其典故、樣貌、用途、今昔之名。

自古以來，各類紙的用途不同，追求生活美感的文人往往細究以示品味，針對時人對於紙文化的不甚了解，楊慎曾有所感，「古彈文白紙爲重，黃紙爲輕，故云：臣用白簡以聞，今御史白簡即其事，問之亦不知也」〔註110〕，因此，他從古典文獻中擇要詮解一些關於紙的正確用法和知識，作爲文人撰寫書畫的指南：

> 古樂府詩「尺素如殘雪，結成雙鯉魚，要知心裏事，看取腹中書」。

> 據此詩：古人尺素結爲鯉魚形，即緘也，非如今人用蠟。《文選》「客從遠方來，遺我雙鯉魚」，即此事也。下云「烹魚得書」亦譬況之言

〔註107〕〈雪藤〉，《升庵外集》，冊2，卷19，頁565。

〔註108〕〈蜜蒙花紙〉，《升庵外集》，冊2，卷19，頁564。

〔註109〕〈盪櫛〉，《升庵外集》，冊2，卷19，頁558。另〈蠲紙〉「古有蠲紙，以漿粉之屬使之瑩滑，蠲之爲言潔也，……《周禮》『宮人，除其不蠲』，蠲紙之名義取此。劉績《霏雪錄》謂蠲紙起於五代，民間有因親疾刲股，親喪廬墓，規免州縣賦役，歲給蠲符，以蠲免之號爲蠲紙，非也。《文房譜》有衍波牋，文似波也，即此紙。」見《升庵外集》，冊2，卷19，頁564。

〔註110〕〈白簡〉，《升庵外集》，冊2，卷17，頁523。

> 耳，非眞烹也，五臣及劉履謂古人多於魚腹寄書，引陳涉罝魚倡禍
> 事證之，何異癡人說夢耶。(〈雙鯉〉)〔註111〕
>
> 《釋名》曰：「畫姓名於奏上曰畫刺。作再拜起居字，皆逸其體，使
> 書盡邊，徐引筆書之如畫也。」下官刺，長書中一行而已。」觀此
> 可考古人刺之制。(〈畫刺〉)〔註112〕
>
> 華牘、芳訊、良書、寶札、瓊音、瑤緘、慶削、蘭訊，宋人四六多
> 用之。(〈華牘〉)〔註113〕

以古典文獻爲材料，楊慎詮解書信、名片、四六駢文的相關知識，探原書信
物件的歷史，儼然是一中國書信物質文化小史，帶有強烈的實用效應，這些
都豐富文人關於紙文明與運用的相關素養，以便更正確、優雅地用紙、論紙，
營造文人化的書寫品味。楊慎帶領讀者作了一次古雅的紙之旅，把書寫的紙，
視爲可觀可賞之物，帶入古典質素，營造古典情懷的美感體驗。

　　對於其他相關的文房器物亦是以大量筆記，建構其知識體系，中晚明文
人以崇尚古雅之物，以追求古人典範爲建構文人生活品味的時尚追求，因此，
古典名器爲不可缺之必備知識，有典故、歷史悠久、材質精美的手作器物，
成爲時尚名牌追尋。即使無法親見親用，也要具備這些古雅器物知識，作爲
文人社群談話的資糧，以作爲隸屬文人文化的標誌。在這種意義下，熟稔古
器物學，亦是一種標誌高尚品味的文化符碼，楊慎介紹古器奇物、鍾鼎卣彝、
窯玉古玩、文房器物的邏輯每每據此。因此，就有名硯大觀展列：

> 范石湖云：「龍尾刷絲，秀潤玉質，天下硯石第一」，今其穴塞已數
> 十年，大木生之，不復可取，近以端研爲貴，端石絕品，猶不能大
> 勝刷絲。(〈研〉)〔註114〕

〔註111〕又〈簡牘〉「古人與朋儕往來者，以漆板代書帖，又苦其露泄，遂作二板相合
　　　　以片紙封其際故曰『簡板』或云『赤牘』」；〈百函十札〉「《南史》劉穆之善尺
　　　　牘，自旦至日中得百函而應對不廢，光武傳十行細札。」；〈折簡〉「王凌謂司
　　　　馬懿曰：『卿直以折簡召我，我尚不至而乃引軍來乎』。漢制簡長三尺短者半
　　　　之故，小簡曰『尺牘』折簡者折軍之簡言禮輕也，又按《南史》謝朓覽孔閭
　　　　表手自折簡寫之，此折簡謂擘牋也。」見《升庵外集》，冊2，卷19，頁557、
　　　　560及561。
〔註112〕見《升庵外集》，冊2，卷19，頁559。
〔註113〕又〈蘭訊〉「謝混贈謝通遠詩曰：『通遠懷情悟，采采摽蘭訊』」見《升庵外集》，
　　　　冊2，卷19，頁559及561。
〔註114〕見《升庵外集》，冊2，卷19，頁566。

絳縣澄泥硯，縫絹袋置汾水中，踰年而設取，則泥沙之細者已入袋矣，陶以爲硯，水不涸。（〈澄泥硯〉）〔註115〕

方城硯出方城縣葛仙公巖內，石如玉，瑩如鑑光；著墨如澄泥；發墨生光，如漆如油，有艷不滲，歲久不乏，常如新成。（〈方城硯〉）〔註116〕

范成大曾稱譽的名下第一名硯「龍尾刷絲」，秀潤玉質，近日引以爲貴的端研無法與之媲美，「澄泥硯」有水久不涸之奇，「方城硯」光輝鑑人，有「歲久不乏常如新成」之妙，文房名硯經過名人（楊愼）書寫，形成穿透社會空間的力量，成爲文人擇選的「名牌」追求，硯器如此，墨器亦然：

元有朱萬初善制墨，純用松煙。蓋取三百年摧朽之餘，精英之不可泯者用之，非常松也。天曆乙巳開奎章閣，揀儒臣親侍翰墨，榮公存初、康里公子皆侍閣下，以朱萬初所製墨進，大稱旨，得祿食。藝文館虞文靖公贈之詩曰：「霜雪摧殘潤壑非，深根千歲斧斤違。寸心不逐飛煙化，還作玄雪繞紫微。」蓋紀茲事也。又跋其後曰：「近世墨以油煙易松，滋媚而不深重。萬初既以墨顯，又得真定劉法造墨法於石刻中，以爲劉之精藝深心，盡在於此，必無誤後世，因覃思而得之。余嘗謂松煙墨深重而不姿媚，油煙墨姿媚而不深重，若以松脂爲炬取煙，二者兼之矣。若宋徽宗賞以蘇合油搜煙爲墨，至金章宗購之，一兩墨價黃金一斤，欲放爲之不能，此謂之『墨妖』可也。」虞文靖又稱朱萬初之墨沈著而無留蹟，輕清而有餘潤，其品在郭圯父子間。（〈朱萬初墨〉）〔註117〕

古墨惟以松煙爲之，曹子建詩：「墨出青松烟，筆出狡兔翰」，《唐詩》「輕翰染松烟」，東坡詩「徂徠無老松，易水無良工」，小說載：「王方翼燎松丸墨富家」。《聞見錄》云：唐李超，易水人，與子廷珪亡至歙州，其地多松，因留居，以墨名家。《仇池筆記》真松煤遠烟自有龍麝氣，世之嗜者如滕達、蘇浩然、呂行甫暇日晴暖，研墨水數

〔註115〕見《升庵外集》，冊2，卷19，頁568。
〔註116〕見《升庵外集》，冊2，卷19，頁568。
〔註117〕見《升庵外集》，冊2，卷19，頁574。其它如〈玉泉墨畫眉墨〉「南中楊生製墨不用松煙，止以燈煤爲之，名玉泉墨，又金章宗宮中以張遇麝香小御團爲畫眉墨，余謂：玉泉之名與燈煤無干，只以東坡佛幌輕煙爲名，豈不奇絕。」見《升庵外集》，冊2，卷19，頁575。

合，弄筆之餘，乃啜飲之。又云：三衢蔡瑫自煙煤膠外一物不用，
特以和劑有法，甚黑而光，近世稱「徽墨」，率用桐油煙，既非古法，
墨成亦用漆爲衣始光。東坡云：光而不黑，索然無神氣，亦復安用？
殆此等耶。予得墨法於異人，祇用煙膠成，即光如漆，名之曰：一
品玄霜，殆不虛也。（〈松墨〉）〔註118〕

這幾則筆記介紹價值不斐，可稱爲「墨妖」的「朱萬初墨」；以及以松煙爲之
的古墨。楊慎在介紹墨性時，穿插許多藝壇軼事，增加閱讀的趣味，使古典
之物，染上詼諧的機趣，增添文房之物的生命力。值得注意的是，「朱萬初墨」
論及「近世墨以油煙易松，滋媚而不深重」，言及今墨材質不如古墨之慨，「松
墨」一則亦指出近世不循古法，徒以漆爲衣的「徽墨」，製作工法不確實，已
違松墨古有的品質，筆記中雖然譏諷一兩墨值黃金一斤爲「墨妖」〔註119〕，
爲不合禮法的的奢侈抑或怪異行徑，但基本上還是肯定古物價值。對於今物
已不存古物之質純精美，在商業大量生產的邏輯下，導致古物已失原來美質，
楊慎經常有所慨：

古墨法云：煙細、膠新、杵熟蒸勻、色不染手、光可射人。又曰：
虯松取烟、鹿膠相搽、九蒸回澤、萬杵力扣、光可照人、色不染手、
造墨惟膠爲難，古之妙工皆自製膠，法取新解牛革及筋全用之，牛
革取其厚處連膚及毛皆割，不用入冶成膠，即以和煙，若冷定重化，
則已非新矣，今之膠材皆牛革之棄餘，故雖號廣膠，去古膠法猶遠，
無怪乎墨品之下也。（〈古製墨法〉）〔註120〕

蜀牋自唐已名天下，予脩《蜀藝文》有〈蜀牋譜〉一篇，近觀《龍
川集》陳同甫與朱元晦書云：「川筆十枝、川墨一挺、蜀人以爲絕品」，
則蜀人之筆墨在宋以爲絕品，不知何時降爲眉州大邑之濫惡耳。（〈蜀
牋川筆川墨〉）〔註121〕

〔註118〕見《升庵外集》，冊2，卷19，頁571。
〔註119〕楊慎另有〈服妖〉一則，論失序失制的服飾現象，「晉傳咸奏議云：妹喜冠男
子之冠，桀亡天下。何晏服婦人之服亦亡其身。內外不殊，王制失序此服妖
也。又按史謝尚好著刺文袴，周弘正少日錦髻紅裩，蓋東晉南朝之人病，不
特服妖而已，王儉作解散髻斜插簪亦服妖。」見《升庵集》，卷69，頁679。
所以「妖」字在楊慎論述體系中，意謂過度誇張、失序的社會文化現象。
〔註120〕《升庵外集》，冊2，卷19，頁571。
〔註121〕《升庵外集》，冊2，卷19，頁568。

第一則筆記言古墨以虬松取烟、鹿膠相揉、全牛革精製而成，故成「光可照人、色不染手」之古墨，秘訣便在墨膠用料嚴謹。今之製墨爲求便利，去古膠法，故雖今之第一「徽墨」，其品質亦遠不如古墨。第二則筆記則追懷「蜀牋川筆川墨」在宋時爲絕品，今則因不肖商人之粗製濫造，品質已大不如前，而興感慨。由此可知，中晚明文人對器物的貴古賤今，一方面因爲古物烙有時間印記的古典情懷和氛圍，自有其歷史象徵意義，一方面亦是因爲隨著當時商業發達，許多手工業製造技術逐漸成熟，日常用物漸漸被大量製作，品質日趨下降，精緻器物越益不可復得，古董、古器物的價值便越益提高，文人圈崇古貴雅的時尚追求的價值就越益凝聚，而這種古雅的價值追尋，不但是精神的，確有其品質效益考量。

　　針對珍貴古雅的文房器物，楊愼以古籍爲證，提供今人實用的正確使用法則：〈藏墨訣〉言保存文房器物之法，需「泉清，硯須潔、避暑、懸葛囊、臨風、度梅月」〔註122〕，好的器物得之不易，仔細收藏，才能延長物用物命。〈研形〉一則以古畫《晉賢圖》爲證，論筆硯相生相輔，借筆助硯，互增其用，「古硯心凹，所謂硯瓦至水即圓，古書筆圓有助於器也，今世傳古畫晉賢圖，猶存其制。」〔註123〕楊愼也藉《筆經》談論古法製筆之妙，兼論擇筆正確之法：

> 劉向《説苑》王滿生説：周公籍筆牘書之，則周公時已有筆矣。韋誕《筆經》曰：「製筆之法，桀者居前，毳者居後，強者爲刃，懷者爲輔，參之以榮，束之以管，固以漆液，澤以海藻，濡墨而試，直中繩、勾中勾、方員中規矩，終日握而不敗，故曰『筆妙』」。又柳公權一帖云：「近蒙寄筆，深慰遠情，但出鋒太短，傷於勁硬，所要優柔，出鋒須長，擇毫須細，管不在大，副切須齊，副齊則波掣有憑，管小則運動省力，毛細則點畫無失，鋒長則洪潤自由，此帖論筆之妙頗盡，故稡書之。」〔註124〕

《筆經》揭示古製筆精確不苟的態度，本身就是一則擇筆之要的記載，又據柳公權一帖加強論述，由筆毛、鋒、毫精要說明，按圖索驥，必能擇一妙筆，除了文學鑑賞外，也有其實用性。

〔註122〕《升庵外集》，冊2，卷19，頁567。
〔註123〕《升庵外集》，冊2，卷19，頁567。
〔註124〕《升庵外集》，冊2，卷19，頁569。

統合筆墨紙硯文房器物的選擇，又將各種器物的優質組合以口訣統合之，「古人論墨之佳曰：『輕堅黝黑，入硯無聲。』又曰：『其堅如玉，其文如犀。』又曰：『續彩奮發。』論硯之佳曰：『秀潤玉質。』論筆曰：『長而不勁，不如勿長；勁而弗圓，不如不勁。』皆至理也，善書者知之。」〔註125〕這則文房器物精擇口訣，以精鍊的文字，形成微妙的機趣，而簡短的口訣，有便於記憶的功效，可以作爲擇購物品的參考，以及文人圈分享心得對話之用。而選擇不同的器物，亦可造成書畫法帖不同的品級，「南唐《昇元帖》以匱紙摹拓，李廷珪墨拂之，爲絕品。匱紙者，打金箔紙也。其次即用澄心堂紙，蟬翅拂，爲第二品。濃墨本，爲第三品也。」〔註126〕一樣的法帖，以不同的紙墨書寫，就會造成品第高下之別，由此強調選擇文房器物重要性。

由此可見，營造文人生活美學，鑑賞器物、辨別眞贗的知識爲其必備。進一步來說，如何選擇、保存、收藏、正確使用的相關知識、能力亦屬必要，如此才能古雅而有品味地落實有質感的文人化生活。

第四節　書畫藝術鑑賞指南

書畫藝術鑑賞和實踐是文人生活和社交活動重要的一環，品第法帖繪畫作品、辨識眞贗、判讀名家手筆、詮解歸納流派等品賞能力，成爲文人必備的知識之一，書畫藝術鑑賞和操作的相關知識體系，亦成爲建構文人生活品味的文化符碼。

一、《墨池瑣錄》、《書品》、《法帖神品目》

《墨池瑣錄》、《書品》是楊慎有關書道法帖的兩部筆記撰著，內容包括鑑賞、名家名作介紹和實際運筆技巧等層面。楊慎本身精於書法，王世貞〈名賢遺墨跋〉曰：「新都楊公，慎以博學名世，而書亦自負吳興堂廡」，朱謀垔《續書史會要》（1631 作）言「國朝稱博學第一人，所著書百餘種，尤精書學，有《墨池瑣錄》行於世，書法趙魏公」〔註127〕，《四庫全書總目提要》亦云「『世傳其謫戍雲南時，常醉傅胡粉，作雙髻插花，諸伎擁之遊行城市。或以精白

〔註125〕見《墨池瑣錄》，《楊升庵叢書》，第 2 冊，頁 809。以下只標《墨池瑣錄》頁數，不再另注出處。
〔註126〕見《墨池瑣錄》，頁 812。
〔註127〕見馮昌敏〈墨池瑣錄‧後記〉，《墨池瑣錄》，頁 826。

綾作裓，遣諸伎服之。酒間乞書，醉墨淋漓，人每購歸，裝潢成卷。』蓋愼亦究心書學者。」〔註128〕可見楊愼精於書法，甚至遠謫滇南，此一文人技藝成了傳播中原文化和自我聲譽利器。

《墨池瑣錄》乃書學專著，李贄云該書：「中間或采舊文，或抒己意，往往皆心得之言」〔註129〕，最初刻梓者爲同樣遷謫到滇南的許勉仁，其爲序曰：「今年秋，余謫判是邦，過從請益，謂余曰：茲編一統群穢，千載之正始存焉。予惟先生，蚤歲靈慧，憂患以來，敷文析理，雄篇雅什，布滿滇雲，此則游藝之一也。爰刻置郡齋，傳之海宇，期與好古者共覽焉。」〔註130〕言及楊愼撰書初衷，論及該書屬性爲游藝之書，以及楊愼著作在雲南傳播廣布的「暢銷」情形。

《書品》乃楊愼書法品評著述，中間多采舊說，間有考證，亦有諸多楊愼自己的書學心得。全書共四十三條，逐條俱有標目。楊愼在《書品》前有一篇自序，旨在譏當時高談欺世者：

> 書有以品名者，鍾嶸《詩品》、庾肩吾《書品》是也。二子皆梁人，其稱名也同，其遣辭也類，時代則然，非相假戲也。《詩品》以三品品詩，《書品》以九品品書，何區別之精，而用志之勤乎！或言書與詩均藝，而書又非詩比，謬矣！古者君子之於物也，無所苟而已矣，

〔註128〕見〈四庫全書總目提要〉，收於《墨池瑣錄》，《楊升庵叢書》，第 2 冊，附錄，頁 825。

〔註129〕李贄《續藏書·修撰楊公》，收於《李贄全集注》（北京：社會科學文獻出版社，2010），冊 11，卷 26，頁 258。

〔註130〕參見許勉仁〈刻墨池瑣錄引〉，收於《墨池瑣記》，《楊升庵叢書》第 2 冊，附錄，頁 822。亦可參看張含：〈墨池瑣錄後序〉：「《周官》保氏六書，後世區分四種：一曰篆籀部居，則景伯叔重溯其源；二曰音韻正變，財休文、才老發其隱；三曰訓詁名物，則安國、景純專其門；四曰點染臨摹，則元常、逸少善其事。古學豆分而瓜剖，後進童習而白紛，有能兼之者，吾見楊子矣。《蒼》、《雅》、《林》、《統》之緒，鐘鼎鼓碣之遺，聲韻注協之秘，勒趯知註之奇，昕夕心到，日月手編。其所論著，盈方余言，訂往籍之是非，解書流之盤錯，富哉言乎，益者多矣。此《墨池瑣錄》二卷，又其遊戲論說之餘。上稽鴻荒聖文，有龍圖鳳羽之字，中考峋嶁神跡，箋螺書龜畫之碑。玄白藏心，則兩楊雄雕虫之藻；篆草勢合，則參崔瑗《飛龍》之篇。俾彼趨風景行者，懸帳而幃屏，悤爾披霧臨池者，棲毫而輟札。尚友往哲，接席面談，貽矩英髦，登壇手援。匪爲談注，實場妙筌。校文惠青絲繪簡，固有由象罔而得玄珠；傳淳化銀錠榫痕，將無把糟粕而注清酤者乎！」，該序整理了歷代書論之書的類型，以及《墨池瑣記》的內容大要，其中點出該書「遊戲論說」的性質。

曲工小技，固不致其極焉。故曰傳兵論劍，與道同符。今人不及古
人，而高談欺世，乃曰吾道在心，六經猶贅也。以此號於人曰，作
字欲好，即為放心。趨簡安陋者，靡然從之。是蒼籀上世，道已喪
矣。不曰道器形神也，離道語器，棄形而存神也。故曰齊匠之斷輪，
綿駒之撇籥，先王之道，有在于是，矧夫進於六藝流乎！君子宜無
苟也，苟於物將苟於道。吾所為感其感，云其云也。嗚呼，又焉得
真知其解者，而竟吾云乎？〔註131〕

序文肯定了書藝與詩藝同等重要，將書畫藝術提升到文學經典殿堂，亦論及
書畫知識的重要性，認為書畫藝術亦須先有識見積累而後術藝才能精進，批
評當時只求放心作字和趨簡安陋者，亦即只求書畫技術，而罔顧書畫知識的
涵育培養者。此篇序文可以觀察書畫藝術知識場域在中晚明的變化，雖然書
畫藝術自古以來即被視為遊藝之學，然隨著文人文化的發展，相關旁涉的知
識體系也日趨受到重視，書畫品賞風氣帶動相關論述、著作出現，楊慎相關
藝術門的考據著述，亦可視為晚明繁盛的閒賞藝術書籍的先驅創作。

　　作為書法藝術的品評之書，《書品》介紹許多名家及其名作，如：黃山谷、
東坡、張芝、懷素等名家；《述書賦》、《筆陣圖》、《蕭字贊》、《刁斗銘》、《寶
月古法帖》等名作，豐富讀者的書法基本知識。為了讓讀者能一目了然，盡
窺中國書法史上名家，《墨池瑣錄》收錄金張天錫的《草書韻會》，「金張天錫
君用號錦溪，嘗集古名家草書一帖，名曰《草書韻會》其所取歷代諸家：漢
則章帝、史游、張芝……宋則錢俶、蘇舜元、蘇舜欽、蘇軾、黃庭堅、米芾、
杜衍、蔡襄。」〔註132〕《草書韻會》為一著名法帖，不但是一書法藝品，亦
是一篇草書文化史，帖文記載了從漢至金代的草書名家，意在建立草書譜系，
有草書簡史意味。羅列名物、人物為楊慎考據筆記書寫特色之一，層次井然
的排列，產生櫥窗展示效應，相關知識被快速瀏覽、查閱，擇取更為便捷。《草
書韻會》後錄了趙秉文的序文：「草書尚矣。由漢而下，崔張精其能；魏晉以
來，鍾王擅其美；自茲以降，代不乏人。夫其徘徊閑雅之容，飛走流注之勢，
驚竦峭拔之氣，卓犖跌宕之志，矯若游龍，疾若驚蛇，似邪而復直，欲斷而
還連。千態萬狀，不可端倪，亦閑中之一樂也。初明昌間，翰林學士承旨党
文獻公始集數千條，修撰黃華王公又附益之。兵火散落，不可復見。今河中

〔註131〕楊慎：〈書品序〉，收於《升庵文集》，《楊升庵叢書》，第 2 冊，卷 2，頁 830。
〔註132〕《墨池瑣錄》，頁 809。

大慶關機察張公君用類以成韻，捃摭殆盡，用意勤矣。將板行以與士大夫共之。竊以謂通經，學道本也。書一藝耳。然非高人勝士、胸中度世有數百卷書，筆下無一點塵，不能造微入妙。」〔註133〕說明草書的流變、筆體特色，也強調通經、學道兼重，可說與楊愼知識涵養與技藝並兼，才能造微入妙的藝術之道呼應，這也是中晚明文人技藝觀重視學養的主要論點，以及藝匠和藝術家的分野所在。

　　這一則筆記最後，楊愼交代《草書韻會》的流傳情形：「余猶及見金人板刻，其精妙神彩不減法帖。至元末，好事者又添鮮于樞字，改名《草書集韻》，刻已不精。洪武中蜀邸又翻刻，并趙公序及諸名姓皆去之，刻又粗惡，可重惜也。前輩作事多周詳，後輩作事多闕略，信然」，楊愼對於古板刻印精緻不減原作十分嚮往，對於元末明初以來刊梓者任意增刪的無識，書坊爲求牟利大量生產，對於刻工粗惡、品質莠劣的出版商品化，深感痛惜。在出版業發達的文化生態，古典文物書籍輕易被複製，而在商業邏輯下，複製之物品質愈趨低劣，這種感慨與班雅明（Walter Benjamin）古典靈光（aura）的消逝之慨相類〔註134〕。可視爲當時書畫圖典傳播出版實況寫照，強調古版優於今版，明代崇古好古的時尚趨向，或可視爲是對古典靈光的致敬。延續這種對於古物古帖的追懷，除了名家的記載，附於《書品》後的《法帖神品目》〔註135〕，依朝代列古篆刻及雜碑，並諸家法帖，每目注書者與碑之所在，標名「神目」向古典致敬的意味深長，茲羅舉數則以略窺：

　　石虹山堯碑（在餘干縣，凡八十三字）、盧山洞中禹刻（在盧山上霄峰）、之罘山刻石（可辨者十九字，在登州），周公禮殿石楹記（初

〔註133〕《墨池瑣錄》，頁810。

〔註134〕班雅明（Walter Benjamin）：「揭開事物的面紗，破壞其中的『靈光』，這就是新時代感受的特點，這種感受性具有如此『世物皆同的感覺』，甚至也能經由複製品來把握獨一存在的事物了」見氏著：〈機械複製時代的藝術品〉，收入班雅明著，許綺玲譯：《迎向靈光消逝的年代》（臺北：台灣攝影工作室，1998），頁66。

〔註135〕李調元將《法帖神品目》獨立成書收錄入『函海』叢書中，李調元〈法帖神品目序〉「李嗣眞論右軍書《太史箴》、《樂毅論》，其體正直，有忠臣烈士之象。《告誓文》、《曹娥碑》，其容憔悴，有孝子順孫之象。《逍遙篇》、《孤雁賦》，有抱素扶俗之象。皆見義以成字，非一得以獨妍，所謂品也。夫以一紙一筆之用，而隨時變易，雖作者不自知其所以然，得不謂之神品乎？退之嘗目右軍爲俗書，右軍且然，況在秦漢以上者哉！先生之作爲此者，以見夫人詣力所至，不可強爲，並非徒神奇其說，以炫人也」見《升庵著述序跋》，頁97。

平五年鍾會書，在成都府）、李陵題字（在哈密馬宗山望鄉嶺石龕
上），周公禮殿記（蔡邕書，在成都）、紫極宮記（賈島書，在普州）、
追魂碑（在處州府，李邕書，在松陽永寧觀。葉法善求李邕書不得，
葉追其魂書之）、官奴產後帖（多渴筆）、發瘧帖（絕妙）、破羌帖（一
名〈王略帖〉，以帖草法極工）、謝安八月五日帖（米芾曰：在〈慰
問帖〉之上）、唐詩人餞鍾輅卷（慎得之雲南，後為盜所竊）。〔註 136〕

對於法帖篆碑，楊慎撰寫相關典故、書者、地點、評語、品第、字體形構等
資料，一方面可作為法帖知識建構。另一方面也可作為觀覽碑蹟的文化之旅
指南，循著實用指南的脈絡，楊慎也交代許多珍貴法帖當今流向：

宋世集帖，傳於今者絕少。〈大觀帖〉蔡京所摸，予及見之。〈雪溪堂〉
王庭筠所刻。〈寶晉齋〉曹日新所刻。〈澂堂帖〉賀知章所臨，皆絕妙。
〈秘閣續帖〉於王宜學處見之。又聞其家有鍾山草堂刻《梁人書》，
奇勁，未之目也。皇象〈天璽石刻〉雄偉冠世，尚有之。〔註 137〕

李北海書〈雲麾將軍碑〉為第一。其融液屈衍，紆徐妍溢，一法〈蘭
亭〉。但放筆差增其豪，豐體使益其媚，如盧詢下朝，風度閒雅。縈
彎回策，儘有蘊藉。三郎顧之，不覺歎美。〈雲麾碑〉刻在長安良鄉
縣，有拓本，遠不如也。今長安碑已亡，惜哉！〔註 138〕

這些字畫藝品現況報導，可以作為文人賞閱、購買、收藏的搜尋參考，中晚
明收藏古玩書畫的風氣很盛，古董文物的動向，成為文人必備的知識。《墨池
瑣錄》、《書品》兩部書中楊慎針對一些書法名家加以特寫：

唐李嗣真論「右軍書不同，往往不變格，難儔其書。〈樂毅論〉、〈太
史箴〉，其體正直，有忠臣烈士之象。〈告誓文〉、〈曹娥碑〉，其容憔
悴，有孝子順孫之象。〈逍遙篇〉、〈孤雁賦〉有抱素拔俗之象。皆見
義以成字，非得以獨妍也。」嗣真所舉諸字之目，蓋皆右軍得意之筆，

〔註 136〕《法帖神品目》，收於《書品》，《楊升庵叢書》，第 2 冊，附錄，頁 856～865。
〔註 137〕《墨池瑣錄》，頁 808。
〔註 138〕《墨池瑣錄》，頁 813。其它如論及書論重要作品亦然，「袁昂《書評》一卷，
余在京邸有之。四六極工，今散失無存。其警句如：『上谷之翩，未賭鴻蹤。
雲裏之鵝，空傳贗本。』上句，王次仲變為大鳥，入大翮山事。下句，王右
軍籠鵝事。雲裏，山陰道士所居村名。四六必如此切對，方為工妙。又云：『中
郎運帚之妙，爽爽入神；師宜懸帳之奇，翩翩自逝。』」，見《墨池瑣錄》，頁
833。

然傳於石刻亦鮮矣。〈太史箴〉，《書譜》尚有其目，〈逍遙篇〉、〈孤雁
賦〉並其目亦不知，則右軍之書，蓋泰山一毫，芒存於世爾。〔註139〕
王羲之為書法大家，其相關文化知識為書法學的基礎學養，不可不知。楊慎
撰述名家通常舉證其最著名的作品，闡釋其書法風格、藝術特點，並進一步
交代名作現今保存狀態。亦有以歷代集評方式呈現：

> 徐浩眞書多渴筆，懷素草書多枯澀，在書法以為妙品。戴幼公〈贈
> 懷素〉詩云：「忽為壯麗就枯澀，龍蛇盤騰獸屹立。」魯牧〈懷素草
> 書歌〉：「連拂數行勢不絕，藤懸槎蹙生奇節。」竇泉亦云：「殊形詭
> 狀不易說，中含枯燥尤驚絕。」任華云：「時復枯燥何禍徙，忽覺陰
> 山突兀橫翠微。蓋深知懷素之三昧者。」〔註140〕

此則針對懷素草書枯澀之筆的特色，結集相關評論，使讀者對此一「渴筆」、
「枯澀」特殊筆法有通盤瞭解。單一作家、作品、筆勢筆法的專輯，可作為
查閱、建構專門知識的參考書。

楊慎擇／論書法藝術的論述經常充滿機趣的語言，書畫法帖雖有悠久的
歷史脈絡，然至中晚明成為文人閒賞生活的一個重要面向，楊慎以語言之趣，
營造一種文人式的文化趣味，使介紹藝術品的話語（discourse），本身就是一
種可供欣賞的藝術品。《墨池瑣錄》經常出現以譬喻性的話語，如以生理性的
身體部件來比況書法線條、行文、筆力：

> 山谷云：「心能轉腕，手能轉筆，書字便如人意」。又曰：「大字難於
> 結密而無間，小字難於寬綽而有餘。」又曰：「肥字須要有骨，瘦字
> 須要有肉。」皆三昧也。米元章云：「字要骨格，肉須裹筋，筋須藏
> 肉。」〔註141〕

> 徐浩云：「虞得王之筋，褚得王之肉，歐得王之骨。夫鷹隼乏彩而翰
> 飛戾天，骨勁而氣健也；翚翟備色而翱翔百步，肉豐而力沈也。若
> 藻曜而高翔，書之鳳凰矣。歐虞為鷹隼，褚薛為翚翟。」書之鳳凰，
> 非右軍而誰（頁805）

〔註139〕《書品》，《楊升庵叢書》，第2冊，頁832。

〔註140〕《書品》，頁846。

〔註141〕《墨池瑣錄》，《楊升庵叢書》，第2冊，頁802。又「『張旭妙於肥，藏眞妙
　　　　於瘦。』然以予論之，瘦易而肥難。……《詩》云：『碩人其頎。』《左傳》
　　　　云：『美而艷。』艷，長大也。《漢書》載昭君豐容靓飾，《唐史》載楊妃肌體
　　　　豐艷。東坡詩：『書生老眼省見稀，畫圖但見周昉肥。』知此可以論字矣。」
　　　　（《墨池瑣錄》，頁805）。以下有關《墨池瑣錄》只標頁數，不再另贅出處。

> 張懷瓘云：「古文、篆、籀，書之祖也，都無節角，蓋欲方而有規，
> 圓不失矩。如人露筋骨是乃病也。夫良工理材，斤斧無跡，今童蒙
> 書有稜角，豈無謂哉？稜角者書之弊薄也，脂肉者書之滓穢也。嬰
> 斯病弊，須訪良醫。」（頁 807）

這些都以肉、筋、骨、肥、瘦、脂、頤等身體相關元素來比況各書法名家的
筆力、筆勢、線條，論述生動、幽默，使人觀書如觀形，成爲一種有趣的閱
讀遊戲。亦可將這些評論用語，移作品賞書畫的語言寶庫，將書品鑑賞成爲
一種悠閒而機趣橫生的品賞活動。另一組常用的譬喻系統則是美色，《墨池瑣
錄》嘗錄「楊子雲曰：『女有色，書亦有色』」，顯然書法之美與女色之豔有異
曲同工之妙，楊慎收錄這樣的譬況論述爲數眾多：

> 東坡云：「李西臺字，出羣拔萃。肥而不剩肉，如世間美女，豐肌而
> 神氣清秀者也。」不然，則是世說所謂肉鴨而已。其後林和靖學之，
> 「清勁處尤妙」此蓋類其爲人。東坡詩所謂「詩如東野不言寒，書
> 似西臺差少肉」，可與和靖傳神矣（頁 805）。

> 李嗣眞云：「〈黃庭經〉象飛天仙人，〈洛神賦〉象凌波神女。」（頁
> 806）

> 方遜志云：「杜子美論書則貴瘦硬，論畫馬則鄙多肉。此自其天資所
> 好耳，非通論也。」大抵字之肥瘦各有宜，未必瘦者皆好，而肥者
> 便非也。譬之美人然。東坡云：「妍媸肥瘦各有態，玉環飛燕誰敢輕。」
> 又曰：「書生老眼省見稀，圖畫但怪周昉肥。」此言非特爲女色評，
> 持以論書畫可也。予嘗與陸子淵論字，子淵云：字譬如美女，清妙
> 清妙，不清則不妙。予戲答曰：豐豔豐豔，不豐則不豔。子淵首肯
> 者再。〔註142〕

觀看技藝精湛的法帖藝品，如同觀看美人，以女色的妍媸肥瘦比況書畫藝
術，美人與書法；情色與藝術品賞成爲奇異的連結，此一編選視域，反應了
與中晚明視覺文化（visual culture）流行，意在營造一種感官觀看美學／慾
望和觀看的權力。將女色物質化，迎合男性讀者的觀看（或透露男性書寫者
的寫作視角），都是創造閱讀魅力，吸引議題參與的策略。再者，柯律格（Craig
Clunas）亦指出「在明代，女性顯然是觀賞和注視的對象，與其他形式的男

〔註142〕〈字畫肥瘦〉，《書品》，頁 838。

性文人的消費品放在一起被品評優劣」〔註143〕，《珊瑚網畫錄》即記載湯垕（活躍於 1320 年至 1330 年前後）有關以美女關況的畫論：「看畫如看美人。其風骨有肌體之處者」〔註144〕，其後文震亨在《長物志》中亦言「看書畫如對美人，不可豪涉粗浮之氣」〔註145〕，可見美色／人與書畫藝術聯結的話語，在明中葉以後可說是日益增衍。楊慎的書畫藝術論著也收錄許多前人或自創的書訣：

> 董內直〈書訣〉曰：「無垂不縮，無往不收。如懸針，如折釵，如壁坼，如屋漏，如印印泥，如錐畫沙。左邊短必與上齊，右邊短必與下齊。左欲去吻，右欲去肩。指欲實，掌欲虛。」（頁 801）

> 行行要有活法，字字要求生動。小心布置，大膽落筆（頁 802）。

> 古文如春，籀如夏，篆如秋，隸如冬，八分行草，歲之餘閏也（頁 803）。

> 「篆尚婉而通，隸欲精而密，草貴流而暢，眞務檢而便。」此四訣者，可謂鯨吞海水，盡露出珊瑚枝矣（頁 807）。

口訣語言通常簡鍊、流暢、內容意義邏輯性強，本身就是一種句子的藝術，口訣亦有易於記憶、傳播的功能，而傳播的流暢、迅速正是建構書藝流行的重要元素。

楊慎撰著中經常有當代時事的呈現，《墨池瑣錄》經常有時人關於書學藝術的言論或楊慎與時人的對話記載：

> 黃山谷云：「近時士夫罕得古法，但弄筆左右纏繞，遂號爲草書。」蓋前世已如此，今日尤甚。張東海名曰能草書，每草書鑒字以意自撰，左右纏繞如鎮宅符篆。文徵明嘗笑之云：「《草書集韻》尚未經目，何得爲名書耶！」（頁 800）

> 孫虔禮云：「書字有五乖五合。神怡務閒一合也，感物狗知二合也，時和氣潤三合也，紙墨相發四合也，偶然欲書五合也。心遽體留一乖也，意違勢屈二乖也，風燥日炎三乖也，紙墨不稱四乖也，情怠手闌五乖也。乖合之際，優劣互差。」予嘗以其言舉似文徵仲，曰：

〔註143〕參見〔英〕柯律格著，黃曉鵑譯：《明代的圖像與視覺性》（北京：北京大學出版社，2011），頁 132。
〔註144〕汪珂玉《汪氏珊瑚網畫記》，頁 139。
〔註145〕文震亨：〈長物志序〉，《長物志》（杭州：浙江人民美術，2011），頁 2。

「古人多以酒生思，而此乃遺之。」徵仲笑曰：「予不能飲，此言似
爲予設。」（頁803）〔註146〕

這些筆記輯錄時人機趣之語，增添書論的趣味性，在出版發達的時代，當代
時事的傳播成爲可能，這些文藝場域上的「新聞」，一方面能吸引讀者的閱讀
興趣，一方面也是一種另類的人際傳播。除了當今人物的話語記錄，有時也
針對藝壇亂象抒發一己之看法：

姜確從侯君集平高昌，出伊州近柳谷，其處有班超〈紀功碑〉。卻確
磨去古文，更刻新頌。余謂確損人利己，可謂不恕；滅古誇今，可
謂不仁；貪功詼人，可謂無恥。而史非誇之也，蓋罪之也。近日有
人磨去山谷詩，刻其惡作。時有滑稽者題其傍曰，不料黃山谷，變
成張打油。〔註147〕

〈草書百韻歌〉乃宋人編成，以示初學者，託名於義之。近有一庸
中書，取以刻石，而一鉅公序之，信以爲然。有自京師來滇，持以
問余曰：此義之〈百韻〉也？余戲之曰，字莫高于義之，得義之自
作〈草書百韻歌〉奇矣。又如詩莫高于杜子美，子美有《詩學大成》。
經書出於孔子，孔子有《四書活套》。若求得二書，與此爲三絕矣。
其人愕然曰：孔子豈有《四書活套》乎！余曰，孔子既無《四書活
套》，義之豈有〈草書百韻〉乎！其人始悟，信乎僞物易售，信貨難
市也（頁834）。

第一則筆記譴責時人破壞古碑，磨去古文更刻新頌的行爲，認爲是無恥之舉
「不恕」、「不仁」，對於時人磨去山谷詩，自刻己作的沽名釣譽亦深惡之。第
二則筆記藉時人不識《草書百韻歌》，不辨眞贗，抒發「僞物易售，信貨難市」
之慨。皆論時人書畫知識、文化素養不足而導致眞贗難辯的窘況，認爲吾雅
彼俗，即是一種區分意識，以自身的文化知識，區隔於非我則類的俗眾，標
榜文人高雅品味。這些感慨之語，進一步重申維護古物、古器，增加古文獻
知識的重要性。

〔註146〕另例「先太師公學蕭子雲〈出師頌〉李文正公嘗云：『石齋書眞是簡遠，但急
疾時所書無乃太簡乎！』先公笑曰：『夫何遠之有？』翰苑相傳以爲善謔」（《墨
池瑣錄》，頁803）
〔註147〕〈磨石碑刻〉，《書品》，《楊升庵叢書》，第2冊，頁848。以下只標篇目、書
名、頁數，不再另贅出處。

二、《畫品》、《名畫神品目》

　　《畫品》一書與《墨池瑣錄》、《書品》性質相類，是論述名家、名作、畫壇軼事、畫論、繪畫相關知識等談藝筆記，雖名為畫品，但並不分等第，持開放自由的表述方式，「《畫品》一卷，隨所聞見，雜綴成編，不作軒輊，令閱者言外得之。昔東坡論《王維吳道子畫》詩末句云：『吾觀二子皆神俊，又於維也斂袵無間言。』玩斯言也，蓋即東坡之所以品畫者乎！」〔註148〕「升庵是編，標題畫品，不尚品次，隨所聞見，以類相從，連綴成篇。或因詩以品畫，或借畫以託意，或舉本事，或抒所見，涉筆成趣，實寓卓識。綜其論旨，尤重形神兼備，蓋與東坡品畫，意趣略同。其文亦精簡，故別具一格，為後世所稱。」〔註149〕李調元、侯昌吉都指出《畫品》涉筆成趣，不分品第高低，與東坡品畫風格相類的特點，也指出該書為後世所稱，在藝壇上受到廣大迴響之效應。

　　《畫品》編撰了許多畫藝畫壇常識，如介紹繪畫評論典籍：「《唐朝名畫錄》朱景玄著，《古畫品錄》謝赫著，《繪境》張璪著」（〈著書〉，頁870）〔註150〕；特殊名號：「畫家三靄，王靄、李靄，與僧元靄也」（〈畫僧〉，頁884）；名畫畫境：「燕文季四景：〈花村曉月〉、〈萍江晚雨〉、〈竹村夕靄〉、〈松溪殘雪〉」（〈畫家謂燕家四時景〉，頁880），畫款樣式「古畫多直，有長八尺者。橫披始于米氏父子，非古制也」（〈洞天清錄〉，頁886），亦揭示了畫「山水」、「花竹」、「人物」的繪畫技〔註151〕。值得注意的是，延續楊慎側重物質文化的考據慣習和時代風向，《畫品》收錄有許多關於繪畫相關器物的描寫：

〔註148〕李調元〈畫品序〉，收於《畫品》，《楊升庵叢書》，第2冊，附錄，頁912。

〔註149〕侯昌吉：〈畫品後記〉，收於《畫品》，《楊升庵叢書》，第2冊，附錄，頁915。

〔註150〕以下引文出自《畫品》，《楊升庵叢書》，第2冊，故只標篇名、頁數，不再另贅出處。

〔註151〕〈山水〉「郭熙四時山『春山淡冶而如笑；夏山蒼翠而如滴；秋山明淨而如裝；冬山慘淡而如睡。』」（《畫品》，頁879）〈花竹〉「尹白工墨花。東坡詩：『花心起墨暈，春色散毫端。』尉遲乙善畫凹凸花。或云乙是僧。又張僧繇畫於一乘寺，遠望眼暈如凹凸，近視即平。畫花果者，黃荃神而不妙，趙昌妙而不神，神妙俱完，舍熙無人矣！李煜好金索畫，唐希雅常效之。乘輿縱騎，因其戰掣之勢，以寫竹樹。寫墨竹自沙門元靄始，王端得其葉，閻士安得其竿，而夢松又次焉。」（《畫品》，頁880）〈人物〉「北齊曹仲達畫人物，衣服緊窄。唐吳道子畫，衣服飄舉。時人語曰：『吳帶當風，曹衣出水。』子昂題閻令畫人物：『髮采生動，如欲語狀。』吳道子畫衣裳，磊落生動，如蓴菜條。」（《畫品》，頁881）

沙門元靄寫照，染面色，以一小石研磨取色，蓋覆肉色之上，後遂如真。未滿三十，不必寫照。恐奪精神也。（〈寫照〉，頁884）

梁駙馬趙品有選畫場，效選佛之說也。近秣陵好事者爲選花場。（〈選畫場〉，頁885）

《海岳書史》云：隋、唐藏書皆金題玉躞，錦贉繡褫。金題，押頭也。玉躞，軸心也。贉，卷首帖綾，又謂之玉池，又謂之贉。有毬路錦贉，有樓臺錦贉，有㩧蒲錦贉。有引首二色者曰雙。引首標外加竹界而打撅。其覆首曰褾褫。《法帖譜系》曰：「大觀帖用包鸞鵲錦褾褫」是也。卷之帙簽曰檢，又曰排。《漢書・武紀》「金泥玉檢」注：「檢，一曰燕尾。」今世書帖簽。《後漢・公孫瓚傳》「皁囊施檢」注：「今俗謂之排。」此皆藏書畫職裝潢所當知也。（〈金題玉躞〉，頁889）〔註152〕

論寫照、選畫場、製牋裝潢之法，對於時人對繪畫器物的誤用，楊慎加以指正，詳述金題玉躞、畫絹的正確使用方法，作爲書畫藝術的實際操作指南。這種重視器物的傾向，與中晚明以來，物質文化的進步有關。隨著經濟發達，物類漸繁，文化商品的大量製造，也出現粗製濫造的情況，因此如何擇選優雅適性之物，便成爲經營高尚品味生活的重要能力指標。

關於繪畫學養方面，楊慎介紹歷代繪畫場域中許多名家好手，「程堂，字公明，眉州人。舉進士，爲駕部郎中。善墨竹。嘗登峨眉山，見菩薩竹，有結花於節外之枝者，即寫其形於中峰乾明寺。又象耳山有〈苦竹〉、〈紫竹〉、〈風竹〉、〈雨竹〉刻之石」（〈程堂〉，頁876）；「楊補之，子雲之後。自蜀而移家清江。善畫梅。秦檜求之，竟不與也。有《逃禪老人詞》一卷。余嘗題其畫《梅譜》一詩云：『逃禪老人楊補之，清江世業錦江移。承家不愧草《玄》後，藝苑豈獨梅花師。神交早與逋仙素，清節不受檜賊緇。請看麝煤鼠尾外，

〔註152〕 相類如「《唐六典》有裝潢匠，……，謂裝成而以蠟潢紙也，今製牋法，猶有潢漿之說。人多不解，作平音讀，又改爲裝池，自謂奇語，其謬甚矣。」（《畫品・裝潢》，頁889）；《韻語陽秋》曰：『祕省古今名畫，殆充洞宇。余與同館日取數軸評玩，殆有咀炙之味。如所用絹素，必密緻緊厚，蓋慮其易敗也。老杜《戲韋偃爲雙松歌》云：『我有一匹好東絹，重之不減錦繡段，請君放筆爲直幹。』則掩筆之妙，非好東絹不與也。米元章《畫史》云：『古畫唐初皆生絹，後來皆以熱湯盪熟，入粉，槌如銀板，故作人物精彩。今人收唐畫，必以絹辨，見文粗便說不是，非也。』余謂用粉槌絹固善，然視他絹，丹青尤易渝也。』（《畫品・畫絹》，頁886）

更有玉佩瓊居詞』」（〈楊補之〉，頁 876），楊愼通常介紹其人及其名作，有時
輔以相關詩文，如介紹楊補之，即以自題〈梅譜〉一詩，連綴其一生關鍵事
件，使讀者可以在文學性賞閱中，培養繪畫文化知識，其他繪畫史上名家：
張僧繇、張璪、薛稷等名家也都在書寫之列。楊愼也從嘗試畫派本源建立起
畫家譜系：

> 畫家以顧、陸、張、吳爲四祖，顧長康、陸探微、張僧繇、吳道玄
> 也。余以爲失評矣。當以顧、陸、張、展爲四祖。展，展子虔也。
> 畫家之顧、陸、張、展，如詩家之曹、劉、沈、謝。閻立本則畫家
> 之李白，吳道玄則杜甫也。必精於繪事品藻者，可以語此。（〈畫家
> 四祖〉，頁 873）

楊愼頗爲自信地宣稱自己爲「精於繪事品藻者」，認爲一般認定的畫家四祖不
確失評，他重構以顧、陸、張、展的四祖，並以文壇類比畫壇，使薰染古典
文學的文人更易瞭解藝壇概況。

　　曾經獨立刊梓的《名畫神品目》〔註153〕則可視爲《畫品》相類的篇章，
該書簡要錄列了許多歷代名畫：

> 素女玉房秘戲圖、舶船渡海像（燕文貴。大不盈尺，舟如葉，人如
> 麥，而檣帆篙艣，指呼奮艣，盡得情狀。至於風波浩蕩，島嶼相望，
> 蛟蜃雜出，咫尺千里，何其妙也）、奇峰散漪圖（宋徽宗）、照盆孩
> 兒圖（劉宗道，以手指影，影亦相指，形影自分）、百雁圖（馬賁，
> 極繁彩，而位置不亂）、三峽聞猿圖（胡擢，擢畫有名當世，或贈之
> 詩云「甕中每醖逍遙樂，筆底閑偷造化工。」）、金橋圖（陳閎、吳
> 道紫、韋無忝畫明皇幸潞州事）、冒雪高峰圖（范寬）、王摩詰詩圖
> （趙大年跋云：「以倒暈連眉之嫵，寫荒寒平遠之思，非天機所至，
> 未易及此。」）、瓊枝春醉圖（周昉）、渡海觀音圖（孫知微，足前有
> 小百花，作一大青荷葉，上布散諸天花）、宮騎圖（張萱，其從騎有

〔註153〕李調元曾將《名畫神品》收入函海叢書中，並序云「人物本不相習，而精能
　　　　之至，遂造神奇。像之丸，秋之奕，養由基之矢皆是也，畫亦何獨不然。人
　　　　有窮顧愷之畫者，完其廚以示之，愷之自云：此畫通神飛去矣。是雖虎頭癡
　　　　語，亦有理趣可味。蓋物有形必有神，古今畫者皆曰傳神，畫至神，近乎技
　　　　矣。黃休復《益州名畫記》以逸品居神妙能之上，宋徽宗則以神逸妙能爲次，
　　　　以神足以兼逸，逸或不能盡神也。然則先生論畫，舉神品而獨遺逸妙能，其
　　　　亦不無所見與？」見《升庵著述序跋》，頁 97。

挈金駝駝者，蓋唐制宮人用金駝貯酒，玉龜藏香）、宋懷懿皇后李氏
御容（用紫色粉自眉以下，作兩方靨，塗其面頰，自鼻梁上下露真
色，一線若紫紗冪者）、水閣閑棋圖（王維，王秋澗跋云：「二畫林
野之思，物景之清，不覺身在其間。」管輅云：「物不精，不為神信
矣。」）〔註154〕

楊慎擇錄歷代經典名畫，不分畫派，畫風、題材多樣，涵蓋宗教、人物、山
水、故事情節、草木蟲魚、風俗、歷史等題材，每一幅畫簡單地介紹繪者、
特色、畫面構圖、用色、畫幅尺寸、題跋、圖像故事、典故等相關資料，以
可視的語言描繪圖像〔註155〕，閱者可以根據文字描寫，想像畫面，神遊、臥
遊其中，可以說是認識名畫的入門經典。對於一些特殊的畫，楊慎則作獨立
成篇，加以說解：

> 歸州之俗，以麻組巨竹，分朋而挽，謂之拔河。《畫譜》有〈展子虔
> 鬼拔河圖〉。（〈拔河〉，頁 877）

> 唐太宗時，終南山猛虎害人。使驍勇者捕之，不獲。號王元鳳一箭
> 斃之，太宗命閻立本圖其狀。宋徽宗畫〈夢游化城國〉，天地間所有
> 之物，種種皆備，因命繪之。（〈紀事〉，頁 875）

> 《宣和畫譜》中〈拂林圖〉或作佛林，又作拂菻，不知所謂。後考
> 杜環〈經行記〉，拂林在苫國西，一名犛靬。其人顏色白，婦人皆服
> 珠錦，善織絡琉璃，妙天下。董北苑畫跋云：「〈拂林圖〉自唐有之。
> 其人類中國婦人，皆衣胡綾紺文雜錦，戴金花步搖，綴以木難青珠。」
> （〈拂林圖〉，頁 877）〔註156〕

〔註154〕參見《名畫神品目》，收於《楊升庵叢書》，第 2 冊，頁 900～910。

〔註155〕關於「可視語言」即在文本中引進了繪畫的話語，「把語言表達融入了我們的
理解之中：它引誘我們模仿、想像、形式和比喻等術語以闡明的圖像意義，
以各種不同方式把文本看作形象，如果有什麼形象語言學的話，那麼也有『文
本的圖像學』，處理物體的再現、場景的描寫、比喻的建構、相似性以及寓言
形象等事宜，並把文本構成確定的形式結構。」參見〔美〕W. J. T 米歇爾著，
陳永國、胡文微譯：《圖像理論》（北京：北京大學出版社，2006），頁 96～
103。

〔註156〕對於名畫，楊慎有時亦述及該藝術品的目前動向，如「王維所畫掩障也，在
西京千幅寺」（〈青楓樹圖〉，《畫品》，頁 878）；「世傳《七賢過關圖》，或以
為即竹林七賢爾。屢有人持其畫來索題，漫無所據。觀其畫，衣冠、騎從當
是晉、魏間人物，意態若將避地者。或謂即《論語》作者七人像，而為畫爾。
姜孟賓舉人云：「是開元日冬雪後，張說、張九齡、李白、李華、王維、鄭虔、

徐陵與周宏讓書：「歸來天目，得肆閒居。差有弄玉之俱仙，非無孟
光之同隱。優游俯仰，極素女之經文。升降盈虛，畫軒皇之圖勢。」
則宋人畫苑〈春宵秘戲圖〉有自來矣。張平子樂府：「素女爲我師，
天老教軒皇。」抑又古矣。（〈春宵秘戲圖〉，頁 877）〔註157〕

〈拔河圖〉以圖證俗，以圖說解庶民拔河競賽活動，說解閻立本〈射虎圖〉、
宋徽宗畫〈夢游化城國〉立意由來，這些名作介紹、詮解都增加閱聞。〈拂
林圖〉藉著說解構圖，援用經典，介紹域外特殊人種、服飾、舞蹈，不論
談圖論藝、言詩話文，楊愼好蒐羅域外事蹟，這種異域文化的引介，反應
明代尚奇獵異的時代風潮。〈春宵秘戲圖〉的來源說解則呼應中晚明以來越
趨繁盛的情色圖文，當時「秘戲圖」這個詞成爲描繪性行爲的各種姿勢的
畫冊、手卷的通用文字稱呼，關注的題材爲「房中術」，是「情色」的物質
文化。不論是異域奇聞抑或情色圖像知識，這些奇異知識已成爲中晚明文
人不可不知的對話資糧，「時事」議題，當然也就成爲文人建構知識體系的
重要元素。

值得注意的是，《畫品》當中收錄爲述眾多的題畫詩，這些題畫詩大多是
名家之作：〈東坡題李世南秋景平遠圖〉「野水參差落漲痕，疎林敧側出霜根。
浩歌一棹歸何處，家在江南黃葉村」〔註158〕；〈山谷題趙大年蘆雁〉「揮毫示
作小池塘，蘆荻江村雁落行。雖有珠簾藏翡翠，不忘煙雨鴛鴦」〔註159〕；〈米

孟浩然出藍田關遊龍門寺，鄭虔圖之。」虞伯生有《題孟浩然像》詩：「風雪
空堂破帽溫，七人圖裏一人存。」又有槎溪張輅詩：「二李清狂狎一張，吟鞭
搖指孟襄陽。鄭虔筆底春風滿，摩詰圖中詩興長。」是必有所傳云。七賢過
關事不經見於書傳，而畫家乃傳遍於好事者之家，究其姓名，未的其誰何，
先師文正李公嘗辨之。愼近見洪武中高得暘《題錢舜舉寒林七賢圖》」（〈七賢
過關圖〉，《畫品》，頁 878）。

〔註157〕據〔荷蘭〕高羅佩（R. H. van Gulik）「弄玉是傳說中的樂師蕭史的女伴之名，
他教她吹笛，後來雙雙乘鸞鳳仙升。孟光是漢代隱士梁鴻之妻。此信是公開
談性行爲的證明。……這些文字進一步顯示，帶插圖的房中書廣爲傳習，不
僅是新娘們的的性指南，而且是普遍已婚夫婦的性指南。」（頁 131）；「據明
代學者楊愼稱，這個時期職業藝術家們畫有『春宵秘戲圖』。『秘戲圖』這個
詞成爲描繪性行爲的各種姿勢的畫冊、手卷的通用文字稱呼。」參見氏著，
楊權譯：《秘戲圖考》（廣州：廣東人民出版社，2005）。

〔註158〕《畫品》，頁 891。東坡其他題畫詩：「飛雪酒蘆如銀箭，前雁驚飛後回盼。
憑誰說與謝玄暉，莫道澄江淨如練。〈又題晃以道雪雁圖〉，《畫品》，頁 892。

〔註159〕《畫品》，頁 891。山谷其他題畫詩：「會稽內史三韓扇，分送黃門畫省中，
海外人煙來眼界，全勝博物注魚蟲。」，「蘋汀遊女能騎馬，傳道蛾眉畫不如。

苕題濮王蘆雁圖〉「偃蹇汀眠雁，蕭稍風觸盧。京塵方滿眼，速爲喚花奴。野趣分弱水，風花翦鑑湖。塵中不作惡，爲有〈鄡公圖〉」（頁 892）。畫作因名人之詩文而生輝，詩作因名畫而得以傳播，題畫詩中的詩與畫產生微妙的傳播互動。

有趣的是，楊慎也適時刊錄自己的題畫詩，乘機宣傳自己的文學作品，〈題醉僧圖〉「人人送酒不曾沽，終日松間繫一壺。草聖欲成狂便發，眞堪畫入〈醉僧圖〉」（頁 892）；〈贊南極老人畫〉「黃昔繼蘇，昭宣文德。溢而爲書，忠孝心畫。小人擠之，自南遷謫。一見藏眞，頓超神逸。南極老人，天象下格。擬傳萬祀，記之青壁。日星發光，海岳動色。長風雪濤，躍破鯨力。壽與天齊，克配南極」（頁 893），將一己詩作，題詠於名畫名之上，詩文藉名畫而相互生輝，這也是題畫詩傳播邏輯的具體呈現。

觀畫題詠一直是中國文人傳統，一般附庸風雅之人，或許可以鑑賞繪畫藝術作品，但題詠詩文卻是長期積累的文人文學技藝，楊慎編撰題畫詩，一方面意在提倡觀畫題詠的文學之風，一方面亦意在作一文人化生活品味的區隔（distinguish），創作實踐正是士庶區別的一種文化資本。這種文人意識，從楊慎的話語可以一窺，他曾感慨「李成峰巒、林屋、雪景，皆以淡墨爲之，而水天空處，全用粉塡，亦一奇也。每以告人，非愕然而驚，則莞爾而笑，莫知其妙，足見後學之凡下也」（〈山水〉，頁 879），他感慨後學凡下無鑑賞能力的話語，即是區別雅俗的最佳詮解。所以藝術與文化消費的品味鑑賞能力，原本就傾向具有實現使社會區分合法化的社會功能。中晚明士大夫的消費文化中，關於文人化生活美學的營造，特別重視鑑賞的「品味」，也可以說具有社會區分的作用。

三、閒／雅生活美學的知識饗宴

延續這種區分雅俗的意識，中晚明文人著意透過閒雅的物質文化，來建構文人式的生活模式，而楊慎考據學中關於物質文化的書寫，文獻疏理的知識建構，正足以作爲文人營造生活美感的指南，有助於營造文人式的美學、鑑賞品味（taste），可以說是中晚明文人生活美學養成經典。

寶扇眞成集陳隼，史臣今得殺青書。」見〈山谷永高麗松扇〉，《畫品》，頁890。雖然黃庭間爲宋人，但此二詩頗具有國際觀，完全體現了中晚明尚奇獵異的知識取向。

（一）品香

對營造中晚明文人生活美學來說，品香是營造嗅覺感官美感的重要一環，也是文人建構美感優雅生活的重要元素。楊慎有許多關於香品的筆記資料，可以作為文人營造生活美學指南，筆記中有探究焚香的歷史源流的記載：

> 《史記・淳于髡傳》：「羅襦襟解，微聞香澤。」《禮》所謂「容臭」，
> 《荀子》云：「側載臭、芷以養鼻。」……賈誼《新書・輔佐》：「罷
> 朝而論議，從容澤燕，夕時開北房，從薰服之樂。」即此。〔註160〕

楊慎指出以香養鼻是早自秦漢即有的休閒活動，亦是一種文人生活雅趣的展現，早期以蘭、芷等香花薰服取香。接著介紹自古即有的香品：「《香譜》有『闍縷香』，今訛為「『兜羅香』三泊有之」〔註161〕；「宋孝武帝詩：『羅裳皎日袂隨風，金翠列輝蕙麝豐』，『蕙麝』言香也」〔註162〕；「伊蘭花《佛經》云：『天末者為末而薰之』竺國名乾打香，天澤者濕薰之，竺國名軟香，天華者以生蕋露蕾為供，所謂香風吹蕤華，更雨新好者是也」〔註163〕，「闍縷香」、「蕙麝」、「伊蘭香」都是自古以來的香品，楊慎或更正香品訛物，或介紹產地，或細緻地介紹伊蘭香製香之法，或融入古典詩詞的美感，在介紹這些香品的同時，已經帶領讀者作了一趟香氣盎然的感官之旅。他也指點了複方香品的製造方法：

> 崔寔〈四民月令〉有合香澤法：「清酒浸雞舌、藿香、苜蓿、蘭香四
> 種，以新綿裹浸胡麻油，和豬脂納銅鐺中，沸定，下少許青蒿，以
> 發綿冪鐺觜瓶口瀉之」。梁簡文帝〈樂府〉「八月香油好煎澤」。〔註164〕
>
> 泡花朵以蒸香，以佳沈香薄劈著，淨器中鋪半開花，與香層層相間，
> 密封之日一易不待花蔫，花過香成，番禺人作心字香，瓊香用素馨、
> 茉莉，法亦然，大抵泡取其氣，未嘗炊掀。〔註165〕

楊慎緻微地書寫複方香品的香料配方、調製方法、容器、步驟等細節，好雅的文人，可以依循此作法，精心調製，營造優雅的香氛感官之旅。進一步，

〔註160〕〈香澤〉，《升庵外集》，冊2，卷19，頁578。
〔註161〕〈闍縷香〉，《升庵外集》，冊2，卷19，頁576。
〔註162〕〈蕙麝〉，《升庵外集》，冊2，卷19，頁577。
〔註163〕〈伊蘭香〉，《升庵外集》，冊2，卷19，頁577。
〔註164〕〈香澤〉，《升庵外集》，冊2，卷19，頁578。
〔註165〕〈薔薇露〉，《升庵外集》，冊2，卷19，頁579。

楊慎從古人的生活經驗中，指點香品除了薰香取雅外的其它用途，張衡〈同聲歌〉寫到以香品薰鞋使之芬芳的香薰鞋〔註166〕；《淮南・說山篇》論及以薰香增沐浴之雅〔註167〕，此皆可營造文人生活美學。品香即是一種嗅覺感官藝術，利用香氣為媒介，形成人與物的交感互動，精神與物質的交融，即是雅文化營造的內涵要件。

（二）蒔花藝木

草木花卉可以美化居室環境，更為園林造景重要的一環，蒔花藝木可觀可嗅，可以營造各種感官之樂，成為文人仕紳生活的一部份。楊慎筆記中有許多關於植物的介紹，詮解各類植物的慣習通常融入文學性的詩歌曲賦：

> 荀子云：「蘭槐之根是為芷」，《大戴禮》「蘭氏之根，懷氏之苞，漸之修矣，君子不近，庶人不服。」注：蘭槐、香草名，槐又作懷。《本草》云：蘹者即杜衡也，又名「衡薇香」。《唐詩》「情人一去無窮已，欲贈蘹香恨不逢」，即此也。（〈蘭槐〉）〔註168〕

> 《貫氏談錄》云：「褒斜谷中有虞美人草，狀如雞冠，花葉相對」。《益州草木記》云：「雅州名山縣出虞美人草，唱虞美人曲應拍而舞」。《酉陽雜俎》云：「舞草出雅州」。〈益州方物圖贊〉虞作娛，唐人舊曲云：「帳中草草軍情變，月下旌旗亂，攬衣推枕愴離情，遠風吹下楚歌聲，正三更鳥雛欲上，重相顧艷態花無主，手中蓮鍔凜秋霜，九泉歸去是仙鄉，恨茫茫」。（〈虞美人草〉）〔註169〕

書寫「蘭槐」以《荀子》、《禮記》君子之德，到唐詩情人相贈抒發離愁相思的象徵意義，植物被徹底文人化了，成為一涵具人文精神的藝品。「虞美人草」又名「舞草」則以各種名物文獻演繹項羽、虞姬歷史掌故，賦予物質之物以英雄美人淒美的文化符碼。有些植物蓄積繁複的文化／歷史符碼，如介紹「荔枝」則以各面向詮釋，先以〈曾子固荔枝狀〉的文學生物學角度詳述中元紅、

〔註166〕〈狄香〉，《升庵外集》，冊2，卷19，頁577。
〔註167〕〈薰燧〉，《升庵外集》，冊2，卷19，頁576。
〔註168〕《升庵外集》，冊8，卷98，頁3721。
〔註169〕《升庵外集》，冊8，卷98，頁3731。又〈桂〉「尸子曰：『春華秋英曰桂』王維詩：『人閑桂花落，夜靜春山空』秋華者，乃木犀巖桂耳。」《升庵集》，下冊，卷79，頁800；〈石楠花〉「李白詩：『風掃石楠花』魏玉《花木狀》言：『石楠野生二月者，花實如燕子』。曲阜古城顏回墓上有石楠二株，大三四十圍，土人云『顏子手』」

法石白、釵頭顆……眞珠、雙髻、十八娘等，凡三十四種荔枝品類〔註170〕，
接著，以各類文學作品、圖像，全方位方式詮釋這個充滿文化符碼之物，形
成荔枝組曲：

> 白樂天〈荔枝圖〉曰：荔枝生巴峽間，形狀團團如帷蓋，葉如桂冬
> 青，花如橘春榮，實如丹夏熟，朵如蒲桃核，如琴軫殼，如紅繒膜，
> 如紫綃䋲，肉潔白如冰雪，漿液甘酸如醴酪，大略如彼，其實過之，
> 如離本枝，一日色變，二日香變，三日味變，四五日外香色味盡去
> 也，此文可歌可詠可圖可畫，歐陽公〈詠荔枝詞〉曰「絳紗囊裡水
> 晶丸亦妙。」（〈荔枝〉）〔註171〕

> 杜子美詩：「側生野岸及江蒲，不熟丹宮滿玉壺，雲礐布衣鮐背死，
> 勞生害馬翠眉須」，杜公此詩蓋紀明皇爲貴妃取荔枝事也。（〈杜工部
> 荔枝詩〉）〔註172〕

> 國朝武將能詩者……雲南都督繼軒，……以僻遠人罕知之。餘嘗選
> 其數絕句於《皇明詩抄》，其〈詠臨安荔枝〉長篇雲：「建水夫何如，
> 厥土早而熱，蠻花開佛桑，……眞珠堆綠雲，瓊瑤棄絲纈，鳳爪天
> 下奇，龍牙眾中傑，飽食懟素飧，長吟望林樾。」（〈沐繼軒荔枝詩〉）
> 〔註173〕

〔註170〕〈曾子固荔枝狀〉「陳紫出興化軍，祕書省著作佐郎陳琦家於品爲第一，江綠
出福州類陳紫，差大而香味蓋爲次也，方紅徑可二寸，色味俱美，荔枝之大
無出此者，歲生一二百顆而已，出興化軍尚書屯田郎中方蓁家，紫種似陳紫
實大過之，出興化軍，小陳紫實差小出興化軍，宋公荔枝，實陳紫而小甘美
亦如之出興化軍，宋氏世傳其木已三百歲，……粉紅荔枝荔枝深紅而此以色
淺爲異，中元紅實時最晚因以得名，火山荔枝本出南越，四月熟穗生味甘酸
肉薄，閩中近年有之，右二十種無次第荔枝三十四種，或言姓氏，或言州郡，
或皆識其所出，或不言姓氏，州郡則福泉漳州興化軍皆有也，一品紅言於荔
枝爲極品也，出近歲在福州州宅堂前，狀元紅言於荔枝爲第一，出近歲在福
州報國寺。」曾鞏以文學性的描寫，敘述各種荔枝的品類、等地、產地、形
貌、食用滋味等。《升庵集》，卷79，頁790。
〔註171〕《升庵集》，冊2，卷79，頁789。又〈荔枝六言〉「曾吉甫荔枝六言二首其
一云：『蕉子定成噲伍，梅丸應愧盧前，金谷危樓魂斷，白州舊井名傳』其二
云：『紅皺解羅襦處，清香開玉肌時，繡嶺堪憐妃子，苧蘿不數西施』苧蘿
不數西施』
〔註172〕《升庵集》，冊2，卷79，頁790。
〔註173〕《升庵集》，冊2，卷79，頁791。

荔枝是一個歷史文化意象豐富的果「物」〔註174〕，這則筆記楊慎以白居易〈荔枝圖〉文學性的描寫，介紹荔枝的形貌、質性、滋味等，繼之以杜甫〈荔枝詩〉及今人沐繼軒〈荔枝詩〉文學性解讀荔枝，其中即連結了貴妃、西施典故，使荔枝成為一種詩意的植物，藉以經營文人式的賞花美學，其中今人沐繼軒詩作亦增加滿足時人對於時事的窺視慾望，增加閱讀的新鮮感。其中，〈荔枝圖〉為白居易命畫工所繪荔枝圖而寫的一篇序，以文字描繪荔枝形貌，已有譜錄的芻形。

有時亦以植物為題材說故事，使之成為有故事的草木花卉，如寫〈君子樹〉，「《太平御覽》引《廣志》曰：『君子樹似檉松，曹爽樹之于庭』。戴嵩詩：『接檟稱交讓，連樹名君子』。江總詩：『連楹君子樹，對幌女貞枝』，皆用此事」〔註175〕；〈共枕樹〉「潘章有美容，楚人王仲先慕之，與同學一見相愛，情若伉儷，同衾共枕，死亦同葬羅浮山，塚上生樹，柯條枝葉無不相抱，號曰『共枕樹』。」〔註176〕此皆用古事、傳說，演繹君子之德和愛情之美，成為群樹之歌。

文人追求精緻的生活，因此，楊慎書寫草木花卉亦察究其細目用途，〈菊有兩種〉提到，「花大氣香莖紫者為甘菊花，此曰精也。花小氣烈莖青味苦為野菊花，其花相似惟以甘苦別之，其葉可羹，其花可釀，其囊可枕，其實可仙，菊亦有實但難得爾」〔註177〕，菊花分甘菊花、野菊花其味有甘苦之別，花可賞可嗅可品可食，如菊花酒、菊花枕、其實芬芳可食有仙意，符合文人高雅「品味」（taste）生活用途。楊慎賦予花卉草木以詩意文化想像，又加上多重感官書寫，使之成為經營文人式生活美學的文化符碼。

古典詩詞本身就涵具悠久的文藝美學積累，結合中國的詠物傳統，鑲嵌詩詞典故的草木花卉在原來的物質性外已蒙上人文精神色彩，成為一種可以鑑賞的逸／藝品。這些古典文獻元素，正可以作為對「物」的想像基礎，使人的感官與物成為詩意的交感，藉此物此文情文思，營造文雅的生活情境，使有內涵厚度的植物增添文人生活之美。

〔註174〕有關「荔枝」文化史的研究可以參見陳元朋：〈荔枝的歷史〉，收於《新史學》（臺北：新史學雜誌，2003年），第14卷，第2期。
〔註175〕《升庵集》，冊2，卷79，頁804。
〔註176〕《升庵集》，冊2，卷79，頁804。
〔註177〕《升庵集》，冊2，卷79，頁806。

（三）飲饌文化

飲饌之於知識份子不只是物質性的生理活動，食物的物質性往往與精神性聯結，美食不只滿足口腹之慾，令人精神愉悅，亦是一種建構品味的文化活動。就中國飲食文化來說，有品味的飲饌實踐，從食材擇選、烹調方式、食物的色香味、食器使用、擺盤、品嚐方法、飲食環境氛圍都必須仔細考究，務必求奇求精求雅。

飲「酒」是中國文人士人重要的物質文化，舉凡吟詠賦詩、宴會雅集等社交活動，曲水流觴之修禊、重陽登高、歲始迎春等節慶活動，無不需要以酒助興取樂。因此，關乎味覺能力的品／飲酒，成為文人雅士生活重要的品味元素。認識各種酒的品類為賞酒之先，楊慎編撰歷來許多文人嘗飲、好飲之酒：「《孝經緯》曰：『酒者，乳也』。梁張率〈對酒詩〉『如花良可貴，似乳更堪珍』。杜子美詩『山城乳酒下青雲』本此。」（〈乳酒〉）〔註178〕；「琬液、瓊蘇皆古酒名」（〈琬液瓊蘇〉）〔註179〕；「唐太宗賜魏徵酒詩：醽醁勝蘭生，蘭生過玉薤，千日醉不醒，十年味不敗」（〈十年不敗〉）〔註180〕，冠勝群酒的名品；著名詩人歌頌過的佳釀；唐太宗賜魏徵酒的香醇美酒，有十年不敗之奇。延續喜文好詠的文人特質，這些名／美酒都鑲嵌古典文學作品，使感官結合詩意精神，增加酒的多重美感，同時也可作為文人雅士在席間飲酒賦詩標榜學養之用。

如何正確、有品味地享用食物，也是展現味覺審美重要的一環，楊慎揭示優雅的飲酒之道，「杜詩：『黃羊飯不羶蘆酒』以蘆為筒吸而飲之，今之啞酒也，又名『鈎藤酒』酒以火成不醉不錫，兩缸西東以藤吸取」（〈蘆酒〉）〔註181〕；「『碧琳腴』酒名，見曾〈吉甫詩〉可對江瑤柱，江瑤柱，蠣黃也」（〈碧琳腴〉）〔註182〕，「蘆酒」需以蘆為筒吸而飲之，方能品嚐其醇美，「碧琳腴」最極致的品賞之道，則必需搭配鮮美蠣黃食之。關於酒飲，楊慎進一步則從感官品賞到實際操作層面，「《外臺祕要》天門冬釀酒初熟微酸，久停則香，

〔註178〕《升庵外集》，冊2，卷23，頁687。
〔註179〕《升庵外集》，冊2，卷23，頁687。
〔註180〕《升庵外集》，冊2，卷23，頁687。另有〈竹根黃〉「賈逵曰：梁米出於蜀漢，香美逾于諸梁，號曰『竹根黃』梁州之名因此」見《升庵外集》，冊2，卷23，頁697。
〔註181〕《升庵外集》，冊2，卷23，頁688。
〔註182〕《升庵外集》，冊2，卷23，頁687。

諸酒不及。蔡侍郎衡仲嘗試釀之，果成美醞」（〈天門冬酒〉）〔註183〕；「《淮南子》『東風至而酒湛溢』李淳風《感應經》湛作汎，其解云『按今酒初熟甕上澄清時恒隨日轉，在旦則清者在東畔，午時在南，日落在西，夜半在子，恒隨日所在也，又春夏間在地窖下，停春酒在甕上汎者，皆逐風而移，雖居深密，風所至而感召動之。』」（〈東風至而酒湛溢〉）〔註184〕，或以時人的實驗成果，分享「天門冬酒」的釀造之法，或以古籍詮解節氣風向與酒質性的關連，從酒的感官品賞到實際釀造的操作層面，豐富了品賞的層次感。

　　就詮解食物之名來說，楊慎經常以食物文獻中古雅之名，對照今之俗名，「《楚辭》『精瓊靡以為粮』注靡，屑也，今之米餬羹」（瓊靡）〔註185〕；「《藝文類聚・束皙餅賦》有牢丸之目，蓋食具名也，東坡詩以牢丸具對眞一酒誠工矣。……牢丸今湯餅也」（牢丸）〔註186〕；「《周官》飴饊，《儀禮注》作逢饊，熬麥曰飴，熬麻曰饊，飴今之麥芽糖，饊今之麻糖也」（飴饊）〔註187〕，以今物證古物，使今日物質性之食品，在歷史脈絡中找到跡點，成為有時間厚度之物。楊慎又以優美措辭狀形名物，如談及蜂蜜，云「散似甘露，凝如割肪，冰鮮玉潤，髓滑蘭香」〔註188〕，以優美的意象，結合多重感官書寫，使之成為詩意的蜜汁。介紹各地美食，亦延續點綴文學作品之慣習：

> 晉桓玄喜陳書畫，客有不濯手而執書帙者，偶涴之，後遂不設。寒具，《齊民要術》并《食經》皆云：「環餅，世疑餲子也」，劉禹錫〈寒具詩〉「纖手搓來玉數尋，碧油煎出嫩黃深，夜來春睡無輕重，壓匾佳人纏臂金」，蓋以寒具為餲子也。宋人小說以寒具為寒食之具，即閩人所謂煎餔，以糯粉和麪油煎，沃以糖，食之不濯手則能污物，具可留月餘，宜禁煙用也。林和靖〈山中寒食詩〉云：「方塘波綠杜蘅青，布穀提壺已足聽。有客初嘗寒具罷，據梧慵復散幽經」，則寒具又非餲子，並存之以俟博古者。（〈寒具〉）〔註189〕

〔註183〕《升庵外集》，冊2，卷23，頁687。
〔註184〕《升庵外集》，冊2，卷23，頁689。
〔註185〕《升庵外集》，冊2，卷23，頁700。
〔註186〕《升庵外集》，冊2，卷23，頁701。
〔註187〕《升庵外集》，冊2，卷23，頁701。
〔註188〕〈郭珍蜜賦〉，《升庵外集》，冊2，卷23，頁710。
〔註189〕《升庵外集》，冊2，卷23，頁698。

杜子美〈送人迎養詩〉「青青竹筍迎船出，白白江魚入饌來」。用孟
宗姜詩事韋蘇州〈送人省覲詩〉亦云：「沃野收紅稻，長江釣白魚」。
又云：「洞庭摘朱果，松江獻白鱗。」（〈竹筍江魚〉）〔註190〕

第一則筆記以古典文獻：《齊民要術》、《食經》、宋人小說、劉禹錫、林和靖
詩歌作品，詮釋點心——寒具，並輔以作法，第二則以詩歌、民謠點綴鮮美
的竹筍江魚，使原本物質性的食物、食材烙上文學的印記，在味覺之樂外增
加人文精神之美。而有些食材，則從名稱出發與浩瀚的古典文獻寶庫聯結，
產生巧妙的意涵：

蔡氏《毛詩名物解》引《莊子》云「雞菌不知晦朔」，今本作朝菌。
雞菌，菌如雞冠也與？莊子云：羊生于突，義相叶，故雲南名佳
菌，曰：雞壞鳥飛而斂足，菌形如之，故以雞名，有以也。（〈雞
菌〉）〔註191〕

李畋《該聞集》云：「舊稱竹實爲鸞鳳所食，今近道竹間時見花開如
棗，結實如麥，江淮號爲竹米，以爲荒年之兆，其竹即死信，非鸞
鳳之食也」，近有餘干人來言，彼有竹實，大如雞子，竹葉層層包裹，
味甘勝蜜，食之令人心肺清涼，生深竹林茂密處，頃因得之，雖日
久枯乾而味常存，乃知鸞鳳所食，必非常物也。（〈竹實〉）〔註192〕

這二則有關食材筆記都與莊子寓言有關，《莊子·逍遙遊》「朝菌不知晦朔，
蟪蛄不知春秋，此小年也」，本以朝菌、蟪蛄生命之短暫，詮釋小大、壽夭等
哲學命題，此則藉以喻菌之生命精粹期（賞味期）短暫，需趁鮮採收食用之
意。《莊子·秋水》「鵷鶵非練實而不食」，在莊子寓言中竹實潔白以喻君子好
潔／節有所堅持之德，呼應竹實生深竹林茂密處，竹葉層層包裹，其實難得，
食之味甘勝蜜、令人心肺清涼之質性，經過寓言式詮解，食物具有隱喻深意，
寓意結合食材質性，又使其烙上智慧的靈光，成爲高雅之物。

　　正確烹煮、食用方能享受食材的美味，也才能標榜品味不俗，楊慎就揭
示許多品嚐美食的方法，「《說文》胥，蟹醢也，言其肉胥，胥解也，《字訓》
云：蟹之美在足，故從足」（〈蟹胥〉）〔註193〕，「嘉魚出丙穴，多脂煎不假油

〔註190〕《升庵外集》，冊2，卷23，頁705。
〔註191〕《升庵外集》，冊2，卷23，頁708。
〔註192〕《升庵集》，下冊，卷79，頁803。
〔註193〕《升庵外集》，冊2，卷23，頁704。

也」（〈嘉魚〉）〔註194〕，「吳人製鱸魚鮓鱘子腊風味甚美，所稱金虀玉膾也，鱸魚肉甚白，雜以香菜，花葉紫綠相間，以回回豆子、一息泥香杏膩坌之實珍品也，鱘子魚腊亦然，回回豆子細如榛子，肉味甚美，一息泥如地椒，回回香料也，香杏膩一名八丹杏仁，元人《飲膳正要》多用此料，鱘子魚今京師名紫鱗魚」（〈金虀玉膾〉）〔註195〕，這些筆記與現代意義的美食指南相類，有的甚至像食譜，可以實際操作成佳餚，但與一般飲膳書籍不同的是，美食經過古典文獻驗證，其文人式品味自然顯現，如〈蟹胥〉從字源來說，「蟹之美在足，故從足」，將美食導入學術脈絡中，成爲文人化的美食。

飲撰的食器、環境也是營造美食情境的元素，因此也是文人雅士必備的知識，關於此部分的編撰，也以古雅爲核心價值，「《食經》五色小餅作花卉禽獸珍寶形，按抑成之盒中累積名曰『鬬釘』今人猶云：『釘果盒』是也」（〈鬬釘〉）〔註196〕；「冰廚，夏日供帳飲食處，見《越絕書》闔廬庖所也」（〈冰廚〉）〔註197〕；「唐人〈碧筒杯詩〉『酒味雜蓮氣，香冷勝於冰，輪囷如象鼻，瀟洒絕青蠅』」（〈碧筒杯〉）〔註198〕，從食材、烹調、品賞、器具、環境整體的知識體系，有助於文人雅士創造一個優雅飲饌饗宴。

楊慎雖沒有關於飲膳的專書，但《升庵外集》中有許多飲膳的筆記記載，且就時間點而言，與號稱劉基（1311～1375）所作的《多能鄙事》、韓奕《易牙遺意》、陸容（1436～1494）的《菽園雜記》、王士性的《廣志繹》（1436～1494）亦可算是明代飲膳類書籍的先驅，其後有謝肇淛（1567～1624）《五雜俎》、高濂（約1527～1603）《遵生八箋》、周履靖《群物奇制》等部分飲食筆記；宋詡《宋氏養生部》、龍遵敘《飲食紳言》張岱據其父、友撰所編《饕史》等飲食專書，這些飲撰文化都豐富中晚明的文人生活。

〔註194〕《升庵外集》，冊2，卷23，頁705。其它如〈薑白〉「薑之美在白，韭之美在黃」見《升庵外集》，冊2，卷23，頁708；〈黃柑啓〉「始霜之旦風味，照坐擘之香霧，噢人脉不粘瓣，食不留滓。東坡詩『香霧霏霏欲噢人。』」見《升庵集》下冊，卷79，頁805。

〔註195〕《升庵外集》，冊2，卷23，頁706。

〔註196〕《升庵外集》，冊2，卷23，頁717。

〔註197〕《升庵外集》，冊2，卷23，頁715。

〔註198〕《升庵外集》，冊2，卷18，頁536。其它如「束皙說『曲水流觴』之事始於周公營洛所制，引逸詩云：『羽觴隨流波』此一義也。班婕妤〈自悼賦〉『酌羽觴兮銷憂，注以玳瑁，覆翠羽于下徹上』見此義也。唐詩玳瑁筵本此。」（〈羽觴〉《升庵外集》，冊2，卷18，頁535）

（四）生命養護

中晚明醫療知識漸漸成為文人間流行的知識圖景，醫書、醫案〔註199〕、中醫等相關醫療著述如雨後春筍般出現，梁其姿說「明代的醫學理論與知識在印刷術的普及與醫者數量的快速成長下，有了重要的發展。」〔註200〕中晚明以後隨著醫書價格低廉，促進醫療話語的流行〔註201〕，楊慎就有病榻書寫《病榻手欨》、《蜎螾飢筆》，以及《素問糾畧》、《脈位圖說》等相關醫書，表現出對醫療話語的高度興趣〔註202〕，亦與《韓氏醫通》作者韓懋交好〔註203〕。中晚明以後談疾論醫成為知識份子一種新的文化現象，影響所及養護身心的相關醫療話語也大量增殖。

楊慎筆記中就有許多關於以自然界之物為藥的考據記載，呼應當時時代文化氛圍，滿足文人圈的知識需求，亦隱含出版傳播意識：

> 燕泉云：「郴之桂陽，產風葉，充茗飲，能愈頭風，亦可浸酒，性微

〔註199〕 熊秉貞：「後世所習知的『醫案』類文獻，確於明代中葉（即十六世紀以後）開始大量湧現，是一個新的知識文化現象。」參見氏著：〈案據確鑿：醫案之傳承與傳奇〉，收入《讓證據說話——中國篇》（臺北：麥田出版社，2001），頁224。另梁其姿：「醫案在明代已成為流行的醫書體裁。」（頁180）參見氏著：〈明代社會中的醫藥〉，收入《面對疾病：傳統中國社會的醫療觀念與組織》（北京：中國人民出版社，2011）

〔註200〕 參見梁其姿：〈明代社會中的醫藥〉，收入《面對疾病：傳統中國社會的醫療觀念與組織》，頁179。

〔註201〕 晚明醫書價格低廉，現藏日本內閣文庫天啟三年（16230）蔡正言《甦生的鏡》十卷，書名頁蓋有印文「每部價銀貳錢」，崇禎六年（1633）江梅授、鄧景儀述《醫經會解》八卷蓋有印文「每部定價貳錢」參見馬繼興等選輯：《日本現存中國稀覯古醫籍叢書》（北京：人民衛生出版社，1999），頁973、1383。

〔註202〕 楊慎對醫病議題的興趣，除了上述專書外，散見於《升庵詩話》、《升庵外集》、《升庵集》等相關筆記著作。除了個人興趣外，也呼應當時時代文化氛圍呼應當時時代文化氛圍，隱含出版傳播意識。梁其姿：「明代印刷述及出版業的快速發展，帶來日用類書出版的成長（類書的內容往往包括一些基本醫學知識），此外，特別為初學者或外行人設計的入門書與歌訣，以及醫案的收集，均促進了明代的自學傳統。」見《面對疾病：傳統中國社會的醫療觀念與組織》，頁184。

〔註203〕 〈男女脈位圖說序〉，《升庵遺集》，《楊升庵叢書》，第3冊，卷24，頁1083。引文前楊慎言「往年，予外方友飛霞韓懋，遵用諸氏平脈，以診婦女，十中其九。且又為予言：子試以《素問》平脈病脈，按男女脈部，如諸氏說而診之，自可以驗，因歎俗書之誤人也久矣。」《韓氏醫通》撰於1522年，為一上卷分緒論、六法兼施、脈訣、處方、家庭醫案共五章；下卷列懸壺醫案、藥性裁成、方訣無隱、同類勿藥計四章。為早期醫案典籍。

熱。前人志記不載。《苑石湖集》：『蠻茶出修江，治頭風』。風葉豈蠻茶之謂邪」？慎按：左思〈吳都賦〉云：「東風扶留」，注：「東風，草名。〈玉篇〉作葷風，即此也。」郴桂在三國屬吳，爲此物無疑。又按《齊民要術》引《廣州記》：云「葷風，葦葉似苓，莖紫，宜肥肉作羹，味如酪，香氣似馬蘭。」則廣州亦有之。(〈葷風草〉) 〔註204〕

予往歲在大理與姜孟賓讀〈蕭子雲賦〉，有「長卿晚翠，簡子秋紅」之句，孟賓，吳人博學，予舉以問曰：長卿則草中徐長卿，藥名是也。簡子亦必草木，名出何書耶？孟賓亦不能知，呼取《本草》徧檢之無有也，近觀《齊民要術》云：簡子藤生緣樹木，實如梨，赤如雞冠，核如魚鱗，取生食之淡泊甘苦，乃知子雲引用必此物也。聊筆于此，王應麟嘗言：得一異事如獲一眞珠船，恨不與孟賓散帙共欣賞耳。(〈長卿簡子〉) 〔註205〕

蒝芩見《說文》，按此即今之金銀花，又名左纏藤，治瘡殊有奇驗，而本草不載。(〈蒝芩〉) 〔註206〕

丘文莊公《羣書抄方》載中蟲毒用白蘘荷，引柳子厚詩云云，且曰：子厚在柳州種之，其地必有此種，仕於茲土者，其物色之，蓋亦不知爲何物也。余謂丘公之博洽而不識，世之識者亦罕矣，按《松江志》引《急就章》注曰：「白蘘荷即今甘露，考之《本草》其形性正同。」(〈蘘荷子〉) 〔註207〕

葷風草可茗飲、可浸酒，可治頭風，蒝芩治瘡殊有奇驗，蘘荷子可解蟲毒，楊慎的中藥書寫，論及名稱、形貌、特徵、產地、藥效，佐以古文獻印證，使之成爲可信的藥方，建構、滋衍文人的醫療話語（discourse）。有趣的是，第二則筆記中，楊慎對「長卿簡子」藥草由迷惑到瞭解之樂，認爲「得一異事如獲一眞珠船」，正道出了中晚明文人好奇尚異，喜好新知的知識傾向。

　　中晚明以後，文人著力於經營生活美學，這種美學觀也投射至個人身軀的維持、養護，將人體之小宇宙也視爲一可經營之「藝術品」，如何使身心調和諧美，「養生」成爲一種時尙的活動，楊慎就提供許多養生之道，有些是擷

〔註204〕《升庵外集》，冊8，卷98，頁3721。
〔註205〕《升庵外集》，冊8，卷98，頁3728。
〔註206〕《升庵外集》，冊8，卷98，頁3727。
〔註207〕《升庵外集》，冊8，卷98，頁3730。

取古人養生精華：

> 董仲舒曰：天地之氣不致盛滿，不交陰陽，是以君子甚愛氣，而謹
> 游於房，是故新壯者十日而一游於房，中年者倍新壯。始衰者倍中
> 年，中衰者倍始衰，大衰者以月當新壯之日，而與天地同節矣然，
> 而其要皆期於不極盛，不相遇，疏春而曠夏，涸秋而眒冬，養微陽
> 而固天地之房，謹微陰而助收斂之藏，又曰：壽者儔也。壽有短長，
> 由養有得失，自行可久之道者，其壽儔於久，自行不可久之道者，
> 其壽亦儔於不久，故曰：壽者儔也。（〈董子論養生〉）〔註208〕

> 東坡〈與龐安常書〉：端居靜念，五臟皆止，一而腎獨，二益萬物之
> 所終始，生之所出，處之所入故也。《太玄》罔直蒙酋冥，罔為冬，
> 直為春，蒙為夏，酋為秋，冥為冬，則此理也。人之四肢、九竅凡
> 兩者皆水屬也。兩腎、兩足、兩外腎、兩手、兩目、兩鼻，皆水之
> 升降出入也。手足外腎舊說固與腎相表裏，而鼻與目皆古未之言也。
> 〈一二〉〔註209〕

這二則筆記分享了古人養生的智慧，董仲舒以陰陽協諧之理，配合年齡、節氣，說明房事需謹慎有序，方能延年益壽。東坡則強調「靜念，五臟皆止」的修息工夫，以易卦、陰陽五行、五臟五官、四肢九竅之理，說明益生之道。這些古文經驗分享的筆記，都記錄清楚的方法、次第、實踐要訣，儼然是養生之道的教戰手冊。

楊慎筆記中更多的則是與養護身軀、精神相關，便於操作實踐的的短句、口訣，如「肝要噓時，目瞪睛，行持肺四手雙擎。心呵之後頻叉手，腎吹拖地取膝頭平，脾行呼兮須撮口，五臟生成為表裏。五行之數合生成」〔註210〕的六字導引法；「怒則氣上，喜則氣緩，悲澤氣消，恐則氣下，寒則氣牧，炅則氣泄，驚則氣亂，勞則氣耗，思則氣結，善養氣則無是矣」〔註211〕的養氣訣；「《亢倉子》格言：導筋骨則形全，剪情慾則神全，靖言語則福全」〔註212〕的身心三全之理；「天門常開，地戶常閉，取之道根，出之到蒂，綿綿若存，

〔註208〕《升庵外集》，冊1，卷12，頁403。
〔註209〕《升庵外集》，冊1，卷12，頁407。
〔註210〕《升庵外集》，冊1，卷12，頁405。
〔註211〕《升庵外集》，冊1，卷12，頁406。
〔註212〕《升庵外集》，冊1，卷12，頁406。

用之不既，審能行之，自然蟬蛻」〔註213〕的行氣要訣，而「魂者，陽之靈而氣之英魄者，陰之靈而體之精，陰陽合德則剛柔有體，魂魄抱一，則長生不死」〔註214〕，身心陰陽剛柔調和諧暢所致的「長生不死」，大概是身心完全藝術化後希望達成得終極目標，如此身體小宇宙，也能成為藝術品一樣的諧美。這些短語措辭流暢，方便記憶，易於落實於日常生活的養生實踐，因其句構短小輕薄，也便於在文人圈作為養生談話資糧。

第五節　斷片：文字的古董

一、摘句／佳句選輯：《謝華啓秀》、《匠哲金桴》

　　《謝華啓秀》〔註215〕、《匠哲金桴》〔註216〕是升庵考據學體系中二部從古典文學、思想經典中蒐羅精美佳句的書。《謝華啓秀》取名自陸機〈文賦〉「謝朝華於已披，啓夕秀於未振」之意，頗有承繼先人文學遺產，延續於創作之意。《四庫總目提要》謂「是書取諸書新豔字句，裁為對偶，二字以至八字，各為一卷。蓋偶然剳記，以備駢體之用」〔註217〕，「新」強調當代意義，是商業社會的價值；「豔」則有吸引目光之意，兩者都有強烈的讀者意識。《鄭堂讀書記》亦云「蓋升庵隨意札記，以備詞賦之需」〔註218〕，可見編撰之初，具有作為吟詠賦詩文學創作工具書的強烈實用目的。該書從古典經典中摘取佳錄名言，「升庵先生雜採經子中語，加之鎔冶，陶鑄成文，著為二字三字，以及八字之目，名曰《謝華啓秀》，洵考古者之寶山也。」〔註219〕說明該書編排方式，以字數為目，也將它歸入「考古」之列。《謝華啓秀》曾獨立刊行，後收入焦竑編《升庵外集》五十四到五十五卷，明末清初曾受到廣大迴響，一再重刊，康熙辛未高士奇為校刊，前有序文，譽為「文山之秘玩，藝海之

〔註213〕《升庵外集》，冊1，卷12，頁407。
〔註214〕《升庵外集》，冊1，卷12，頁404。
〔註215〕本文所採用的版本為楊慎著《謝華啓秀》，第2冊。及楊慎撰，焦竑編《升庵外集》（台北：學生書局，1971）。
〔註216〕本文所採用的版本為楊慎：《哲匠金桴》，收於王雲五主編：《叢書集成初編》（台北：商務印書館，1966），第85冊。
〔註217〕《四庫總目提要・類書存目》，卷8，頁746。
〔註218〕參見王文才：《楊慎學譜》，頁289。
〔註219〕李調元：〈謝華啓秀序〉，《升庵著述序跋》，頁244。

藏珍」〔註220〕，點出該書兼具鑑賞（秘玩）和寫作（藝海）實用功能，給予極高的評譽。

　　《匠哲金桴》與《謝華啓秀》相類，一樣是采擷古詩文典籍佳言，《四庫總目提要》類書類存目著錄，是書乃「採摘漢、魏以後儁句，及賦頌之類，分韻編錄」，李調元〈匠哲金桴序〉是一篇非常完整的書籍史論文：

> 《匠哲金桴》，升庵所采錄之韻府也。考詩鄭《箋》，築牆者桴聚壤土，盛之以藁，而投諸板中，工匠之所必需也。譬之名言麗句，隨所得而投之囊中，故以名書。此書抉豔詞林，搜奇筆海，上溯周、秦、漢、魏，以至宋、元，凡古之經史子集，語關對偶，皆擇其精者錄之，實泛詩濤者之仙槎也。每條皆注人名，或小解釋於下，皆極古致。按書內四支韻，子欲居九夷從鳳嬉，先生自注云：余謫滇南，同年提督孫繼芳命知州馮吉建鳳嬉亭于趙州以居余。則此書乃戌所藉以消遣，而後學落筆為詞者，藉以沾丐焉，是亦先生著述之一種也。〔註221〕

這篇序文說明《匠哲金桴》名稱由來，全書內容、編排、體例，文中也指出評擇的標準，「豔」、「奇」都有吸引閱讀、運用的意義。和《謝華啓秀》最大的差異是該書以韻部分類，從一東、二冬、三江一直到十七洽，說明該書作為創作參考書籍的實用質性。

　　就實用性來說，《匠哲金桴》、《謝華啓秀》的確是十分便利的寫作參考書，《謝華啓秀》中有許多出現帶古典詩詞中的優美物類品名，宛如文字詞彙的寶庫，可資援引創作使用：

> 草木動物類，如：舞草（虞美人草也，雅州有之。亦可對「眠柳」）、翠綸（草名，孫綽〈海賦〉）、帝女花（菊也，《廣韻》）、弄粉團香（梅）、惹煙籠月（竹）、吟蟲（蟋蟀也）、怨鳥（子規，《爾雅》）、含風蟬（謝惠連：〈秋懷〉，見《文選》）。

> 描寫女子姿態類：腰采（女人抹胸，《古今注》）、足紈（腳紗也，一對額黃）、鉛紅（太白詩）、眉憮黛嫵（謂畫眉點黛）、秀色可餐（陸機〈羅敷豔歌〉）、冶步（婦態）。

> 天文月令類：冰月（冬三月。《晏子・諫》）、樞光（月也，〈海賦〉）、

〔註220〕王文才《楊慎學譜》，頁290。
〔註221〕李調元：〈匠哲金桴序〉，《升庵著述序跋》，頁246。

翔雲停靄（孫綽〈太平山銘〉）、玉女投壺（電，《藝文類聚》卷二引《神異經》）。

地理名物類：寶衢（羅浮山，謝靈運〈羅浮山賦〉）、錦繡洲（涪州，《九域志》）、玉笋（山也）。

日用器物類：雲杠（飛梯渡水，兵法。《康濟譜》）、楮英（紙也。汪少微《硯銘》「松操凝煙，楮英鋪雪，毫穎如飛，人間四絕」）、楓香調（琵琶，段安節《琵琶錄》）、儇眉（占夢書）。

飲饌類：流霞（酒名《論衡·道虛》）、霏霏靄、瑟瑟塵（茶，林逋詩《湖山小隱》）、濤翻涔雲（茶）、螫乳（蜜）、羅浮晚香（橘，吳淑〈橘頌〉）。

人物德行類：龍雲（帝德）。

這些詞彙皆可用於名形狀物，也都符合「新豔」的標準，楊慎在名詞之後注釋現今對應之物，闡明出處，讀者將之運用於吟詩賦詞，可作通俗語與雅言之間的替換，他偶爾還會熱心地指導寫作對偶技巧（如「足紈」一對「額黃」；「旄節花」亦可對「眠柳」等）。除了單詞外，《謝華啓秀》也羅列了許多成詞、典故用語，在精鍊的字句中，往往可以承載許多豐富的意涵：

君子秉斗（《太玄》「居其所而眾星拱之」、《論語·爲政》）、靈光徹天（關雲長上玉壘牋，《三國志·蜀志·先主傳》）、樹彩成車（祥瑞。梁簡文帝〈南郊頌〉）、豐趺瞱錦（甄述，美女事，見《北堂書鈔》，卷一三六《太平御覽》卷六七九引甄述〈美女詩〉）、無寒瓜以療饑（吳王事，見《吳越春秋》卷五《夫差內傳》二十三年）、靡秋螢而照宿（陳留王事，《後漢書·靈帝紀》）、珪命赤鳥（皆武王事）、松變爲栴（釋慧遠事）九鼎焦飛（戰國策顏率事）、微步生蓮（東昏事）、漆園黍谷（北史言儒學之地）、揭雩紫露（伊尹說湯調和之美音，見《呂氏春秋·孝行覽·本味》）、軒軒霞舉（李白見玄宗於便殿，神氣高朗，軒軒然若舉霞。《酉陽雜俎》）

這些都是含藏典故句子，凝煉的隻字片語含蘊了歷史人物的精彩事蹟，召喚出一段段迷人的故「事」，運用於詩賦文章之中，牽引滋衍昔日的英雄、豪傑、智者、美人事蹟，增加文學創作的深度和厚度，同時也可以成爲引經據典的說話寶典。

《匠哲金桴》在創作使用上更爲便捷，它根據韻部編排，清楚標示出韻

腳，作爲詩詞創作只要根據押韻，擇取所需的韻部，保留韻腳，句子其它部分稍加修改即成新句。如《匠哲金桴》、《謝華啓秀》中蒐羅的精句，這些片斷的文句，脫離了原來整體作品，成爲一個帶有時間性的遺物，亦是破碎的記憶、情感陳載之物，有斷片（fragment）的性質。摘句形成了一條連接過去與現在的紐帶，雖然脫離原本文章整體，卻有跨越時空，成爲物質性的符號，在另一全新綴組的文章中產生敘述的力量。

　　明中葉以後由於詩社林立，徵詩選勝活動熱絡，印刷術的逐漸發達、印刷成本低廉，又無逐級審批限制，書皆可私刻，這些文化因素帶動創作風氣，這也是像《匠哲金桴》、《謝華啓秀》這樣的寫作寶典受到青睞之因。這兩本書問世後，文人士子多驚其博麗，後代相類書籍多所資取，《表異錄》、《山堂肆考》、《佩文韻府》、《駢字類編》等書多據楊愼書籍爲據。晚明以後這樣的辭書／寫作參考書也漸漸多了起來，使文學創作更容易，詩人、詩作予以「作者之名」的許諾，吸引更多時人嘗試，這也是明清「作家」、文學書籍數量大增之因。

　　《匠哲金桴》、《謝華啓秀》中片斷的文章，把人的目光引向過去的語境，摘句呈現了一種「斷片」（fragment）的形式，脫離原始語境，懸浮於期待被閱讀的時空，斷片——這種殘存於世的人工製品碎片〔註222〕，就像文字的古董，簡短、精鍊烙上歷史歲月的印記，逐成爲物質性的文字珍寶，可以一再玩味、品賞、運用，甚至成爲放入櫥窗展示的文字古董。這兩部書有許多文句古物的再現：

> 騫澄疏雅（貫彬〈箏賦〉）、玉砂瑩礎（宮室，盧肇〈新興寺碑〉）、
> 雾嵐昏而共默，風雨霽而爭吟（吳均〈猿賦〉）、血三年而藏碧，魂
> 一變而成虹（駱賓王：〈螢火賦〉）、焜焜燁燁爛若龍燭，瑲瑲鏘鏘和
> 如鸞鈴（曹植〈芙蓉賦〉）、蛟冰封古樹，蟾雪孕靈荄（劉猛〈梅〉）、
> 綠房千子熟，紫穗百花開（〈檳榔〉）、風雲開古鏡，淮海慰冰紈

〔註222〕宇文所安：「在我們同過去相逢時，通常有某些斷片存在於其間，他們是過去同現在之間的媒介，是布滿裂紋的透鏡，既揭示所要觀察的東西，也掩蓋他們。這些斷片以多種形式出現，片段的文章、零星的記憶、某些殘存於世的人工製品的碎片」（頁 76）；「假如留存下來的是一部文學作品的梗概，內容目錄或者好幾章連續不斷的文字，那麼，我們說，這些留下來的片段並不是斷片：所謂斷而成片者，就是指失去了延續性。一片斷片可能是美的，但是，這種美只能是作爲斷片而具有獨特的美」（頁 76）見〔美〕宇文所安著，鄭學勤譯：《追憶——中國古典文學中的往事再現》（上海：上海古籍，2004）。

(〈谷〉)、煙輕琉璃葉，風亞珊瑚朵（元微之〈芍藥〉）舞風彫玉珮，
帶露珍珠顆（元微之〈牡丹〉）、湯嫩水輕花不散，口甘神爽味偏長
(〈茶〉)、國香熅翠幄，庭燎豔紅衾（〈詠牡丹〉）〔註223〕

這些都是古代詠物詩文的破碎部件，詠箏、宮室、猿、螢火蟲、芙蓉、梅、
芙蓉、檳榔、山谷、芍藥、牡丹、茶，藉著文字再現物之形貌、意態、質性，
詩意的森羅萬物產生審美品賞的功能。

　　一切景語皆是情語，寫景是中國詩文的大宗，這兩部書亦蒐羅許多景語：

翔雲停靄（孫綽〈太平山銘〉）、鬱島如萍（海上，上出《山海經·
大荒東經》，下出《山海經·海東內經》）、楊柳半藏鴉（王筠〈春游
詩〉）、橋虹晴不收（邵康節〈天津閒步〉）、風下松而含曲，泉縈石
而生文（陶弘景〈尋山誌〉）、迴白雲以金讚，庚秋月而玉寮（王微
〈詠賦〉）、從嶺而西氣盡金光，半山以下純為黛色（鮑照〈登大雷
岸與妹書〉）、樹隱臨城日，窗含渡水風（庾肩吾）、斜分紫陌樹，遠
隔翠微鐘（朱慶餘）

描摹雲靄、崇山、清流、江河、海洋、日月、渡口、深林等景句，斷片式的
景語宛如案頭山水，一幅細緻精彩的微型風景畫，適合一再細細品味、珍藏，
精巧的微型景句，可以引逗出無限情思。有時景句再現的是特定的景點，如
「鼓蘭枻以水宿，杖桂策以山遊」（謝靈運〈羅浮山賦〉）；「漢水如蒲桃潑醅」
（李白〈襄陽歌〉）；「赤壁風月笛，玉堂雲霧窗」（黃山谷）；「渭水冰下流，
潼關雪中啓、長腰瓠犀瘦，齊頭珠顆圓」（吳米〈石湖詠〉）；「孤城當瀚海，
落日照祁連」（陶翰），羅浮山、漢水、赤壁、渭水、潼關、石湖、瀚海大漠、
祁連山等經過古人無數歌詠，自有其精彩的景句譜系，楊慎擇其新豔之句，
鑲嵌於景點，使人有一再遊舊地之美好感受。

　　除了自然之景，亦有加上節慶氣息的風俗畫景句，「鵲鏡臨粧」（七夕，
王勃〈夏日宴宋五官宅觀畫障序〉）；「佳人鬬草，稚子擊毬雙」（高荷〈寒食〉）；
「青女三秋節，黃姑七日期」（〈七夕〉），有關風俗的景句，加入人物的動態
描寫，更顯活潑熱鬧。然而有時精巧的句子典藏的是有關人物的風采姿態：

敬嗣光彩（簡文〈與蕭臨川書〉）、鐘期在聽玄雪之琴，阮籍同歸紫
桂蒼梧之酌（王勃〈上巳浮江宴序〉）、康樂之奧博多行於山水，淵
明之高古偏效於田園。淵明對酒非復禮義能拘，叔夜橫琴惟以煙霞

〔註223〕引文出自《謝華啟秀》及《匠哲金桴》，收於《楊升庵叢書》，第2冊。

自適（王績〈答刺史杜之松書〉）、爾去掇仙草，菖蒲花紫茸（李白）、
杖藜青石路，煮茗白雲樵（孟冠）

或寫英烈雄心；或書恬淡田園之志；或揚其仙心道骨，這些狀寫人物的句子，
如同泛黃的相片，雖然烙上時光的印記，其上的音容、笑貌、神采卻又歷久
彌新。有時寫人的精句召喚出的是一種閑雅的生命意態：

屋漏釵痕（懷素《書訣》）、麗服靓妝隨時改變，直眉曲鬢與世爭新
（謝赫〈畫美人訣〉，《歷代名畫記》）、柳公權不能用王右軍之毫，
趙子昂不能研李廷珪之墨（出《墨藪》）、風月在懷江山爲事，形骸
可外心賞不孤（王勃〈晚秋入洛於畢公宅別道王宴序〉）、蘭香映水
居然洗沐之貧，竹帚臨風自隔囂塵之境（崔融〈嵩山啓母廟碑〉）、
墨潤冰文繭，香消蠹字魚（常袞）鏡懸四龍網，枕畫七星圖（簡文
帝）、燈火宜冬杪，圖書稱夜長（文與可）雅哉君子文，詠性不詠情
（李白）、臨水觀魚，披林聽鳥（徐勉）芳筵暮歌發，豔粉輕鬟低（戎
昱）

或舞文弄墨、賞懷風月、臨風聽歌、書齋夜讀、臨水觀魚、披林聽鳥、芳筵
暮歌等，描摹文人雅士生活，相應於明中葉漸漸崛起的仕紳階層閒賞生活美
學，形成一種令人嚮往，以之爲目標的生命追求。《匠哲金桴》、《謝華啓秀》
兩書所收的句子經常具有道德教化功能，類似座右銘、智者的叮嚀：

爲山知覆簣（《論語・子罕》）、疾風知勁草，嚴霜識貞木（《宋書・顧
愷之傳》）、先明法而後執法，先首憲而後布憲（《管子》，首憲，若今
之頭行也，提醒執政之要）、鑿井必期於及泉（李白〈贈友人三首〉
其二）、源水桃花時時迷路，幽山叢往往往逢人（王勃〈秋晚入洛於畢
老宅別道王宴序〉）、丈人假偏形而獲蜩蟬（《莊子・達生》），海童任
和心而狎鷗鳥（《列子・黃帝》）、心以藏心心之中又有心（《管子・心
術》）、影以重影影影之外復有影（《維摩詰經・方便品》）、善御不忘
馬，善射不忘弓（《韓詩外傳》）、高深入井又出井，曲直上弓還下弓
（文與可〈炭泉險道〉）江上易優遊，城中多毀譽（韋應物）、彈冠恨
不早，掛冠常苦遲（東坡）、橋木不生危，松柏不處卑。（《國語》）

這些脫離原先語境的句子，是從一個已經作古的、生活在他自己時代的、性
格和社會關係豐富的人身上殘留下來的斷片〔註224〕，但它們卻將人們的注意

〔註224〕參見〔美〕宇文所安著，鄭學勤譯：《追憶──中國古典文學中的往事再現》，

力引向已經不復返的生活世界，彷彿孔子、列子、王維、李白寄生於斯，召喚閃爍熠熠光芒的人生智慧，向人們迎面而來。而一個有趣的發現是，《哲匠金桴》《謝華啓秀》也收錄了楊慎自己創作的得意佳句，「國無夜戶之虞，地有春臺之樂」（楊慎〈藥市賦〉）；「惹煙籠月」（楊慎〈宮室・梅竹軒〉）；「玉簫倚聲譜」（楊慎〈題周昉瓊枝夜醉圖〉），他忘情地迷惑於時空中，或忘「凡古之經史子集，皆擇其精者錄之」（〈哲匠金桴序〉）的初衷，顯然亦把這種展示精粹古句的櫥窗，作爲展演一己文才、智慧的舞台，試圖讓自己的佳句深烙讀者心眼，達到傳播效果。

《謝華啓秀》、《哲匠金桴》這種從古典摘句，摘句是比小品文更短小雋永的文學類型，也是斷片（frangment）語言的集結，這種書籍型態容易閱讀、消化，也便於賞鑑、運用，符合「短小輕薄」──商業社會追求的品味〔註225〕，無怪乎能得到廣大迴響。

二、僞作：文字的假「古董」

看似客觀、科學的楊慎考據知識體系，其實經常存有疑點、訛誤，楊慎好爲僞作之病，經常被其後的考據學家看穿識破，謝肇淛就曾說：「楊用修最稱博識，亦善杜撰。」〔註226〕他有許多仿冒古代作品的「僞作」紀錄，成爲明中葉出版文化的僞作大師。細究之，他的著作的確有許多懸案，如果說古代的詩歌摘句是一種精美的斷片（frangment），是文字的古董，那麼楊慎的僞古人之作則是創造了許多文字贋品，他也成爲古詩仿冒專家。

楊慎《選詩外編》、《選詩拾遺》二書是對當時「文必秦漢，詩必盛唐」的復古風潮的反動，針對當時文壇過於重視唐詩，旨在選錄漢至梁的古詩，意在補《文苑英華》、《文選》之遺，「是編起漢迄梁，皆選之棄餘，北朝陳隋，則選所未及。」〔註227〕而《選詩拾遺》是補《選詩外編》選錄遺漏之古詩，「方宋集《文苑英華》日，篇籍自具也，陋儒不足論大雅，乃謹唐人而略先世，遂使古調聲闃，往體景滅，悲夫。梁代築臺之選，唐人梵龕之編，操觚所珍，懸諸日月，伐柯取則，炳於丹臒矣。二集所略，予得而收之，爲選之外編。

頁81。

〔註225〕參見楊玉成師：〈小眾讀者：康熙時期的文學傳播與文學批評〉，收於《中國文哲研究集刊》（台北：中研院文哲所，2001），第19期，頁68。

〔註226〕參見謝肇淛《五雜俎・事部》（上海：上海書局，2001），卷13，頁270。

〔註227〕楊慎：〈選詩外編序〉，見《升庵文集》，《楊升庵叢書》，第3冊，卷2，頁105。

又網羅放失，綴合叢殘，積以歲月，復盈卷帙。稍分時代，別定詮次，仍以
《選詩拾遺》題其目。」〔註228〕此二書是輯錄古詩的寶庫，然而卻出現許多
疑點重重的作品。馮惟訥《古詩紀》引楊慎《選詩拾遺》載錄〈古八變歌〉：

　　北風初秋至，吹我章華臺。浮雲多暮色，似從崦嵫來。

　　枯桑鳴中林，緯絡響空堦。翩翩飛蓬征，愴愴遊子懷。

　　故鄉不可見，長望始此回。〔註229〕

逯欽立據《選詩拾遺》說：「古歌有〈八變〉、〈九曲〉之名，未詳其義。李尤
〈九曲歌〉曰：『年歲晚暮時已斜，安得壯士挽日車。』傅玄〈九曲歌〉曰：
『歲暮景邁群光絕，安得長繩繫白日。』全篇無傳，獨〈八變〉僅存，樂府
諸書亦不收也。」按《太平御覽》卷二十五〈秋下〉有此詩前四句，楊慎《詩
話補遺》卷一〈漢古詩逸句〉據以錄入，但到了《選詩拾遺》竟變成了十句
詩，後六句顯然是楊慎所補，或擷取其它古詩拼貼；或化用古詩句，或為自
己創作，〈古八變歌〉是一首原創加上偽作拼湊而成的假「古詩」。

　　在楊慎其他著作，亦有為數不少的偽作現象，如楊慎《升庵詩話》引蘇
秦：「膏以肥自炳，翠以羽殃身。」引《淮南子》：「鐸以聲自毀，膏以明自鑠。」
〔註230〕，但在《淮南子》並無此二句，顯然是移花接木而成。又楊慎《風雅
逸篇》〈峽中歌〉作：「淫預大如馬，瞿唐不可下。淫預大如象，瞿唐不可上。」
〔註231〕楊慎《古今風謠》〈瞿塘行舟謠〉引十句：「灩澦大如襆，瞿塘不可觸。
灩澦大如馬，瞿塘不可下。灩澦大如象，瞿塘不可上。灩澦大如黿，瞿塘行
舟絕。灩澦大如龜，瞿塘不可窺。」〔註232〕當中四句為〈峽中歌〉，其餘六句
似乎是楊慎所加，如第四章建構新古典一節所述，像這樣拼貼綴合殘叢，創

〔註228〕楊慎：〈選詩拾遺序〉，見《升庵文集》，《楊升庵叢書》，第3冊，卷2，頁106。

〔註229〕馮惟訥：《古詩紀》，收入《四庫全書》，冊1379，卷17，頁136。關於楊慎
　　　　偽作資料感謝楊玉成老師提點。

〔註230〕見楊慎著，王仲鏞箋證：《升庵詩話箋證》，卷1，頁35、37，〈子書傳記語似
　　　　詩者〉條。

〔註231〕見楊慎：《風雅逸篇》，收入《楊升庵叢書》，冊5，卷6，頁163。

〔註232〕見楊慎：《古今風謠》，收入《楊升庵叢書》，冊5，頁421。王世貞《藝苑卮
　　　　言》亦有類似議論：「唐人有佳句而不成篇者，如孟浩然『微雲澹河漢，疏雨
　　　　滴梧桐』，楊汝士『昔日蘭亭無驗質，此時金谷有高人』，尉遲匡『夜夜月為
　　　　青塚鏡，年年雪作黑山花』，每恨不入集中。楊用脩嘗為『青塚』『黑山』補
　　　　一首，終不能稱。近顧氏編《國雅》，乃稱用脩得意語，可笑。」王世貞《藝
　　　　苑卮言》，丁福保《歷代詩話續編》，中冊，卷4，頁1010。

造新「古詩」的例子非常多。

　　楊慎以巧妙之才，揣摩欲仿冒作品的時空情境、作者風格、慣性，創造出幾乎天衣無縫，以假亂真的「類原作」，文學性不下於原作者，其仿冒古作功力令人嘆服，其動機究竟為聲譽傳播？為出版之利？他想逃過世人法眼？抑或故意露出破綻希望被識破？這一連串的迷團，頗令人玩味。

　　楊慎偽作之舉，除了身在邊僻雲南，書籍資料取得不易，全憑記憶難免舛誤等因素外，或許是為了增加編撰出版品的豐富性和可看性，或是出於一種嚮往古典魅力的強烈慾望，以「古雅」之名，進行古典作品的增補、再創造。楊慎以古為雅，進行一個個文字贗品的創造，追尋古典的靈光，建構新古典，展現強烈與古典作品並列的傳世慾望。

　　然楊慎對古詩的完美綴合拼貼往往能取信於後人，作為古詩重要選本，馮惟訥《古詩紀》、逯欽立《先秦漢魏南北朝詩》等就據楊慎《選詩拾遺》、《選詩外編》等相關著作收錄許多古詩，形成錯誤的古詩譜系。進一步來說，目前所見許多古詩其實是明代人建構出來的假詩，今人一邊欣賞古詩，就有如品賞文字的假古董，這種有趣的建構新古典現象，也成為楊慎奇異的知識生產圖景。

第六節　考據學的另類迴響與傳播

　　中晚明隨著蓬勃發展的印刷文化或交往密切的文人結社活動，若干學術、思想文學等論述，流傳快速，因此每每形成對話之勢的可能。楊慎的考據學著作淵博且饒富新意，在當時文壇影響力極大，文化圈中許多人藉此涵養生活美學知識，營造文人式的時尚優雅品味。他開啟了正德、嘉靖年間的博古崇尚考據之風，這股尚博尚實的學術風氣成為當時有別於心學的風潮，學術場有許多士子讀其書，仰慕其學問淵博、縱覽宇宙、貫通古今，卻又發現楊慎的諸多考據之作，有欠周延之弊，錢謙益（1582～1664）曾言楊慎：「援據博則舛錯良多，摹倣慣則瑕疵互見。竄改古人，假託往籍，英雄欺人，亦時有之。」〔註233〕，周亮工（1617～1672）針對此現象議論：

> 楊用修先生《丹鉛錄》出，而陳晦伯（耀文）《正楊》繼之，胡元瑞（應麟）《筆叢》又繼之。時人顏曰：「正《正楊》。」當時如周方叔

〔註233〕錢謙益：《列朝詩集小傳・楊修撰慎》（上海：上海古籍出版社，1983），丙集，頁 353。

（嬰）、謝在杭（肇淛）、畢湖目諸君子集中，與用修爲難者，不止
一人。〔註234〕

楊愼《丹鉛錄》考據系列書籍出版後，吸引一批學術仰慕者，他們視楊愼爲
學術的典範，追隨其考據的步履。士人仰慕之者讀其書，進而糾其書，因爲
要糾證楊愼之誤，在當時學術場引起熱烈的討論，引發以楊愼考據學爲中心
的辨別眞僞風氣。後繼者創造出更多精彩的考據成果，形成一種考據楊愼的
「考據」成果的後設考據。楊愼的考據學帶動新「古典」時尚風潮，也帶動
了考據學的研究風氣。而學術場上這樣熱鬧的糾楊活動，亦見證楊愼考據學
傳播之深、廣、遠，引領明中葉以後的考據學繁盛風潮，顯然也達到楊愼個
人文化聲譽傳播的極佳效果。

　　開啓糾辨楊愼考據誤謬的爲陳耀文〔註235〕《正楊》〔註236〕一書，陳耀文
在當時學術場評價很高，王世貞認爲「以僕所見，當今博洽士，陳晦伯可稱
無二，然不無書麓之恨」〔註237〕，焦竑〈與陳晦伯書〉亦云：「不佞結髮時，
從事鉛槧，即聞明公盛名，博聞好古者也。頃與二三同志，論列海內文學之
士，靡不以明公爲稱首。每讀所撰著，竊有以得於心。夫其文理貫綜，敘致
雅暢，經疑證隱，語類搜奇，收百代之闕文，采千載之遺韻，頓挫萬彙，囊
括九圍，非曠代之通材，孰與於此。」〔註238〕《正楊》成書於隆慶三年（1569），
共四卷，一百五十條，該書旨在糾正楊愼考證諸說之誤並補其不足，故名「正
楊」〔註239〕。李蓘序此書云「用修著丹鉛餘錄等書，至數十百種，搜奇抉譎，
擷采鈎隱，接世所驟聞而學士大夫所望而駭歎者。陳晦伯間取其謬，分疏其
下，得一百五十條，固譚秕者之一快也」〔註240〕，《正楊》一書對楊愼著述批

〔註234〕周亮工：《因樹屋書影》（台北：世界書局，1963），卷8，頁220。
〔註235〕陳耀文，字晦伯，號筆山，明確山人，生卒年不詳，約嘉靖（1522～15660）、
　　　　隆慶（1567～1572）萬曆（1573～1619）年間在世。參見林慶彰：《明代考據
　　　　學研究》，頁171。
〔註236〕〔明〕陳耀文：《正楊》（台北：台灣學生書局，1971）。
〔註237〕〔明〕王世貞：〈答胡元瑞第五書〉，《弇州山人四部續稿》（明萬曆刊本），卷
　　　　206，頁5。
〔註238〕〔明〕焦竑：《澹園集》（台北：偉文圖書，1977），卷13，頁19。
〔註239〕劉兆祐將此書分爲四類：一、直舉楊氏之誤而定正之；二、舉發楊氏之僞造
　　　　古書；三、陳氏不滿楊氏所說，而又不足訂證之，則姑舉存疑；四、楊說不
　　　　誤，惟陳所不備，陳氏乃更舉他書補之。參見氏著〈敍錄〉，《正楊》頁1～2。
〔註240〕李蓘：〈正楊序〉，收於《正楊》，頁1～2。

之駁之，「釁起爭名，語多攻詰，醜詞惡謔，無所不加」〔註241〕。針對激烈的批評，當時學者亦有持不同看法者，朱國禎（1557～1632）就認為「楊用修博學，有《丹鉛錄》諸書，便有《正楊》，又有《正正楊》，辯則辯矣，然古人古事古字，此書如彼，比書如此，原散見雜出，各不相同，見其一未見其二，闖然相駁，不免被前人暗笑。」〔註242〕不管是正面的肯定或是負面的批駁，受到關注本身都達到宣傳書及人的效果。

批評楊慎考據學的繼之者為以博學聞名的焦竑〔註243〕，《四庫全書提要》云：「明代自楊慎以後，博洽者無過於竑。」〔註244〕這個說法很有趣，彷彿在明代學術史上，楊慎是個揮之不去的博學巨人／幽靈，所有的人都要拿來與之相較，以論斷學問等地。焦竑在《焦氏筆乘》〔註245〕中提起楊慎有十二條誤謬失儉之處，《焦氏筆乘續集》〔註246〕則載有五條糾舉誤謬之處。有趣的是，焦竑一方面指詆楊慎在小學訓詁上的失誤，一方面又詳細徵引楊慎讀過的字書書目，並將這些書目詳細研讀，針對楊慎未備之處加以補充，顯然是追隨楊慎的治學步伐，以茲為效法學習的目標。同時焦竑也是楊慎著作的重要整理者，明萬曆四十五年（1617），焦竑輯編楊慎所著眾書，其〈升庵外集題識〉云：

> 明興博雅饒著述者，無如楊升庵先生，向讀墓文載其所著書百又九種，可謂富矣，嗣余所得，往往又出所知之外。……鄙意先生詩文勒為《正集》；其所選輯批評自為一書者為《雜集》；至所考證論議總歸說部為《外集》。〔註247〕

焦竑編有楊慎《正集》、《雜集》、《外集》。《正集》所收皆為詩文〔註248〕，《雜

〔註241〕參見〈正楊提要〉，收於文淵閣《四庫全書》（上海：上海古籍，2002）總目冊「子部雜家類」。

〔註242〕朱國禎：〈正楊〉，《湧潼小品》，收於《筆記小說大觀》（台北：新興書局，1987），第22編，第7冊，卷18。

〔註243〕焦竑，字弱侯，號漪園，又號澹園，明南京人。

〔註244〕《四庫提要》（台北：藝文印書館，1969），卷 146，《子部》，《道家類》，頁27，《莊子翼》8卷提要。

〔註245〕〔明〕焦竑：《焦氏筆乘》（北京：中華書局，2008）。

〔註246〕〔明〕焦竑：《焦氏筆乘續集》，收入《焦氏筆乘》（北京：中華書局，2008）

〔註247〕焦竑：〈升庵外集題識〉，《升庵外集》，頁 25。

〔註248〕《正集》所收皆為詩文，如《升庵玉堂集》、《升庵文集》、《升庵詩集》、《南中集》、《南中續集》、《連夜吟卷》、《滇南月節詞》、《高嶢十二景詩》等 15 種。

集》所收爲楊愼所選輯批評自爲一書者〔註249〕，《外集》則蒐羅楊愼各類考證之書，可說是楊愼龐大著作體系的集大成者。

其後胡應麟（1551～1602）可說是楊愼的頭號仰慕者和批評者〔註250〕，他針對楊愼《丹鉛》系列和《秇林伐山》，而著《丹鉛新錄》、《藝林學山》〔註251〕，以糾駁修補楊愼之誤。這兩部著作的書名有向楊愼致敬之意，其中《丹鉛新錄》沿用楊愼的原標題，而且胡應麟先逐字逐句地引用楊愼的筆記文字，再闡述自己的觀點。楊愼之語在此被一再復述，楊愼彷彿在胡應麟的書裡復活，藉胡應麟之口，將他的理念重申、複述一遍〔註252〕。他顯然十分推崇楊愼的學問，〈丹鉛新錄引〉曰：

> 楊用修拮据墳典，摘抉隱微，白首丹鉛，厥功偉矣。今所撰諸書，盛行海內，大而穹宇，細入肖翹，耳目八埏，靡不該綜。……然而世之學士，咸有異同，若以得失瑜瑕，僅足相輔，何以故哉？余嘗竊竊楊子之癖，大概有二：一曰命意太高，一曰持論太果。太高則怪之情合，故有於前人之說，淺也鑿而深之，明也汩而晦之；太果則減裂之釁開，故有於前人之說，疑也驟而非之，至剽啟陳言，矛

〔註249〕《雜集》所收爲用修所選輯批評自爲一書者，如《管子敘錄》、《水經補注》、《風雅逸篇》、《古文韻語》、《金石古文》、《赤牘清裁》、《轉注古音略》等83種。

〔註250〕此說法採自高彥頤：《纏足：「金蓮崇拜」盛極而衰的演變》（台北：左岸文化，2007），頁201。

〔註251〕胡應麟〈藝林學山引〉「用修生平纂述，亡慮數十百種，丹鉛諸錄，其一耳。余少癖用修書，求之未盡獲，已稍稍獲，又病未能悉窺。其盛行於世，而人尤誦習，無若藝林、伐山等十數篇，則不佞錄丹鉛外，以次卒業焉。其特見罔弗厭余衷，而微辭眇論，亦間有未易懸解者。因更掇拾異同，續爲錄，命之曰藝林學山。客規不佞：子之說則誠辯矣。獨不聞之蒙莊之言乎？天地一指也，萬物一馬也。昔河東氏非國語，而非非國語傳；成都氏反離騷，而反反離騷作。用修之言，世方社而稷之，而且嘵嘵焉數以辯辭其後。後起者藉焉，子其窮矣。夫丘陵學山而弗至於山，幾子之謂也。余曰：唯！唯！竊聞之：孔魚詰墨，司馬疑孟，方之削荀，晦伯正楊，古今共然，亡取苟合。不佞用修，盡心焉耳矣。千慮而得，間有異同，即就正大方，方茲藉著手，而奚容目睫誚也。夫用修之可，柳下也；不佞之不可，繄魯人也。師魯仁以師柳下，世或以不佞善學用修，用修無亦逌然聽哉。」，收於胡應麟《少室山房筆叢》（上海：中華書局，1958），頁258。

〔註252〕高彥頤的有趣說法是，他認爲胡應麟先逐字逐句引述楊愼筆記，再說自己觀點，「彷彿楊愼活了兩次，話也說了兩回：他自己說了一次，胡應麟再替他說一次。」參見氏著：《纏足：「金蓮崇拜」盛極而衰的演變》，頁202。

盾故怏。世人率以訾楊子，則又非也。楊子早歲戍滇，罕攜載籍，
紬諸腹笥，千慮而一，勢則宜然。以余讀楊子遺文，即前修往哲，
隻字中窾，咸及表章而屑屑是也。晦伯曰：「楊子之言，間多蕪翳，
當由傳錄偶乏藎臣。」鄙人於楊子，葉忻慕爲執鞭，輒於佔畢之暇，
稍爲是政。竁天蠡海，亡當大方，異日者求忠臣於楊子之門，或爲
余屈其一指也夫。〔註253〕

這段話說的中肯，他雖然舉出楊慎有「命意太高」、「持論太果」，但也爲其緩
頰，認爲楊慎貶謫滇南，地處偏遠，罕攜典籍，加上參閱書籍，思慮百密一
疏，勢所宜然。

　　當時文壇的復古派大師王世貞可以說是楊慎的知音，他曾針對楊慎「胡
粉傅面」、「諸伎捧觴」的縱放行徑有同情的理解，「人謂此君故自汙，非也。
一措大裏赭衣，何所可忌？特是壯心不堪牢落，故耗磨之耳。」〔註254〕認爲
楊慎的癲狂行徑，爲一種失意的表徵，避禍的權宜之計。但他卻也是攻擊楊
慎之學的要角之一，王世貞是當時有名的藏書家〔註255〕，和楊慎同以學問淵
博享譽文壇。王世貞對楊慎的批誤補正之處主要見於《藝苑巵言》和《宛委
餘編》二書〔註256〕，王世貞對楊慎的糾覈十分嚴謹，也經常出現譏諷之語：

融之此賦，本傳載之甚明。又有「增」「鹽」二韻，出於應手，以爲
佳話。而用脩云「恨不見全文」，何也？用脩無史學，如「張浚」、「張
俊」，三尺小兒能曉，以爲秘聞，何況其它。〔註257〕

唐人有佳句而不成篇者，如孟浩然「微雲澹河漢，疏雨滴梧桐」，楊
汝士「昔日蘭亭無驗質，此時金谷有高人」，尉遲匡「夜夜月爲青塚
鏡，年年雪作黑山花」，每恨不入集中。楊用脩嘗爲「青塚」「黑山」
補一首，終不能稱。近顧氏編《國雅》，乃稱用脩得意語，可笑。〔註258〕

〔註253〕〔明〕胡應麟：《少室山房筆叢》（上海：上海書局，2001），頁71。
〔註254〕王世貞：《藝苑巵言》，卷6，收於丁福保：《歷代詩話續編》，下冊，頁1054。
〔註255〕王世貞倡導文學復古運動，有「文必秦漢，詩必盛唐」的主張。園後建有「小
　　　　酉館」，貯書達3萬餘卷，《四庫總目》說：「世貞才大學博，自謂靡所不少，
　　　　方成大家」。謝肇淛亦言：「王元美先生藏書最富，二典之外尚有三萬餘，其
　　　　他即墓銘、朝報，積之如山，其考核該博，固有自來。」參見氏著《五雜俎》
　　　　（上海：上海書局，2001），卷13，頁266。
〔註256〕此二書皆收入〔明〕王世貞：《弇州山人四部稿》（台北：偉文圖書，1976）。
〔註257〕王世貞：《藝苑巵言》，收於丁福保：《歷代詩話續編》，卷3，頁994。
〔註258〕王世貞：《藝苑巵言》，收於丁福保：《歷代詩話續編》，卷4，頁1010。其它

第一則詩話毫不留情地舉出楊慎故作秘聞，強調考據結果的稀有，吹噓資料珍貴性的習性（這當然是楊慎經常使用的傳播策略），第二則詩話亦直接揭露楊慎好爲「僞作」以增色著作的「雅好」。與其它糾博楊慎者較不同處，王世貞喜歡廣泛蒐集，在楊慎成果之上作增補的工夫：「楊用脩錄古詩逸句及書語可入詩者，不能精，亦有遺漏。余擇而錄之」〔註259〕，於是再補入三十五句；「楊用脩所載七仄，如宋玉『吐舌萬里唾四海』，緯書『七變入臼米出甲』，佛偈『一切水月一切攝』，七平如《文選》『離袿飛綃垂纖羅』，俱不如老杜『梨花梅花參差開』、『有客有客字子美』和美易讀，而楊不之及。」〔註260〕楊慎《古詩逸句》一書原有極多錯誤，有許多古詩「逸句」顯然是拼湊或自己僞作，王世貞針對誤謬加以糾證，並對該書不足之處，再補充而使其完整，這些著錄顯然都有競爭、凸顯、標榜自我的意識。

　　而王世貞的增補俾備的代表作應屬《尺牘清裁》一書，該書以楊慎纂輯的《赤牘清裁》八卷爲基底，重新增益爲二十八卷〔註261〕，有趣的是，這本書的書名，本身就是一種糾謬，王世貞指出楊慎未見石碑，以「赤」爲名，而不知「赤」字通「尺」，而逕將書名改爲《尺牘新裁》〔註262〕，炫才炫學意味十足。種種跡象顯示王世貞是一個特殊的讀者／接受者，他在楊慎的研究成果上，進行修正、增補，試圖藉以宣傳自己的學問、聲譽。

　　其後以楊慎考據學爲中心的糾誤補正的學術論爭，一直延續到明末清初，著名的嶺南學者張萱（1553～1636）其考據著作《疑耀》亦對楊慎的考據成果多所駁議、多所補正〔註263〕。謝肇淛的《五雜俎》亦是一部博雜兼蓄

　　　　如論楊慎誤以劉德升爲劉景升，且以幼安爲管寧，以希白爲錢易，「其孟浪殊可對也」見《弇州山人四部稿》，卷153，《藝苑卮言・附錄二》，頁6998～7003；論楊慎妄改字，以「顜」作「斛」，訾之曰：「疑用脩不曾見漢書也」見《弇州山人四部稿》，卷163，《宛委餘編・八》，頁7422；楊慎以方城爲萬城，「其可咲不待言」。此外尚有駁《陰符經》非李荃所作、「舉案齊眉」之「案」非盆，見《弇州山人四部稿》，卷157，《宛委餘編・二》，頁7197；頁7202～7208。

〔註259〕王世貞：《藝苑卮言》，收於丁福保：《歷代詩話續編》，中冊，卷3，頁980。
〔註260〕王世貞：《藝苑卮言》，收於丁福保：《歷代詩話續編》，中冊，卷2，頁984。
〔註261〕〔明〕王世貞：《弇州山人四部稿》，卷64，重刻尺牘清裁小序》，頁3129。
〔註262〕〔明〕王世貞：《弇州山人四部稿》，卷163，《宛委餘編・八》，頁7420～7421。
〔註263〕大體上，張萱批駁楊慎的態度較爲溫和，立場較爲中立，《疑耀》一書中，較嚴厲指責之處乃是針對楊慎「妄改詩」之弊。楊慎論顏廷年賦「賦出豕之敗駕」一句，以爲改「出」爲「突」較佳，論杜甫詩「大家東征逐子回」一句，以爲改「逐」爲「將」較佳，論白居易詩「千呼萬喚始來」，又主張改「始」爲「才」，楊慎還說杜甫詩「江平不肯流」之句不如李群玉「水深難急流」。

之的筆記書，與楊慎編撰風格類似，內容分為天、地、人、物、事五部，涵蓋歷代天象災異、典章制度、文物文化、生活日用等，書中每每徵引楊慎相關論點，當然對楊慎誤謬之處亦有許多非議。〔註264〕

　　從知識的勘誤、增補、凸顯己學的意義來說，從陳耀文、胡應麟、王世貞到謝肇淛，諸多糾楊的學者心態相似，他們既是楊慎的仰慕者、追隨者，但也是犀利的學術批判者。他們繼踵楊慎考據學的研究步履，不斷徵引復述他的研究成果，又在每個懷疑、錯謬的縫隙中展演一己之博學，在扳倒學術巨人中累積聲望。顯然糾駁學問淵博的文壇巨／名人（楊慎）是學者們一個很好展現自己才學的舞台，他們在一方面糾誤增補，使明中葉以後的考據學更形完備，一方面也在這樣的過程中，藉著與楊慎的連結，增加自己的知名度和文壇聲譽。

第七節　結　語

　　對明中葉以後，心學末流產生士子束書不觀，學問空疏之弊，重視文獻典籍爬梳的考據學可說是對空疏之學的反動與修正。再者，由於商業經濟的發展，當時坊刻成為出版業大宗，書賈為了出版牟利，往往造成校勘不確、版本不良，粗製濫造，品質不佳的出版品充斥市場，從古書中詳細考證，以求文字訓詁精確的考據學成了勘誤的新顯學。

　　就明代博物式的考據學領域來說，楊慎可說為開山祖師。他的《丹鉛錄》

這些改文皆被張萱譏為「此癡笨人前說風流也」〔明〕張萱：《疑耀》（台北：新文豐出版社，1984），頁61～62。

〔註264〕如論「不改火」曰：「楊用修謂不改火出於胡元鹵莽之政，此真可笑。」又如謝肇淛不贊同楊慎引用《語林》解釋唐英「赤石」一詞的出處，譏諷道：「余按此事載《唐書‧李昭德傳》中甚明，固非《語林》，亦非李日知事也。余髫時讀史即知有此，用脩改以為新聞耶？」見謝肇淛：《五雜俎》（台北：偉文圖書，1977）卷2，頁30；「打葉子」一條云：「陳晦伯引《葳定錄》云：『唐李部為賀州刺史，與妓人葉茂連江行，因撰骰子選，謂之『葉子』，天下尚之。』又《歸田錄》云：『有葉子青者，撰此格。』今其式不可考。洋用脩以為似今紙牌，而晦伯、元瑞非之，皆未有的證也。」見謝肇淛：《五雜俎》，卷6，頁155～156。；論植物「《本草綱目》謂：『菊，春生夏茂，秋華冬實』。然菊何嘗有實？此與《離騷》『落英』同誤矣。牡丹與桂間有實者，牡丹實可種而桂不可種也。竹有花者，而未見其實。然竹花逾年即死，謂之『竹米』此乃竹之疫，非花也。楊用修謂：餘干有竹，實大如雞子。此老語多杜撰，吾未敢信。」，卷10，頁205。

系列叢書、《譚苑醍醐》、《異魚圖贊》、《秇林伐山》、《楊子卮言》、《墨池瑣聞》等可說包羅文化古物、日常器用、鐘鼎彝彝、書畫法帖、文房器具、蟲魚草木、飲撰食物、醫療養生、天文節氣、建築工程等龐大的知識體系，這些考據筆記建構豐富的物質文化（Material Culture）。

由於商業經濟的發達，文人社會階層的形式變異，呼應明中期以後前後七子文壇上的復古思潮，在江南一代也漸漸興起「好古」的文物／化賞鑒風潮，時人對於文化器物賞玩之風漸興。這種古物鑑賞的流行，不僅建構當時多采多姿的物質文化面貌，也拓展了一個對於古文物的知識場域需求。對於古文物、精粗、美醜、歷史掌故、文化傳記、真贗的辯證，古籍版本優劣的檢核，都需要大量而精確的考據學、博物學知識。於是博物式、百科全書式的知識成為一種配合時尚的文化需求，楊慎諸多有關「物」質文成為當時文人雅士建構品味生活的知識載體。在這種文化生態下，考據學知識不再是前代為了解經之用，致力於文字訓詁、制度儀文、歷史地理、掌故探析的「舊」學術模式，而是與物質文化密切結合的一種「新」知識體性，博物式的考據學已然形成一種新的時尚，形成了一種文化品味的「流行」知識需求，擁有古文物的考據知識儼然形成一種時尚品味的文化符碼和文化資本，原本嚴肅的考據學家，烙上此文化符碼，成為文化時尚品味的權威、領導者。

經由楊慎考古學知識體系的傳播，與文人生活美學的建構探討，可以得知中晚明文人知識體系傾向，主要是以博物、古雅為核心，營造生活美學，隨著經濟商業的逐漸勃興，交通便利、人際社交活絡，森羅萬象的物質文化知識成為新顯學，握有時尚主導權的文人，一方面吸收多元新知，一方面又抗拒文化商品化，他們追慕古典的靈光，崇古貴古尚古成為一種新的時尚追求。而楊慎百科全書式的考據學，一方面從考究古典文獻中，滿足文人古典情懷的「舊」知識傾向，一方面又積極提供當代新知，滿足時人好奇尚異、縱覽博觀的「新」知識追求，雅俗交織、古今交錯，在古文獻知識體系下，這種文人文化不斷繁衍增長，以古雅為基調，開展出更具時代意義的文人新美學，在時間印記的時空追憶中，綴以「新」時尚的流行追求。

順應出版市場的博物、視覺文化的新趨勢，楊慎《異魚圖贊》即是一本以水生動物為主題的圖錄典籍，楊慎學術體系豐贍而多元，而他也以書寫技藝形塑《異魚圖贊》的諸多面向。該書圖文並茂，介紹珍奇水族，滿足時人獵奇尚異的知識慾望，內容形制上則充滿文學性、寓言色彩，順應當時日用

類書繁盛之風，也講究各類實用性，楊慎《異魚圖贊》不只是生物學知識展演，也兼有文學／化鑑賞、道德教化、美食寶典、器用指南等多功能用途。進一步來說，楊慎的水族《異魚圖贊》、植物花卉《羣豔傳神》，也開啟晚明繁盛譜錄、圖錄典籍出版風氣。

　　以楊慎考據學為中心的糾誤補正的學術論爭從明中葉一直延續到清初，形成考據學術場域上的「盛事」。從知識的勘誤、增補、凸顯己學的意義來說，從陳耀文、胡應麟、王世貞到謝肇淛，諸多糾楊的學者心態相類，他們既是楊慎的仰慕者、追隨者，但也是激烈的學術批判者。他們接踵楊慎考據學的研究步履，不斷徵引復述他的研究成果，又在每個懷疑、錯謬的縫隙中展演一己之博學，在扳倒學術巨人中累積聲望。顯然糾駁學問淵博的文壇巨／名人（楊慎）是學者們一個很好展現自己才學的舞台，他們一方面糾誤增補，使明中葉以後的考據學更形完備，一方面也在這樣的過程中，藉著與楊慎的連結，增加自己的知名度和文壇聲響。而紛擾不斷的糾楊風潮，是豐富中晚明考據學的重要推動力量，也算是由楊慎開啟的考據學風的另類迴響。